列车上的陌生人

STRANGERS ON A TRAIN

[美]帕特里夏·海史密斯 著

张俊锋 译

上海译文出版社

PATRICIA HIGHSMITH

一

列车在大草原上沿着轨道狂奔，怒气冲冲，时快时慢。大大小小的站点都要停靠，不耐烦地等上片刻，然后又向草原发起进攻。然而列车的前进难以察觉。大草原仅仅微微波动，犹如一幅巨大的红褐色毯子不经意地抖上一两下。列车跑得越快，草原波动得越轻灵，越显嘲讽。

盖伊将视线移开车窗，背猛一下靠在座位上。

米里亚姆只是想拖延离婚时间，盖伊想。她根本不想离婚，她心里只有钱。到底最终能离成婚吗?

盖伊意识到，内心的憎恨已令他思维呆滞，让他在纽约凭逻辑和理智分析出来的解决问题的方法成了死胡同。他感觉米里亚姆就在跟前，就在不远处，满脸红褐色雀斑，散发着不健康的热度，恰如窗外的草原，阴郁，残酷。

盖伊下意识去摸烟，忽然第十次想起卧铺车厢里不允许抽烟，但最后还是掏出一支。他将烟头在手表表盘上敲了两下，看看时间——五点十二，仿佛这个时刻在今天有什么特殊意义。他嘴角衔烟，擦亮火柴，用另一只手捂着点上，接着扔掉火柴，拿起香烟，一口一口慢条斯理地抽起来。一次次，他那褐色的眼睛停留在窗外倔强而令人着迷的地面。他的衬衫领子软软的，一角微微翘起。暮色渐临，列车玻璃上映出渐浓的暮色、围着他下巴的直立的白色领角，以及头顶耸立而后面贴顺的黑发，这都予人一种上个世纪的风格。他高耸的头发和挺直的长鼻给人一种目的明确、锐意进取的感觉，可从正面来看，他平直的浓眉和浑厚的嘴唇却予人沉寂、拘谨的印象。他穿着需要熨烫的法兰绒裤子，瘦弱的身体套着一件宽松的深色夹克，在灯光下微微泛紫，他系一条番茄红的羊毛领带，胡乱地打着结。

盖伊想，米里亚姆不会将孩子生下来，除非她真的想要，除非她的情人打算娶她。但她为何要他来呢？她不需要他也可以离成婚。而他为何从四天前收到她的信至今，一直想着同样无聊的问题呢？米里亚姆的信是用圆体字写的，浅浅的五六行，说她怀孕了，要见他。盖伊分析，如果她确实怀孕了，他就可以名正言顺地离婚。那他又为何紧张不安呢？或许内心深处有点嫉妒吧：她怀上了别的男人的孩子，以前却打掉了自己的孩子。这种怀疑深深地折磨着他。哦，不，都不对，让他心烦的是一种羞耻感。他在心里告诉自己，他为自己居然爱过米里亚姆这样的女人而感到羞耻。想到这里，盖伊将烟头在暖气片的网格盖子上捻灭，烟蒂滚到脚边，他将其一脚踢到暖气片下。

现在，盖伊可以期盼很多事情，诸如离婚，诸如佛罗里达州的工作——设计图纸肯定会获取董事会的通过，结果这周出来。还有安妮，他和安妮可以从长计议了——这正是一年多来，他一直烦躁不安，急切盼望着的事情——这样的话——他就可以自由了。盖伊内心洋溢着极度的快乐，身子轻松地靠在豪华座位的一角。过去的三年，他一直在盼望这一刻到来。当然，盖伊本来可以用金钱来达成离婚，可他从来没攒够那么多钱。他是建筑师，正处在创业阶段，没有一份在公司工作能带来的稳定收入，要攒那么多钱，一直都是件难事，即使现在仍是如此。米里亚姆从不向他要工资，但会用其他方式来烦他，比如，她在梅特卡夫时不时地谈论他，仿佛他们依然关系很好，仿佛他前往纽约只是为了创业，最终会遣人来接她。偶尔，她也写信向他要钱，数目虽小，却令他心烦。还是给她吧，免得她在梅特卡夫依着性子闹起来，这可是易如反掌，盖伊的母亲就住在梅特卡夫啊。

一名高个子的金发青年男子在盖伊对面的空位子上坐下。他身着锈褐色套装，带着几分友善的微笑，滑至座位里面。盖伊瞥了一眼，只见他面色苍白，脸格外的小，前额中央有个硕大的青春痘。盖伊又将目光移向窗外。

对面的年轻人似乎在盘算是开始闲谈还是小憩。他睡眼蒙眬，肘部靠在列车的窗沿上，不断地滑动着。每当他那短粗的睫毛张开，那双充血的灰色眼睛就看着盖伊，脸上重新露出一丝微笑。他大概有些醉了。

盖伊翻开书，但刚看了半页就没心思了。盖伊抬起头，看到车厢顶上一排白色荧光灯闪烁着亮起，他又将目光游到一支尚未点燃的雪茄上，雪茄在座位靠背后一只瘦骨嶙峋的手里轻快地旋转。他还注意到对面年轻男子的领带下面挂着一条用细金链串起来的字母吊坠，三个字母分别是 C、A、B，吊坠不停地在链上摇晃着。他的领带是绿色丝质的，领带上手工绘制着刺眼的橙色棕榈图案。他高高的身体呈锈褐色，高仰着头，额头上已经破裂的大青春痘成了全身的最高点。他的脸很有意思，尽管盖伊说不清楚为什么。这张脸既不年轻又不老相，谈不上聪明也算不上愚蠢，窄窄的额头向前隆起，宽大的下巴呈灯笼状，额头和下巴之间的部分深陷，深陷的嘴巴呈一条线，而陷得最深的是扇贝状的蓝色眼窝。他皮肤光滑堪比女孩，简直可以说是晶莹剔透，就好像所有的杂质都随着青春痘的破裂而排放一空了。

过了一会，盖伊又看起书来，这次他看进去了，烦躁的心情开始舒缓，但内心有个声音问道：《柏拉图》对你和米里亚姆有什么帮助呢？在纽约，他就问过自己这个问题。但他还是带上了这本书。这是中学哲学课的老课本。带上这本书或许仅仅为了补偿自己，算是对这次迫不得已与米里亚姆的会面之旅的一种补偿。盖伊又朝窗外望去，看到自己在玻璃窗上的影子，拉了拉卷曲的领子。安妮总是替他拉衣领。突然间，他觉得没有安妮很无助。他换了个姿势，一不小心碰到熟睡的年轻男子伸在外面的脚。他出神地看着睡着的男子，该男子眼睑抽动了一下，睁开眼睛，充血的双眼或许一直通过眼睑间的缝隙在盯着盖伊呢。

“对不起。”盖伊低声咕哝着。

“没关系，”年轻男子说着坐起身来，使劲摇摇头，“我们到哪儿了？”

“正在进入得克萨斯。”

金发男子从内揣里掏出个细小的金色扁瓶，开启后友善地递给盖伊。

“不用，谢谢。”盖伊说。盖伊注意到，过道对面的女人从圣·路易斯开始，一路上都在编织着东西。而当瓶子扑通一声倒过来时，她朝这边看了看。

“你去哪里？”男子的微笑现在成了一弯朦胧新月。

“梅特卡夫。”盖伊回答。

“哦。梅特卡夫，不错的城镇。做生意的？”他礼貌地眨了眨疲倦的双眼说。

“对。”

“什么生意？”

盖伊不情愿地从书上移开视线，抬起头回答：“建筑业。”

“哦，”年轻男子饶有兴趣地说，“建造房屋之类的东西？”

“对。”

“我想我还没有自我介绍吧，”他半站起来说道，“我叫布鲁诺。查尔斯·安东尼·布鲁诺。”

盖伊轻轻握了握他的手道：“盖伊·海恩斯。”

“很高兴见到你！你住在纽约？”嘶哑的男中音大声说，完全变了声，仿佛要把自己唤醒。

“对。”

“我住在长岛。去圣菲度个短假。去过圣菲吗？”

盖伊摇摇头。

“圣菲真是个放松的好地方！”他笑道，一口糟糕的牙齿露了出来，“我猜那里的建筑主要是印第安风格。”

列车员在过道上停下来，挨个儿查票。“那是你的位子吗？”他问布鲁诺。

布鲁诺向座位里面坐了坐，答道：“我的座位在下一节特等卧铺车厢。”

“三号吗？”

“我想是的。没错。”

列车员向前走去，继续检票。

“这些家伙！”布鲁诺嘟囔道，他身体前倾，凝视着窗外，脸上带着戏谑的表情。

盖伊又看起书来。但年轻男子的粗鲁令人厌烦，总是给他一种随时要说话的感觉，让他的精神无法集中。盖伊想去餐车，但莫名其妙，就是坐在那里不想动。列车再次慢下来。就在布鲁诺看起来要说话时，盖伊站起来，走进下个车厢。车还没停稳，盖伊就从列车上跳到嘎吱作响的地面上。

外面的空气更浓，加上厚重的夜色，像一只令人窒息的枕头，让盖伊喘不过气来。空气中弥漫着灰尘、晒热的泥土砾石、油烟和晒热的金属的混合味道。盖伊饿了，双手插在口袋里，缓慢地踱着大步，在餐车附近徘徊着，深深呼吸着，尽管他不喜欢空气的味道。另一列列车亮着由红灯、绿灯和白灯交织的一簇灯光，隆隆响着向南远去，消逝在夜空中。盖伊想，昨天安妮本来可以走这条路去墨西哥的，他可以和安妮同路的，安妮也想和他一道到梅特卡夫。若非米里亚姆的缘故，他完全可以请安妮在梅特卡夫待上一天，见见他母亲。倘若盖伊是另外一种人，他甚至可以完全不考虑米里亚姆，或者可以对此毫不在乎。他告诉过安妮米里亚姆的情况，几乎有关她的一切。但他一想到她们见面，就难以忍受。他本以为独自乘列车旅行可以让他好好思考一下，可到现在为止，他思考了些什么呢？对于米里亚姆而言，思考和逻辑又有什么用呢？

列车员大声警告车要开了，但盖伊继续踱着步子，直到最后一刻，才迅速跨上餐车后面的车厢。

盖伊刚刚点好餐，就看到年轻男子出现在了车厢口，左右摇晃着，叼着半截香烟，一副蛮横的样子。盖伊早已把他置之脑后，他那锈褐色的高大身型已成为一个令人不快的模糊回忆。盖伊看他时，注意到他在笑。

“还以为你没及时上车呢！”布鲁诺高兴地说着，拉出一把椅子。

“布鲁诺先生，你不介意的话，我想单独清静一会，考虑些事情。”

布鲁诺掐灭快要烧到手指的香烟，茫然地看着盖伊。他醉得更厉害了，脏兮兮的脸庞模糊糟乱。

“我们可以到我的特等卧铺去清静，在那里吃饭，你看怎么样？”

“谢谢，我还是待在这里吧。”

“哦，还是跟我来吧！服务员！”布鲁诺拍拍手，“烦请将这位先生的餐食送到特等卧铺车厢三号，并给我来一份五分熟的牛排，外加炸薯条和苹果派。再来两瓶苏格兰威士忌和苏打水，越快越好，好吧？”他看看盖伊，脸上洋溢着温柔的充满企盼的微笑，“行吗？”

盖伊思考了一会儿，然后起身跟布鲁诺走了。毕竟这也没什么。他难道不是对自己讨厌透顶了吗？

其实光要玻璃杯和冰就可以了，根本没必要点苏格兰威士忌。鳄鱼皮箱上排列着四瓶有黄色标签的苏格兰威士忌，这成了房间中唯一整齐的地方。大大小小的行李包和大衣箱塞满了通道，仅留下地板中央一小块迷宫般的空地。行李包上散乱地堆着运动服、网球拍、一袋高尔夫球杆、几个相机，还有一篮子的水果和葡萄酒，篮子里有紫红色的衬纸。靠窗座位上摆满了最近的杂志、漫画和小说。还有一盒糖果，糖果盖子上扎着一条红丝带。

“看起来有点运动型。”布鲁诺说着，突然显得有点抱歉。

“真不错！”盖伊渐渐笑起来。他觉得这个房间有点意思，给人一种宾至如归而又不受打扰的感觉。这么一笑，他的黑色双眉舒展了，整个面部表情变了，睁大了双眼。他敏捷地穿行于行李箱间的“小巷”，像只好奇的猫一样审视着这里的一切。

“这是崭新的。连一个球都没碰过，”布鲁诺介绍着，拿出一只网球拍让盖伊感觉一下，“所有的这些都是妈妈要我带的。她希望这些东西能让我远离酒精。不管怎么说，哪天手头紧了，典当了也不错。我喜欢旅行时喝酒，喝酒可以让人兴致高起来，难道你不觉得？”高杯来了，布鲁诺拿起一瓶自己的苏格兰威士忌掺进去，“坐吧。脱下外套。”

可两人谁也不坐，也不脱外套。接下来几分钟尴尬不已，两人都无话可说。盖伊喝了一大口高杯里的酒，感觉全是苏格兰威士忌，然后低头看着乱七八糟的地板。他发现，布鲁诺的脚样子怪怪的，要不就是鞋子怪。鞋子小小的，浅褐色，长长的鞋头平滑圆润，恰如布鲁诺灯笼状的下巴。他的脚的样子让人觉得有点老式。布鲁诺其实并不像他原来以为的那么修长。他的长腿结实健壮，身体浑圆。

“但愿我进餐车时没惹你生气。”布鲁诺小心翼翼道。

“哦，没有。”

“当时我觉得孤单。你知道。”

盖伊说独自待在特等卧铺房间里难免会孤单，然后差点绊倒：原来是罗莱弗莱克斯相机的带子。相机皮套一侧新添了一道深深的白色刮痕。他注意到布鲁诺小心翼翼地盯着他看。盖伊感觉烦了。他为何要来这里？他感到良心上的一阵苛责，想要回到餐车。此时，来了一名端着锡合金托盘的服务员，很快清理了一张桌子。碳烧烤肉的香味让他又来了兴致。布鲁诺拼命坚持买单，盖伊只好依从。布鲁诺吃了一大份蘑菇牛排，盖伊吃了一个汉堡。

“你在梅特卡夫建什么？”

“什么也不建。我妈妈住那儿。”

“哦，”布鲁诺兴致勃勃地说，“你是去看她吧？你是梅特卡夫人？”

“是。我生在梅特卡夫。”

“你不太像得克萨斯人，”布鲁诺在牛排和薯条上倒上厚厚一层番茄酱，又小心翼翼地拿起欧芹，稳拿在手里，“离开家多久了？”

“大概两年。”

“你父亲也住那儿吗？”

“他去世了。”

“哦。跟你母亲相处得还好吧？”

盖伊说相处得还不错。尽管盖伊不太喜欢苏格兰威士忌，但这个味道令人愉快，因为这让他想起安妮。她如果要喝酒，就喝苏格兰威士忌。苏格兰威士忌很像她，金灿灿的，充满光泽，仿佛做工精美的艺术品。“你住在长岛什么地方？”

“格雷特内克。”

安妮也住在长岛，不过远得多。

“住在一座我叫做‘狗窝’[1]的房子里，”布鲁诺继续道，“房子周围长满了山茱萸，房子里的所有人，下至司机，当然就是住在‘狗窝’里了。”他正说着，突然得意地笑起来，然后又俯身吃东西。

盖伊现在看着他，只能看到头发稀少、窄窄的头顶和高高突起的青春痘。自打他睡着，盖伊便没再注意这个青春痘，此刻他又看见了，那样子十分怪异，极为骇人，此刻成了他唯一看到的东西。“为什么？”盖伊问道。

“因为我那杂种父亲！我和母亲相处得也很好。母亲过几天也来圣菲度假。”

---

1. 一种文字游戏，源于后面提到的山茱萸（dogwood）。

"很好。"

"确实很好，"布鲁诺似乎自相矛盾地说，"我们一起很开心——我们一起坐着聊天，一起打高尔夫球，甚至一起参加派对。"

他说着笑起来，半是羞愧，半是自豪，但又突然显得不自信和稚嫩起来。"你是不是觉得这很可笑？"

"不。"盖伊答道。

"我只希望能得到自己的钱。你瞧，我的收入本来今年开始的，但父亲不肯给我，而是悉数转入自己的金库。你可能以为我在撒谎——我现在的生活费跟上学时一般多，可当时一切开支都不用我自己付啊！如今，我得隔三差五地跟母亲借一百块。"说完他鼓起勇气笑了笑。

"但愿你刚才让我买单。"

"啊，不！"布鲁诺抗议道，"我刚才是说，遭自己父亲抢劫简直他妈的糟透了，对不对？其实，那根本不是他的钱，而是我妈妈娘家的。"他说完等盖伊评论。

"难道你母亲对此就没有任何发言权？"

"我父亲在我还是孩子时就篡夺了财政大权！"布鲁诺大声嘶喊。

"哦，"盖伊想布鲁诺不知遇到过多少人，请他们吃饭，讲述关于他父亲的相同的故事，"他为何要这么做？"

布鲁诺无奈地耸耸肩，又迅速将手插入口袋。"我说过他是杂种，还记得吧？他尽力洗劫任何人。他说不给我钱是因为我不愿工作，那是扯淡。他认为我妈妈和我过得太开心了，这倒是事实。他总是挖空心思破坏我们的欢乐时光。"

盖伊眼前浮现出布鲁诺妈妈的形象：一位显得年轻的长岛女人，

热衷社交，涂着过于厚重的睫毛膏，与她儿子一样喜好享乐。“你大学在哪里念的？”

“哈佛。二年级就辍学了，嗜好喝酒赌博，”他耸耸窄窄的双肩道，“我可不像你，哼？没错，我是个流浪汉，那又如何？”他说完给两人都添了些威士忌。

“谁说你是流浪汉？”

“我父亲！他应该有个像你这样文静的儿子，那样就皆大欢喜了。”

“你为什么觉得我是个文静的好人？”

“我的意思是你很严谨，而且有正式职业，比如建筑，而我，我不想工作。我不必工作，明白吗？我不是作家，不是画家，也不是音乐家，这世界上有非工作不可的理由吗？我如果工作，很容易得溃疡。我父亲就有溃疡。哈，他仍旧希望我能加入他的五金生意。我告诉他，他的生意，所有的生意，都是合法的谋财害命，就像婚姻是合法的通奸一样。我说得对吗？”

盖伊冷漠地看着他，往叉子上的油炸薯条上撒了些盐。他慢悠悠地、津津有味地享受着晚餐，甚至对布鲁诺也产生了隐隐约约的兴趣，就好像在品味远处舞台上的演出。其实，他是想起了安妮。他有时会梦见安妮，梦境隐约、连续，但似乎比偶尔映入眼帘的清晰而支离破碎的外部世界更加真实，如罗莱弗莱克斯相机套上的擦痕、布鲁诺插入黄油块里的细长香烟，还有布鲁诺此刻讲的故事中摔在墙上的他父亲照片的玻璃碎片。刚才盖伊突然想到他或许有时间去找在墨西哥的安妮，就在见米里亚姆和去佛罗里达州的空当。如果他能迅速解决和米里亚姆的事情，就可以飞往墨西哥，之后再去棕榈滩。之前他并没有想过，因为没有足够的钱。但要是棕榈滩合同顺利拿下的话，那就没问题了。

“你能想出比故意锁上车库更令人羞辱的事情吗？”布鲁诺愤怒地尖叫道。

“为什么？”盖伊问。

“就因为他知道我那天晚上急需用车！最后我朋友开车把我接走了，你说他到底瞎忙乎什么？”

盖伊不知如何回答。“他经常保管车钥匙？”

“他事先拿走了我的钥匙！从我房间里拿走的！正因为如此，他怕我。那天夜里他离开了家，他害怕极了。”布鲁诺向椅子里靠了靠，急促地呼吸着，咬起手指。几缕浸着汗水的深褐色头发像触角一样在他的前额上来回摆动。“我妈妈当时不在家，不然决不会发生这样的事。”

“当然。”盖伊不情愿地随声附和道。他们整个谈话就是为引出这个故事，盖伊想，这个他才听了一半的故事。在卧铺车厢里盯着自己的那双充血的眼睛背后，在那略带哀愁的笑容背后，隐藏着又一个关于仇恨与不公正的故事。“所以你把他的照片扔到了大厅里？”盖伊漫不经心地问道。

“扔出了我妈妈的房间，”布鲁诺说，后面六个字说得很重，“他把照片放进了我妈妈的房间。她和我一样不喜欢这个队长。队长！——我懒得称呼他，老兄！”

“但他为何跟你对着干？”

“他不仅跟我，还跟我妈妈对着干呢！他和我们俩，和任何其他人都不一样！他谁都看不顺眼，什么都不喜欢，就喜欢钱！他害了许多人就是为了赚大钱。当然他很精明！万事大吉！但他现在良心难安！这正是他想让我也加入他的生意的原因，想要让我也谋财害命，跟他一样龌龊！”布鲁诺握紧僵硬的手，然后合上嘴巴，闭上双眼。

盖伊感觉布鲁诺要哭了，谁料此时布鲁诺睁开肿胀的眼睑，脸上又渐渐绽开笑容。

“觉得无聊，嗯？我刚才解释了我为何这么早离开家，在我妈妈之前就离开了。你不知道我实际上多么快乐！真的！”

“难道你不能想离开家就离开？”

布鲁诺似乎一开始不理解盖伊的问题，而后平静地回答：“当然可以，只是我喜欢和母亲在一起。”

她妈妈待在家里，是因为钱，盖伊想。“来支香烟？”

布鲁诺笑着拿了一支香烟。“你知道，那天晚上是他大约十年当中第一次离家出逃。我不知道他到底去了哪里。那天晚上我非常恼怒，想杀了他，他知道的。有过想杀人的时候吗？”

“没有。”

“我有。有时候我想，我肯定能杀了我父亲，”他似笑非笑地低头看着盘子，“你知道我父亲有什么嗜好吗？你猜猜。”

盖伊不想猜。他突然觉得无聊，想一个人待着。

“他收集饼干模具！”布鲁诺突然窃笑起来，“饼干模具，不骗你！各式各样——德裔宾夕法尼亚的、巴伐利亚的、英格兰的、法国的，还有很多匈牙利的，满房子都是。动物饼干模具摆满了桌子。他写信给公司董事长，公司送了他一整套。真不愧是机器时代！”布鲁诺大笑着低下头。

盖伊盯着布鲁诺。布鲁诺本人要比他讲的故事有趣。“这些模具他用过吗？”

“呃？”

“他做过饼干？”

布鲁诺喘了口气。他扭了一下身体，脱掉夹克，扔进手提箱。他一时间似乎太激动了，一句话也说不出来，然后突然平静地说："我妈妈总是让他回去和他的饼干模具待着。"一层薄薄的汗像稀油一般附在布鲁诺光滑的脸上。他堆满笑容的脸热切地凑到桌子中央。"晚餐吃得好吗？"

"非常好。"盖伊热忱地说。

"你有没有听说过长岛布鲁诺变形公司？制造交流直流器件的？"

"我想没有。"

"哦，你怎么会知道呢？不过很赚钱的。你对赚钱感兴趣吗？"

"不太感兴趣。"

"不介意我问你年龄吧？"

"二十九岁。"

"是吗？看起来有点老相。你看我多大？"

盖伊礼貌地打量一番。"大概二十四五吧。"盖伊答道，想借机取悦他，因为他看起来更年轻些。

"对，我二十五岁。你说我额头正中间长着这么个东西，还看起来像二十五岁的样子？"布鲁诺咬住下唇。他眼睛里闪烁着一丝谨慎，突然将手握成杯状，极度羞愧地捂住前额。然后他一跃而起，走到镜子前。"我想用东西把它盖住。"

盖伊安慰布鲁诺，可他还是不断对着镜子左看右看，痛苦极了。"这不可能是青春痘，"他带着重重的鼻音说，"是疖子。是我体内怒火中烧的缘故。这是约伯的烦恼[1]！"

---

1. 典出《圣经·旧约》中的《约伯记》，约伯是一个诚实正直的人，历经危难仍坚信上帝，耶和华曾两次向撒旦称赞约伯"完全正直，敬畏上帝，远离恶事"。

"噢，不会吧！"盖伊大笑。

"这个疖子是那次吵架后的周一晚上长出来的，越来越严重了，肯定会留疤痕的。"

"不，不会留疤的。"

"不，会留疤的。带着疤去圣菲倒不是件坏事。"布鲁诺坐在椅子上，紧握着拳头，拖着一条沉重的腿，一副沉思的姿势。

盖伊走过去，翻开靠窗座位上的一本书。是本侦探小说。全是侦探小说。他想读上几行，可那些文字游移不定，他就把书合上了。他一定酒喝多了，他想。今晚他真的不在乎。

"在圣菲，"布鲁诺说，"我想拥有所有的一切：美酒，女人，还有歌曲。哈哈！"

"你到底想要什么？"

"某种东西，"布鲁诺的嘴变成一种漫不经心的丑陋怪相，"所有的一切。我听说过一种理论，人应该在死前做可能做的一切，甚至应该冒着死亡的危险，去做某种不可能的事情。"

盖伊吓了一跳，又小心地恢复平静。他轻声问："什么样的事？"

"就像坐火箭到月球旅行！创汽车速度纪录——蒙着眼睛。我就试过一次。尽管没有创纪录，我开到了一百六十迈。"

"蒙着眼睛？"

"还抢劫过一次，"布鲁诺紧紧盯着盖伊，"很成功，抢的是一套公寓。"

盖伊露出了不可置信的笑容，不过他相信布鲁诺的话。布鲁诺可能有暴力倾向。也可能是疯了。确切点说是绝望，盖伊想，而不是疯，是对富足生活的厌倦，他常和安妮说起的那种厌烦。这种厌倦带来的，往往不是创造而是毁灭，和贫困一样容易造成犯罪。

“并非为了抢东西，”布鲁诺继续说，“我并不想要我拿的东西。我专门拿我不想要的东西。”、

“那你都拿些什么？”

布鲁诺耸耸肩。“打火机、桌子模型、壁橱里的塑像、彩色玻璃，还有其他东西，”说完又耸耸肩，“这件事只有你知我知。我不善言谈，想必你也看出来了。”他笑了笑。

盖伊吸了口烟问：“你怎么抢的？”

“一直盯着阿斯托里亚的一栋公寓楼，时机一来，就从窗户爬进去。沿着火灾逃生出口出来的，易如反掌。事成之后，就把这一档从单子上划掉，感谢上帝。”

“为何要‘感谢上帝’呢？”

布鲁诺害羞地露出牙齿道：“我也不知道为何这么说。”说完给自己的杯子加满酒，又加满了盖伊的杯子。

盖伊看着那双偷过东西的僵硬而又颤抖的手，看着他那陷进肉里的指甲。他像小孩一样笨拙地把玩着一个火柴盒，不小心掉在了布满烟灰的牛排上。盖伊心想，犯罪真无聊啊！经常又是多么缺乏动机。某种人习惯于犯罪。可从布鲁诺的双手、房间或他那丑陋而又若有所思的脸上，谁会想到他偷过东西？盖伊又坐到自己的椅子里。

“给我讲讲你的情况吧。”布鲁诺愉快地恳请道。

“没什么好讲的。”盖伊从夹克口袋里拿出一只烟斗，在鞋跟上敲了两下，低头看看地毯上的烟灰，然后置之不理。酒精的刺激令他的身体愈发地麻痹。他想，如果棕榈滩项目合同通过了，工作开始之前的两周会很快过去。离婚不需要太长时间。在他完稿的设计

图里，绿色草坪上盖着矮矮的白色建筑物，此刻，这些建筑的样式在他脑海里活灵活现，每个细节都历历在目，无需费力便跃然而出。他感到由衷的满足，突然觉得特别踏实，非常幸运。

“你建造什么样的房子？”布鲁诺问道。

“哦——人们称之为现代的那种。我建过几个店铺和一个小型办公楼。”盖伊微笑着侃侃而谈。而平时人们询问他工作时，他总是略感不快。

“你结婚了吗？”

“没有。哦，结婚了，是的，不过分开了。”

“噢，为什么？”

“合不来。”盖伊答道。

“你们分开多久了？”

“三年。”

“你不想离婚吧？”

盖伊皱皱眉头，犹豫了一下。

“她也住在得克萨斯吗？”

“是的。”

“你这是去见她的吧？”

“是去见她。我们现在准备离婚。”说完闭上了嘴巴，他为什么说这个呢？

布鲁诺冷笑道：“你们那里结婚都找哪种女孩子啊？”

“非常漂亮的，”盖伊回答，“有些非常漂亮。”

“不过大多都呆呆的，对吧？”

“可能吧。”盖伊自己笑了笑。米里亚姆很可能就是布鲁诺所指的那种南方女孩。

“你妻子属于哪种类型？”

“相当漂亮，”盖伊小心翼翼地说，“红头发，稍显丰满。”

“什么名字来着？”

“米里亚姆，米里亚姆·乔伊斯。”

“嗯。聪明型还是没头脑型？”

“不是文化人，我不想找文化人结婚。”

“你爱她爱得死去活来，对吧？”

他为何这么说？他表现出来了吗？布鲁诺紧盯着他，不放过一丝一毫，眼睛眨也不眨，眼中的倦怠仿佛已过了非睡不可的时刻。盖伊觉得布鲁诺的灰色眼睛一直在他身上搜寻，过了好久好久。“你为什么这么说呢？”

“你是个好人。你对一切都认真。对女人也宁缺毋滥，不是吗？”

“什么叫宁缺毋滥？”他反问道。然而，他突然对布鲁诺产生了一阵好感，因为布鲁诺说出了他对盖伊的真实想法。盖伊知道，大多数人从来不说出对他的内心感受。

布鲁诺双手在空中划了个扇形，然后叹了口气。

“什么叫宁缺毋滥？”盖伊重复问道。

“你竭尽全力，并寄予厚望。然后却受到了不公平的待遇，对吧？”

“不完全对。”可是一种自怜之感涌了上来，让盖伊心生愤恨，他站起来，端起饮料。房间里没有走动的空间。列车摇摇晃晃，很难站稳。

布鲁诺一直盯着盖伊，跷着二郎腿，一只样子老式的脚耷拉着，手指不断朝着盘子轻弹着香烟。没吃完的粉红色的和黑色的牛排被如雨而下的烟灰慢慢盖上了。布鲁诺看起来不那么友好了，似乎也更好奇了，盖伊猜想，因为他对布鲁诺说自己结婚了。

“你妻子怎么了？和别人厮混了？”

布鲁诺猜得真准，这惹恼了他。“没有。反正都是过去的事了。”

“但你们还保持着婚姻关系。难道此前你们不能离婚吗？”

此刻，盖伊感到一阵羞愧。“我对离婚一直不太在意。”

“眼下发生了什么事？”

“她刚刚下定决心想要离婚。我想她是准备要小孩吧。”

“哦。那现在是做决定的好时候了，啊哈。她厮混了三年，最后跟定一个人了？”

布鲁诺说的当然是事实。很可能是有了小孩，她才定心的。但布鲁诺怎么知道的？盖伊觉得，布鲁诺是把他对某个熟人的了解和憎恨过分强加在了米里亚姆的身上。盖伊将目光移向窗户，不过什么也看不见，除了自己在窗户上的影子。他感觉心跳在震动着自己的身体，比列车的震动还要剧烈。他想自己心跳剧烈，大概是因为他从未向任何人说过这么多关于米里亚姆的事，就连告诉安妮的也没有布鲁诺目前知道的多。当然还有一些事情，例如米里亚姆以前并不是这样——她甜美、忠诚、孤单，非常需要他，一直追求摆脱家人的自由。盖伊明天就要见到米里亚姆，就能伸手触摸到她了。现在盖伊一想起他喜爱过她那极度柔软的肉体就无法忍受。一种失败感突然如潮水般涌上心头。

“你们的婚姻出什么状况了？”布鲁诺在他身后轻声问道，“作为朋友，我真的很感兴趣。她当时多大？”

“十八岁。”

“刚结婚不久就开始在外厮混了？”

盖伊下意识地转了下身子，就好像要承担米里亚姆的罪责。“那不是女人做的唯一的事情，你知道的。”

“但她确实是这样，是吧？”

盖伊移开目光，又气又感兴趣。“是的。”这个小小的词简直太难听了，太刺耳了！

“我认识南方红头发那种类型的。”布鲁诺戳着苹果派说。

盖伊再次感觉到一阵强烈的羞耻，但羞耻毫无用处，因为米里亚姆所做的一切，所说的一切都不会令布鲁诺感到难堪或惊讶。布鲁诺似乎永远不会感觉惊讶，任何事都只会激起他的兴趣。

布鲁诺一副高深莫测而又饶有兴致的表情，低头看着自己的盘子。他眼睛睁得大大的，充满血丝，蓝蓝的瞳孔明亮得不能再明亮了。“婚姻。”他叹气道。

“婚姻”一词也萦绕在盖伊的耳际。在他看来这是个很庄严的词，因为婚姻的本质在于它的神圣，在于它所包含的爱与罪。对盖伊而言，婚姻是米里亚姆张开陶土色的圆唇说“我为什么要为你而委屈自己？”；是安妮在自家的草坪上种番红花时，将长发向后掠起，抬起头注视着盖伊的眼睛；是在芝加哥的房间里，米里亚姆站在狭长的窗前，突然一转身，仰起长满雀斑的盾形脸，径直贴近盖伊的脸——她每次撒谎前都这样；还是史蒂夫那长长的黑色脑袋和傲慢的笑。往事如潮水般涌入脑海，盖伊真想举起双手，挡回这一切。这一切都发生在芝加哥的房子里……他甚至能闻到房间的味道、米里亚姆的香水，能够感受到上过漆的暖气片散发出的热气。他就这样毫无反抗地站着，多年来第一次不尽力让米里亚姆的面容变成一片模糊的粉红。重新回忆这些往事对自己又有何益呢？是武装自己对付她，还是自我瓦解？

“我是说，”布鲁诺的声音从远处飘来，“发生了什么事？你不介意告诉我真相，对吧？我很感兴趣。”

史蒂夫出现了。盖伊眼前浮现出那天下午芝加哥公寓房门口的情景，黑白色调，犹如照片般清晰。在公寓里发现了他们俩的那个下午，与其他任何下午都不一样，不同的颜色，不同的味道，不同的声音，不同的世界，就像一件令人毛骨悚然的小小艺术品。就像停顿、定格在历史中的日子。或者刚好相反，有关那天下午的记忆一直跟着他？因为就在此刻，当时的情景依然历历在目，清晰如昨天。最糟糕的是，盖伊产生了一种对布鲁诺和盘托出的冲动，布鲁诺是列车上的一个陌生人，他会倾听，表示同情，然后忘记。想到这里，盖伊心里舒畅了些。布鲁诺绝不是普通的陌生人。他既冷酷又堕落，能完全体会他的初恋故事。而史蒂夫是让故事尘埃落定的出人意料的结尾。和史蒂夫在一起并不是米里亚姆第一次出轨。只是他脸上那种毫无掩饰的二十六岁的傲慢让盖伊愤怒。这个故事他已给自己讲了不下千次，这是个经典故事，由于他的愚蠢更戏剧化了。他的愚蠢反倒增强了故事的幽默感。

“我对她期望太高了，”盖伊随口说道，“高得不合理了。而她偏喜欢招蜂引蝶。她可能一辈子都会水性杨花，不管跟谁在一起。”

“我知道，就是永远都是高中生型的那种，”布鲁诺挥挥手道，“甚至连假装名花有主都不会。永远不会。”

盖伊看看他。米里亚姆当然有过一次专情的经历。

猛然间，盖伊放弃了和盘托出的想法，并且为自己差点就开始而羞愧。其实，此刻布鲁诺似乎并不在意盖伊讲不讲。他俯身用一根火柴蘸他盘里的肉汁。从侧面看，布鲁诺那半边瘪进去的嘴就像老人的嘴，在鼻子和下巴间形成凹陷。他的嘴好像在说，无论什么故事，他都会洗耳恭听而不会鄙视。

“那样的女人确实会招引男人，”布鲁诺喃喃自语道，“就像垃圾招引苍蝇。”

二

听了布鲁诺的话，盖伊震惊之下收回了自己的思绪。“你自己也有过一些不愉快的经历吧。”盖伊说。但很难想象布鲁诺会为女人而烦恼。

“噢，我父亲曾有个那样的女友，也是红头发，名叫卡洛塔，”布鲁诺抬起头，对父亲的仇恨就像倒刺一样刺得他清醒过来，“很好，不是吗？正是我父亲那样的人才让她们有事可做。”

卡洛塔。盖伊现在明白布鲁诺为何那么讨厌米里亚姆了。这是布鲁诺整个人格、对父亲的仇恨以及他青春发育迟缓的关键所在。

“男人有两种！”布鲁诺咆哮道，又停下来。

盖伊瞥见墙上狭长的镜子里的自己。盖伊觉得自己的双眼充满恐惧，嘴巴冷酷无情，他尽力让自己放松。一支高尔夫球杆抵住了他的后背，他用指尖划过凉凉的光亮的球杆表面。深色木头镶嵌着金属，让盖伊想起了安妮帆船上的罗盘针箱。

“而从本质上讲，女人只有一种！”布鲁诺接着说，“那就是脚踏两只船，要么对爱情不专一，要么就是彻头彻尾的娼妓！由你选择！”

“那像你母亲那样的女人又如何？”

“我从未见过第二个像我妈妈的女人，”布鲁诺说，“我从未见过如此包容的女人。她也很漂亮，有很多异性朋友，但她从不越雷池半步。”

一阵沉默。

盖伊又拿出一支香烟，在手表上点了点，发现已经十点半了。他得马上离开。

“你怎么发现你老婆的事的？”布鲁诺盯着他问。

盖伊不紧不慢点上烟抽起来。

“她勾搭过多少男人？”

“好多。在我发现之前就有好多。”就在盖伊确信这么直言不讳地坦承也没什么大不了之际，他心底泛起一股小小的感情漩涡，开始让他感到困惑。这漩涡虽小，但要比回忆真实，因为他已说出来了。是自尊？是怨恨？或只是因为自己的一切感受都无济于事而对自己的不耐烦？于是他岔开话题。“告诉我在你死前还想做些什么？”

“死？谁说要死了？我已想出防裂球拍的制造方法。或许有朝一日会在芝加哥或纽约开业，或者直接把我的创意卖给别人。我还有一大堆完美的谋杀计划呢！”布鲁诺又抬起头，用挑衅的目光死死盯住盖伊。

“你叫我来这里，希望我不在你的谋杀计划当中。”盖伊又坐下来。

“我的上帝，我喜欢你，盖伊！太喜欢你了！”

布鲁诺那张充满期盼的脸在恳求着盖伊说也喜欢他。他那对小小的饱受折磨的眼睛流露出万般的孤独！盖伊窘迫地低下头看着自己的手。“你所有的想法都是关于犯罪的？”

“当然不是！都是我想做的事，比如——哪天送人一千块钱。比如一个乞丐。我拿到钱后要做的第一件事就是这个。难道你就没想过偷东西或杀人？你肯定想过。每个人都想过。你不觉得在战场上杀人很过瘾？”

“我不觉得。”盖伊说。

布鲁诺迟疑了一阵子。“噢，他们当然不会承认，他们害怕！但在你的生活中，你想过让有些人在眼前消失，对吧？”

“没有。”史蒂夫，他突然想起，的确有一次他想杀他。

布鲁诺头一歪说：“你当然想过。我看得出来。你为什么死不承认呢？”

“我可能有过一瞬间的想法，但只是想想，没有半点行动。我不是那种人。”

“那你就大错特错了！无论哪种人都会杀人。完全取决于情势，与人的性情没有丝毫关系！迫不得已之时——哪怕是再鸡毛蒜皮的小事，也会让人们越过理智的边缘而杀人。谁都会。任何人都会。即使你奶奶也会。我敢肯定！”

“我不敢苟同。”盖伊干脆地说。

“跟你说吧，我都有一千次差一点杀了我父亲！你想杀谁？给你戴绿帽子的那些家伙们？”

“其中一个。”盖伊咕哝道。

“进展如何？”

“毫无行动，只是想想而已。”他还记得那些无眠之夜，成百上千的无眠之夜，他还记得那种不为自己报仇雪恨心灵就难以宁静的绝望。会不会有什么东西将自己推过警戒线？他听到布鲁诺喃喃细语：“你当时想做的远远超过你现在心里想的，我只能这么说。”盖伊迷惑地凝视着他。他看上去就像一个令人讨厌的夜间赌场管理员一样，前臂支撑着身子杵在桌子上，耷拉着小小的脑袋。“你侦探小说看太多了。”盖伊说。话音落下，却不知这句话是哪里冒出来的。

“侦探小说好啊。侦探小说表明各种人都会杀人。”

“我一直认为这正是侦探小说不好的原因。”

“又错了！”布鲁诺气愤地说，“你知道报纸报道的谋杀案的比例吗？”

“我不知道，也不在乎。”

“十二分之一。十二分之一！想想看！你觉得其余十二分之十一的谋杀案是什么人干的？都是些微不足道的小人物。连警察都知道永远也逮不着这些人。”他想再倒些威士忌，却发现瓶子空了，就拖起身体。他从裤子口袋里拿出一把闪亮的小金刀，上面系着一条丝线般精美的金链。在盖伊看来，这把小金刀美得就像一件珠宝，赏心悦目。他一边注视着布鲁诺用刀猛烈地切割威士忌酒瓶瓶口一边想：说不定哪一天，布鲁诺会用这把小刀来杀人，而且很可能会肆无忌惮，因为他不在乎是否被捕。

布鲁诺拿着这瓶新酒转过身，咧嘴笑道：“跟我一起到圣菲吧，嗯？放松几天。”

“谢谢，不行。”

“我有很多钱。你的费用我包了，嗯？”他说着，不小心将一些酒洒到了桌上。

“谢了。”盖伊说。盖伊想，布鲁诺应该是从他的衣服判断他没什么钱的。他穿的可是他最喜欢的裤子，灰色法兰绒裤子。他打算如果不太热的话，在梅特卡夫和棕榈滩也穿这条裤子。他靠在椅背上，两手伸进裤子口袋，摸到右口袋底有个洞。

“干吗不去呢？”布鲁诺把盖伊的酒递给他，“我非常喜欢你，盖伊。”

“为什么？”

“你是个好人啊。我是说你很正派。我见过很多人——绝不是开玩笑——但像你这样的不多。我钦佩你。”他脱口而出，然后又喝起酒来。

“我也喜欢你。”盖伊说。

“那跟我一起来，嗯？在我妈妈来之前，有两三天我无事可做。我们会玩得很愉快的。”

“找别人吧。”

“拜托，盖伊，你以为我在做什么？四处游逛随便结识旅游伴侣吗？我是喜欢你，才叫你和我一道的。就一天也行。我直接从梅特卡夫前往，甚至不去埃尔帕索了。我应该去看看大峡谷。”

“谢了，我在梅特卡夫办完事后还要工作呢。”

“噢，”布鲁诺脸上又堆满企盼和钦佩的笑容，“建东西啊？”

“对，建乡村俱乐部，”这听起来依然很怪，而且不合自己的风格，两个月前他根本不会料到自己即将建造这个东西，“新帕米拉棕榈滩俱乐部。”

“真的？”

布鲁诺当然听说过帕米拉俱乐部。那可是棕榈滩最大的俱乐部。他甚至听说他们打算建一个新的。原来的俱乐部他还去过几次呢。

“是你设计的？”他低头看着盖伊，就像一个小男孩崇拜大英雄一样，“你能给我画一幅俱乐部的图吗？”

盖伊在布鲁诺的通讯簿背面迅速地画了一幅俱乐部的草图，按要求签上名。他解释，要降低墙面，使下一层楼成为一直延伸到阳台上的大舞厅；他希望获准采用百叶窗，因为那样将省去空调。虽然他压低了声音，但他越说越高兴，双眸溢满激动的泪水。心里纳闷着：他怎么会和布鲁诺谈得如此亲密，连自己最佳的一面都展现出来了呢？还有谁会比布鲁诺更理解他呢？

“听起来棒极了，”布鲁诺说，“你的意思是你只要告诉他们俱乐部的样子就行了？”

“不是。我必须使它令很多人满意才行。”盖伊猛然仰头大笑起来。

“那你就一举成名了，是吗？或许你现在就很有名了吧。”

果真这样，新闻杂志会刊登照片，也许还会有新闻影片进行报道。他提醒自己，他们尚未通过他的设计草图，但他确信他们会通过。纽约和他同一办公室的建筑师迈尔斯也确信。安妮也确信。布里尔哈特先生也确信。这是他一生中最大的委托项目。“建成之后，我可能会成名的。这种事情他们会宣传。”

布鲁诺开始讲述他漫长的大学生活，说若不是因为某段时间和父亲发生了某件事，他早就成为摄影家了。盖伊没听。他心不在焉地呷着酒，想着棕榈滩之后接踵而至的委托项目。也许很快就要在纽约建办公大楼了。他早就有了建造纽约办公大楼的构想，他渴望看到这个构想变为现实。盖伊・丹尼尔・海恩斯。一个响亮的名字。长久以来因为自己比安妮钱少而产生的厌烦感将不复存在。

“难道不会吗，盖伊？”布鲁诺复述道。

“什么？”

布鲁诺深吸一口气。“假如你老婆将离婚一事闹得满城风雨；假如你在棕榈滩谈项目时她节外生枝，结果让他们炒你鱿鱼，难道这还不足以构成你杀人的动机？”

“杀米里亚姆？”

“当然。”

“不可能。”盖伊说。但这个问题让他心烦。他害怕米里亚姆从母亲那里获悉帕米拉的工作，然后可能纯粹以伤害他为乐而设法进行干扰。

“她对你不忠时，你就不想杀了她？”

“不想。难道你就不能撇开这个话题不谈？”刹那间，盖伊看见自己人生的两半——婚姻和事业——并排存在。而这番情景之前好像从未有过。他努力想弄清楚为什么在婚姻方面如此愚蠢和无助，而在事业方面却如此能干，可他头晕得想呕吐。他瞥了一眼布鲁诺，布鲁诺仍然凝视着他，似醉非醉，把酒杯放到桌上，推离手边几指远。

“你肯定曾经想过。”布鲁诺带着三分酒意轻声坚持道。

“不曾想过。”盖伊想出去散散步，可列车一直直线前进，似乎永远不会停下来。假如米里亚姆的确让他失去了这个项目，他打算在那里住几个月，并且继续和董事们周旋。布鲁诺深谙此事。他用手擦了擦湿润的前额。当然，难题是再见米里亚姆之前，他无法知道她的心思。他很累，而当他累时，米里亚姆很容易像大队人马一样向他大举进攻。两年来，这样的事经常发生，已使他对她的爱逐步消失殆尽。这样的事现在又发生了。他厌倦布鲁诺。布鲁诺却在微笑。

“想见识一下我的一个杀父计划吗？”

“不想。”盖伊边说边捂住布鲁诺正要帮他加满的酒杯。

“你想听哪个？盥洗室里爆裂的电灯插座，还是充满一氧化碳的车库？”

“要动手就动手，别光耍嘴皮子！”

“我会动手的，别以为我不会！知道我某天还会干什么吗？哪天我碰巧想自杀就会自杀，并且把一切安排得就像是最大的敌人谋害了我的样子。”

盖伊反感地看着他。布鲁诺仿佛溶化了，身影模糊起来。现在，他仿佛只剩下声音和灵魂了，邪恶的灵魂。盖伊心想，他鄙视的一切都在布鲁诺身上完全体现出来了。他不愿成为的样子，恰恰是布鲁诺眼下的样子或未来的面目。

“想让我给你谋划一个杀你老婆的完美计划吗？哪天你可能用得着。”面对盖伊审视的目光，布鲁诺局促地动了一下身子。

盖伊站起来。“我想去散步。”

布鲁诺猛地击掌道：“嘿！拜托，绝好的主意！我们交换谋杀，明白吗？我杀你老婆，你杀我父亲！我们是列车上的陌生人，没有人知道我们认识！明白吗？完美的不在场证据！懂了吗？”

眼前的墙有节奏地跳动着，仿佛就要破裂。谋杀。这个字眼让他恶心，让他毛骨悚然。他真想摆脱布鲁诺，逃离这房间，但有种梦魇般沉重的东西牢牢抓住他，让他欲动不能。为了站稳，他设法让墙壁恢复平直，试图理解布鲁诺的话，因为他觉得布鲁诺的话就像有待解决的问题或有待拼凑的拼图一样，有些逻辑。

布鲁诺那双被烟熏黑的手在膝盖上跳动着，颤抖着。“天衣无缝的不在场证据！”他尖叫起来，“这是我一生中最棒的计划！难道你还不明白？我可以在你出城时动手，你可以在我出城时动手。”

盖伊明白了。绝不可能有人发现真相，永远都不可能。

“我非常乐意结束米里亚姆这种人的人生，而帮助你这种人推动事业，”布鲁诺咯咯地笑道，“在她毁掉更多人之前，需要有人遏制她，难道你不同意吗？坐下，盖伊！”

她没有毁掉我，盖伊想提醒自己，但布鲁诺不给他时间。

“我是说，如果就这么安排，你能下得了手吗？你可以告诉我她住处的一切详情，你知道的，我也告诉你我住处的详情，详细得就像那是你的住处一样。我们可以在那里四处留下指纹，把侦探们搞得神经错乱！”他窃笑起来，“当然，我们要分开几个月，并且要断绝一切联络。上帝啊，绝对万无一失！”他站起来，险些跌倒，然后端起酒杯。接着他紧贴着盖伊的脸，带着令人窒息的自信道：“你能办得到，嗯，盖伊？不会有任何问题，我发誓。我会搞定一切，我发誓，盖伊。”

盖伊猛地推开他，用力比他本来打算的还要大。布鲁诺从靠窗座位上弹起来。盖伊环顾四周，寻找新鲜空气，四壁却密不透风。房间成了小型地狱。他在做什么啊？他怎么喝了这么多酒？什么时候喝的？

“我肯定你能！”布鲁诺凝眉紧盯着盖伊。

闭嘴，别再谈你那些该死的理论了！盖伊本想大声呵斥，但他的话音却轻如耳语。“我讨厌这个话题。”

他看见布鲁诺狭长的脸扭曲了，尔后又变得很怪异——神色惊讶，似笑非笑，一副阴险而又无所不晓的样子，丑陋异常。布鲁诺和善地耸耸肩。

“好吧。我坚持认为这是一个好计划，我们在此也想好了绝对完美的布局。我会用这个计划的。当然是和别人。你去哪儿？”

盖伊终于想到了门。他走出去，打开另一扇门，走上平台。凉爽的空气惩戒似地向他扑来，列车也提高了自己的嗓门，谴责般地高声咆哮着。和着风声和列车的轰鸣，盖伊大声诅咒起来，真希望自己生病。

"盖伊？"

他一转身，看见布鲁诺正踉踉跄跄地滑过沉重的车厢门。

"盖伊，很抱歉。"

"没关系。"盖伊即刻回答，因为布鲁诺的脸吓到了他。这张满含自卑的脸就像狗一样可怜。

"谢了，盖伊。"布鲁诺说着低下头。就在这时，列车车轮砰砰砰的撞击声开始慢慢消逝，盖伊必须努力保持身体平衡。

他万分感激，因为列车正在靠站。他拍了拍布鲁诺的肩膀。"我们下去呼吸点新鲜空气吧！"

两人走出车厢，进入一个寂静而漆黑的世界。

"什么馊主意？"布鲁诺大叫，"一盏灯也没有！"

盖伊仰望天空。也没有月亮。一股寒意袭来，霎时让他的身体僵直清醒。他听见有户人家的木门关闭时的亲切砰击声。在他们前边有一个亮光慢慢变成一盏提灯，一名男子提着它跑向列车尾部，那儿的一节货车车厢开了门，泻出一缕光线，照亮一方寸土。盖伊朝着光线慢慢走去，布鲁诺紧随其后。

远处，在黑色平坦的大平原上，一列列车不断地发出哀鸣，然后又走远了。这是一种埋藏在记忆深处的童年时代的声音，优美，纯净，孤独。恰如一匹野马晃动着白色鬃毛，仰天长啸。一股强烈的友情涌上盖伊的心头，于是他挽起布鲁诺的胳膊。

"我不想散步！"布鲁诺一边大声喊叫，一边挣脱盖伊的胳膊停下来。新鲜的空气让他觉得像离开水的鱼一样萎靡不振。

列车要启动了，盖伊将布鲁诺宽大的身体推上车。

"再来点睡前酒吧？"布鲁诺站在他的房门口无精打采地说，一副累得快要倒下的样子。

“谢了，我不能喝了。”

绿色的窗帘让他们的耳语变得模糊不清。

“别忘了早上叫我。我房门就不锁了。如果我没答应，就直接进来好了，嗯？”

盖伊踉踉跄跄回到自己的卧铺，一路上不止一次地撞在挂着绿色窗帘的车厢壁上。

习惯使然，盖伊刚躺下，就想起了他的书。书忘在布鲁诺的房间里了。他的《柏拉图》。想到自己的书要在布鲁诺的房间里过夜，或者布鲁诺会碰它，会翻阅，盖伊心里就不高兴。

三

他一到达就立刻给米里亚姆打了电话，她安排在他们两家之间的中学见面。

他站在柏油操场的一角，等待着。当然，她会迟到。她为什么要选择这个中学呢，他感到纳闷。因为这是她的地盘吗？他过去常常在这里等她，当时他爱她。

头顶上，晴朗的天空清澈蔚蓝。如火的骄阳犹如融化般尽情倾泻着光芒，不是黄色，而是无色，就像什么东西因自身热量变成了白色。树梢之上，他看见以前从未见过的微红色的修长的建筑顶部，这是他两年前离开梅特卡夫之后才建的。他移开视线。这里一个人影也看不到，仿佛是酷热迫使人们抛弃了学校建筑物甚至是小区里的家。他看着校门的深色拱形结构下面倾斜而下的灰色大台阶。他还记得米里亚姆那本代数书的绒毛边上油墨味夹杂着少许汗水的味道。他还清晰地记得书页边缘上用铅笔写着的米里亚姆字样，以及扉页上留着斯宾塞波浪式鬈发的少女画像，这还是在他打开书帮她做题时发现的。当时他为何觉得米里亚姆与众不同呢？

他穿过十字形铁丝围墙之间的宽广大门，抬头又看见学院路。然后他看见了她，就在人行道边上浅绿色的树下。他顿时心跳加速，但他故作随便地眨眨眼睛。她和往常一样迈着无动于衷的步子，慢悠悠地走着。现在她的头部进入了盖伊的视野：她戴一顶宽大的浅色帽子，恰似神像头上的光轮。树阴和阳光使她的脸变得斑斑驳驳，杂乱无章。她放松地对他挥挥手，盖伊也从口袋掏出一只手对她挥挥，然后又回到操场，他突然感到一阵孩子般的紧张和害羞。她已知道棕榈滩的工作了，他心里想，树下的那个奇女子。半小时前，母亲告诉他，米里亚姆上次打电话时，她跟米里亚姆提到了这件事。

“嗨，盖伊。”米里亚姆微笑了一下，又迅速合上了宽阔的粉橙色双唇。盖伊想起来了，这是因为她门牙间有缝隙。

“你好吗，米里亚姆？”他无意间瞥了一眼她的身材，丰满但不像有身孕的样子，一个念头闪过脑海：她可能撒谎了。她身着鲜艳的印花裙子和白色的短袖宽松上衣，手提白色的漆皮编织大手袋。

她一本正经地坐在阴凉处的那个石头长凳上，问他一些行程方面的枯燥无味的问题。她原本丰满的脸庞更加丰满了，尤其是两颊，所以下巴显得更尖了。盖伊注意到现在她眼睛下面有细纹了。她已经活了很长时间——二十二年了。

“一月份，”她用平淡的声音答道，“一月份是孩子的预产期。”

那么是两个月前怀上的了。“我猜你想嫁给他。”

她轻微转头，朝下看去。她短小脸颊上那个最大的雀斑在阳光的照射下愈发明显了，盖伊仿佛看见了记忆中那个特殊的场景，自从娶了她，就再也没想起过这个场景。曾几何时，他是那么肯定自己拥有她，拥有她每一丝脆弱的思绪。然而，蓦然间，似乎所有的爱都变成了可望而不可即的挑逗，变成了可怕的、变幻莫测的未知数！和安妮会发生同样的情况吗？

“你难道不想吗，米里亚姆？”他催促道。

“不是现在。明白吗，情况有点复杂。”

“怎么了？”

“哦，我们恐怕不能随心所欲地马上结婚。”

“噢。”我们。盖伊知道他大概长什么样：高大黝黑，狭长的脸，跟史蒂夫一个模样。米里亚姆常常被这种类型所吸引，这也是她唯一愿为之生孩子的类型。她的确想要这个孩子，他看得出来。肯定发生了什么事，或许是与这个男人完全无关的事，让她想要这个孩子。这一点，他可以从她坐在石头长凳上那种一本正经、僵硬的样子，以及常在孕妇脸上看到或想象中的那种自暴自弃的恍惚神情中看得出来。“可也不至于耽搁我们离婚吧，我想。”

“哦，我本来想不会——直到几天前。我原以为欧文这个月就获得自由了。”

“噢。他是已婚的？”

“没错，他结婚了。”她轻叹了口气说，几乎是在微笑。

盖伊稍感窘迫地低下头，在柏油操场上缓缓踱步。他早该知道这个男人是已婚的，也早该料到这个男人并不打算娶她，除非被逼无奈。“他在哪里？在这里吗？”

“他在休斯敦，”她答道，“你不想坐下？”

“不想。”

“你总是不喜欢坐下。”

他沉默无语。

“你还戴着戒指？”

“对。”这是他在芝加哥大学的班级戒指，米里亚姆一直羡慕这枚戒指，因为这表明他是个大学生了。她扭捏地笑着盯着这枚戒指。他两手插进口袋。“趁我在这里，赶紧把离婚的事了结了吧。这周可以吗？”

“我想离开这里，盖伊。”

“因为离婚的事？”

她伸开短粗的手，无力地做了个暧昧不明的手势。他突然想起布鲁诺的那双手。他今天上午下车时，早把布鲁诺忘得一干二净了。还有他的书。

“我有点厌烦待在这里。”她说。

“如果你愿意，我们可以在达拉斯办离婚手续。”她怕这里的朋友知道，他想，就是因为这个。

“我想等等，盖伊。你介意吗？就一小段时间。”

“我想你会介意的。他到底有没有打算娶你？”

“他九月份就能娶我了。那时候他就自由了，可是——”

“可是什么？”从她的缄默，从她孩子般舔舔上嘴唇的动作中，他看得出她身陷困境。她非常想要这个孩子，因此她情愿自我牺牲，在梅特卡夫苦苦等候，直到孩子出生前四个月嫁给孩子的父亲。尽管自己是受害者，他却觉得有点同情她。

“我想离开这里，盖伊。和你一起。”

说这话时，她努力让自己的表情真诚，如此真诚，以至于盖伊差点忘记了她请求的事情和原因。“你到底想要什么，米里亚姆？想要钱远走高飞吗？”

她那灰绿色的双眸中的朦胧感似薄雾一般渐渐消散。“你母亲说你要去棕榈滩。”

“我可能会去那里。去工作。”他想起帕米拉项目，一股危机感悄然来袭。帕米拉项目要泡汤了。

“带我一起去吧，盖伊，这是我求你的最后一件事。如果我能和你一起待到十二月，然后我们就离婚——”

“噢。”盖伊平静地说，但心里有种东西狂跳不止，仿佛心要碎了。她突然让他恶心，她身边所有她认识的和吸引她的人都让他恶心。怀着别的男人的孩子，跟他一起离开这里，他却要做她的丈夫，直到她生了这个孩子为止。在棕榈滩!

“如果你不带我，我就设法自己去。”

“米里亚姆，我现在就可以去办离婚。我不必等到孩子出生。法律也用不着等。”他的声音颤抖了。

“你不会这样对我。”米里亚姆答道，语气中夹杂着威胁和恳求。当初他爱她时，米里亚姆就经常这样利用他的愤懑和爱情令他困惑不已，不知所措。

现在他的确困惑了。她说得没错。他现在不能离婚。倒不是因为他还爱着她，也不是因为她还是他妻子而有责任保护她，而是因为可怜她，因为记得曾爱过她。此刻他意识到，在纽约时就曾可怜过她，甚至在她写信向他要钱时他也曾可怜过她。“如果你要跟我去那儿，我就不接这份工作了。接这份工作已经没用了。”他语气平和地说，但这工作已经泡汤了，他告诉自己，还提它干吗呢?

“我觉得你不会放弃这样的工作。”她挑衅道。

他将目光从她脸上绽出的凯旋般的微笑中挪开了。这她就错了，他心想，但他沉默不语。他在柏油操场上走了两步，又转过身，昂起头。要镇静，他告诫自己。生气又有何用? 米里亚姆过去总是恨他反应冷淡，因为她喜欢大声争论。今天上午她也想大声争论，盖伊心想。她一直恨他这般无动于衷的反应，直到她意识到，长远来看，这种反应将对他伤害更大。盖伊知道他不自觉又陷入了米里亚姆的掌控之中，但他依然觉得他除了如此反应之外别无选择。

“这个工作我还没有拿到手呢，你知道。我给他们发份电报说我不想接这个工作就可以了。”米里亚姆来之前看到的树梢上那幢微红的新建筑又映入了他的眼帘。

“然后做什么？”

“很多事情。但你不会知道的。”

“想逃跑？”她挖苦道，“那可是最便宜的事。”

他又走了几步，转过身。他想起了安妮。和安妮在一起，他可以忍受这个。忍受任何事。事实上，他感到一种难以名状的逆来顺受。因为他现在和米里亚姆在一起，难道她就是自己青春时期失败的象征？他不由得咬住舌尖。他内心深处隐藏着一种恐惧感和失败感，就像珠宝上的瑕疵一样，虽然表面看不出来，但永远不能消除。有时候，失败可能令他着迷，就像中学或大学期间，本来可以通过的考试他故意不通过；就像他娶米里亚姆时曾遭到双方家人和朋友的反对。难道他当时不知道不可能成功？现在，他放弃了他最大的委托项目，连嘟囔一声都没有。他要去墨西哥，和安妮一起度过几天。可能要花光他所有的积蓄，但何乐而不为呢？可能不先见见安妮就回纽约工作吗？

“还有其他事吗？”他问道。

“说完了。”她从牙缝里对他挤出了这句话。

四

盖伊慢慢走在回家的路上，穿过阴凉安静的特拉维斯街，朝自己住的安布罗斯大街走去。特拉维斯街和德兰西大街拐角上有一家小水果店，犹如一个儿童玩具店似的位于某户人家前面的草坪上，沃沙托瑞姆大楼让安布罗斯大街的西面大煞风景。一群女孩和妇女身着白色制服，正从大楼蜂拥而出，边走边聊去吃早午餐。他很高兴路上没遇到需要打招呼的人。他觉得悠然，平静，自足，甚至相当高兴。真奇怪，同米里亚姆谈话刚结束五分钟，她就显得那么遥远，那么陌生！一切都显得那么微不足道！真的，任何事都微不足道。此刻，他为在列车上的焦虑不安而羞耻。

“不错，妈妈。”他回到家微笑着说。

他母亲扬扬眉毛露出一副渴盼的神情，欢迎他回家。“很高兴听你这么说。”她拉过摇椅，坐下听他说。她身材娇小，头发淡褐色，鼻子秀美笔挺，侧影美丽迷人，银色发丝间闪动着活力的火花。而且她总是很快乐。正因为如此，盖伊觉得他和母亲颇不相同，而且自从他因米里亚姆而苦恼的时候起，这种差异让他和母亲多少疏远了。盖伊喜欢尽可能把悲痛埋在心里，自我疗伤，而他母亲总是建议他忘掉。“她怎么说啊？很明显，你们没待多久。我还以为你会跟她共进午餐呢。”

“没有，妈妈，”他叹了口气，一屁股坐到锦缎沙发上，“一切顺利，不过我很可能不接受帕米拉的工作了。”

“噢，盖伊。为什么？是她——？她怀孕的事，是真的吗？”

母亲感到失望，盖伊心想，但与工作的真正意义比起来只是稍微失望。他很高兴她并不知道这项工作真正意味着什么。“是真的。”他说着，仰起头，沙发的木质框架挨着脖子后面，凉凉的。他想起自己和母亲之间生活的鸿沟。他很少告诉母亲他和米里亚姆一起的生活情况。他母亲曾经在密西西比舒适幸福的环境中长大，如今整天在梅特卡夫忙着她的大房子和花园，以及招待可爱忠诚的朋友——她怎么能理解米里亚姆的恶毒呢？或者，举个例子，她怎么能理解他为了自己工作方面的一两个构想而情愿在纽约过那种漂泊不定的生活呢？

“那棕榈滩的工作和米里亚姆有何关联？”她最后问道。

“米里亚姆想和我一起去那里。让我看护她一段时间。我无法忍受。”盖伊握起拳头。他眼前突然闪现出米里亚姆在棕榈滩与帕米拉俱乐部的经理克拉伦斯·布里尔哈特会面的情景。布里尔哈特表面依然平静、彬彬有礼，可内心震惊不已，但盖伊清楚，最主要的问题源于自己对米里亚姆的反感。因为他不能忍受自己做这样重要的项目时米里亚姆在他附近的任何地方。“我不能忍受。”他重复道。

她仅仅说了声“噢”，但她现在的沉默是种理解的沉默。盖伊想，她若做任何评论，都定会让他想起她当初反对他们结婚的那些话。她此刻不愿意这么做。“你不能忍受，”她又说，“那就直到你能忍受的时候吧。”

“我不能忍受，”他站起来，双手捧住母亲柔软的脸，“妈妈，我一点也不在乎，”他边说边亲吻她的前额，“我真的毫不在乎。”

“我也觉得你不在乎。不过话说回来，你为什么不在乎呢？”

他走到房间对面的直立式钢琴前。“因为我打算去墨西哥见安妮。”

“噢，是吧？”她笑了，这是这个上午他的快乐第一次摆脱了阴郁。“那你不就是浪荡之徒了！”

“想来墨西哥吗？”他转过头笑道。然后他开始弹奏孩提时代学过的西班牙萨拉班德舞曲。

“墨西哥！”他母亲故作惊吓说，“就连野马也别想把我拖到墨西哥去。或许你回来时可以带安妮来看我。”

“或许吧。”

她走过去，羞怯地把双手放在他肩上。“有时候，盖伊，我觉得你又开心起来了。在最困惑的时候。”

五

出什么事了？请立刻回信。或打对方付款电话更好。我们在丽兹再待两周。飞行途中很想你，很遗憾不能一同乘飞机，不过我能理解。祝愿你每天每时每刻都好，亲爱的。这件事定会很快结束，我们会渡过难关。无论发生什么，告诉我，让我们共同面对。我常觉得你没这么做。我的意思是，直面一切。

你离我这么近，不能过来住上一两天真是荒唐。希望你有这个心情。希望你有时间。想要你来这里，你知道我家人也想要你来。亲爱的，我的确喜爱你的设计图，我为你感到非常自豪，所以即使将来你因建造俱乐部需离开几个月，我也能忍受。父亲对你的印象极为深刻，我们总是谈论你。

献上我全部的爱

以及与爱相关的一切。

愿开心

爱你的

安

盖伊给帕米拉俱乐部经理克拉伦斯·布里尔哈特拍了份电报：“因情况有变，请恕我不能接这个项目。我深表歉意，并衷心感谢您的支持和不断鼓励。信随后到。”

他忽然想起，他们可能选用的替代性的草图——威廉·哈克尼斯联合公司仿美国著名建筑师弗兰克·劳埃德·赖特的作品。更糟的是，就在他通过电话叙说电报内容时，他想董事会很可能会要求哈克尼斯复制一些他的想法。哈克尼斯当然会这么做。

他给安妮发电报说，他将在周一乘飞机南下，有几天的空当。因为有安妮，他用不着费心去想，需要几个月或许几年才能再拿到像帕米拉俱乐部这么大的工作机会。

六

那天晚上，查尔斯·安东尼·布鲁诺平躺在埃尔帕索一家酒店的房间里，努力将一支金色水笔平放在他那纤细的中间凹陷的鼻子上。此刻他心神不宁，睡不着觉，却也没有精力下楼到附近的酒吧游逛游逛。他已逛了整个下午，所以不怎么想游逛埃尔帕索。他也不太想去大峡谷。他更关注的是前天夜里在列车上突然想到的那个点子。真遗憾那天早晨盖伊没有叫醒他。不是因为盖伊就是那种可以合伙谋杀的伙伴，而是他喜欢盖伊这个人。盖伊是一个值得认识的人。此外，盖伊把书落下了，他本来能还给盖伊的。

天花板上四个叶片的吊扇掉了一个叶片，发出呜吱—呜吱—呜吱的声音。如果四个叶片都在，会凉快些，他想。盥洗室有个水龙头漏水，床头上方的台灯夹子坏了，可怜地悬垂着，壁橱门上尽是指纹。就这样子，他们居然还敢告诉他，这是城里最好的酒店！为什么他住过的每个旅馆的房间总是多少有些不对劲呢？总有一天，他会找到并买下世界上最完美的旅馆房间，即使在南非也无妨。

他起身坐在床沿上，伸手拿起电话。“帮我接长途，”他面无表情地看着鞋子在白色床单上留下的红土鞋印，“格雷特内克 166J……格雷特内克，对，”一阵子等待，“长岛……纽约，笨蛋，听说过吧？”

一分钟不到，电话接通了他母亲。

“对，我在这里。你还是周日出发吧？你最好……哦，我骑骡子跑了一遭，也快累垮了……是，我看过大峡谷了……不错，但颜色有点像玉米色……好了，你情况怎么样？”

他大笑起来。然后蹬掉鞋子，抱着电话向床里边一滚，躺在床上，大笑个不停。她告诉他说，回到家里，发现“队长”在招待她的两位朋友——前一天夜里见到的两名男子——两位顺道拜访，误以为“队长”是她父亲，在接下来的谈话中，老是说错话。

七

盖伊肘部支在床上，盯着用铅笔写给他的信。

“我最多再叫你一次，你再好好睡一会儿吧。”他母亲说。

盖伊拿起棕榈滩的来信。“或许不会那么久，妈妈。”

“你明天什么时候的飞机？”

“下午一点二十。”

她弯下腰，多此一举地掖了掖盖伊床尾的被子。“我猜你可能没时间去看埃塞尔了吧？”

“噢，我当然有时间，妈妈。”埃塞尔·彼得森是他母亲最好的一个朋友，而且是盖伊的钢琴启蒙老师。

棕榈滩来信是布里尔哈特先生写的。信中说，他赢得了委托项目，布里尔哈特先生也说服了董事会接受百叶窗的设计。

“今早我弄了些好喝的浓咖啡，”他母亲在门口说，“想在床上吃早餐吗？”

盖伊笑着对她说：“想啊！”

他又细读了一遍布里尔哈特的信，装入信封，慢慢撕碎。接着拆开另一封信。这封信只有一页，铅笔写的，字迹潦草。正文下方笨重呆滞的花体字签名又让他微微一笑：查尔斯·A·布鲁诺。

亲爱的盖伊：

　　我是列车上的朋友，记得吗？那天夜里你的书落在我房间了，我在书里找到了一个我相信正确的得州地址，书很快寄给你。我自己也读了一些，真不知道《柏拉图》里面还有这么多对话。

很高兴那天晚上和你一起用餐，希望可以把你加入我的好友名单。能在圣菲见到你该多好。如果你改变主意，找这个地址：新墨西哥州，圣菲，拉方达旅店，至少两周内都在这个地址。

我一直在想我们制定的杀人计划。可以实施，我敢保证。我无法向你表明我极度自信！尽管我知道你对这话题不感兴趣。

你们夫妻的事怎么样了？我对此很感兴趣。请快回信。在埃尔帕索我的钱包被偷了（在酒吧外面眼睁睁地看着被偷走的），除此之外，没有值得一提的事。不喜欢埃尔帕索。向你道歉。

希望尽快收到回信。

你的朋友

查尔斯·A·布鲁诺

附言：非常抱歉那天早上睡过头了，没能向你道别。

C. A. B.

这封信让他有种说不出的高兴。盖伊想起布鲁诺自由自在的样子，心里也乐滋滋的。

“玉米糊！”盖伊高兴地对母亲说，“在北方从来不在炒蛋上加玉米糊！”

他穿上自己最钟爱的但对天气来说却过厚的睡袍，拿了《梅特卡夫星报》，支好了桌腿有些摇晃的已摆放好早餐的床上餐桌，坐在了床上！

后来，他沐浴，更衣，就好像他这天有事情要做似的，可实际并没有。昨天他已拜访过卡特莱特一家人。昨天本来可以看看他儿时的伙伴彼得·里格斯，可他现在在新奥尔良工作了。

米里亚姆现在在做什么呢，他心里纳闷。也许在后廊上修指甲，或者同一些崇拜她、也想变得跟她一样的邻家小女孩下跳棋呢！米里亚姆在计划变化时从来都不会沉思默想。盖伊点上了一支香烟。

楼下传来一阵时断时续的轻柔的声音，是他妈妈或厨师在清洗银器，一件件地堆成一堆。

为何不今天就去墨西哥呢？接下来无聊的二十四小时将变得很痛苦，他知道。晚上，他舅舅，很可能还有他母亲的一些朋友都会来拜访。他们都想见见他。自从上次回来，《梅特卡夫星报》曾用一个栏目对他及他的工作进行了报道，提到了他的奖学金——罗马奖学金——因为战争并没能用上，他所设计的匹兹堡商店，还有芝加哥医院增建的小医务所。报纸上把他捧得天花乱坠。他还记得，在纽约那个寂寥的日子，他收到了母亲寄来的这份剪报，这俨然让他觉得自己是个大人物了。

盖伊突然产生了回信给布鲁诺的冲动，于是他在工作台前坐了下来，可是握笔在手，他才意识到无话可说。他似乎看见布鲁诺身穿锈褐色套装，肩挎照相机，正摇摇晃晃地攀爬圣菲的某座干燥的小山，咧嘴笑着，露出满口坏牙，摇晃不稳地举着相机，咔嚓咔嚓地按着快门。布鲁诺揣着大把的闲钱，坐在酒吧里，等他的母亲。他对布鲁诺说什么呢？他套上钢笔帽，把笔扔回桌子上。

“妈妈？”他喊着，旋即冲下楼，“下午看电影怎么样？”

他妈妈说这周她已去过两次电影院了。“你明知道自己不喜欢电影。”他母亲轻斥道。

“妈妈，我真的想去！”他微笑着坚持道。

八

当天夜里约十一点钟电话铃响起，他母亲接了电话，走进客厅叫他。客厅里坐着叔父、叔母和两位表兄：里奇和泰。

“是长途。”他母亲说。

盖伊点点头。应该是布里尔哈特，要求详细解释。他的信盖伊那天已作答复。

“你好，盖伊，”电话里的声音说，“我是查理。”

“哪个查理？”

“查理·布鲁诺。”

“哦！——你还好吧？书的事谢谢了！”

“我还没寄，但我会寄的，”布鲁诺欢快地说，带着盖伊能记起来的列车上的几分醉意，“来圣菲吗？”

“恐怕不能。”

“棕榈滩的项目怎么样了？几周后我能去见你吗？我想看看设计得怎么样。”

“抱歉，那个项目打水漂了。”

“打水漂了？为什么？”

“情况有变。我改变主意了。”

“因为你老婆？”

“不……不。”盖伊有点生气了。

“她想让你跟她待在一起吗？”

“是。诸如此类吧。”

“米里亚姆想到棕榈滩来？”

盖伊很惊讶他居然还记得她的名字。

“没离成婚吧，嗯？”

“正在办。”盖伊简洁地说。

“是，电话费我付！”布鲁诺在冲什么人喊道，带着厌恶的语气，“天哪！听我说，盖伊，你是为了她而放弃那个项目的吗？”

“不完全是。没关系。已解决了。”

“你要等孩子生下来才能离婚吗？”

盖伊沉默无语。

“那个男的不打算跟她结婚，嗯？”

“噢，不是，他打算——”

“真的吗？”布鲁诺带着挖苦的语气打断他。

“我不能再跟你聊了。家里今晚有客人。祝你旅途愉快，查理。”

“我们什么时候能再聊？明天行吧？”

“明天我不在家。”

“哦。”布鲁诺听起来很茫然，盖伊也希望如此。不料他的声音又响起，语气阴沉、亲密。“听着，盖伊，如果你需要我做什么，你知道，只要给个指示就行了。”

盖伊不禁皱起眉头。他想到一个问题，并立刻有了答案。他想起了布鲁诺的杀人计划。

“你想怎么样，盖伊？”

“没什么。当前我很满意。明白吗？”布鲁诺不过是酒后胡言，盖伊心想。自己干吗要当真？

“盖伊，我是认真的。”布鲁诺声音模糊了，醉得更厉害了。

“再见，查理。”盖伊说。他等布鲁诺挂电话。

“听起来好像并非一切都好啊。”布鲁诺挑衅道。

“我觉得这根本不关你的事。”

“盖伊！”布鲁诺哀怨道。

盖伊正要说话，电话那头咔哒一声断了线。他心中涌起一股冲动，想让接线员追查那个电话。但又转念一想，这不过是酒后滋事罢了。而且还无聊透顶。布鲁诺知道了他的地址，这让他苦恼。盖伊使劲挠挠头发，回到了客厅。

九

盖伊想，他对安妮讲的米里亚姆的所有事情，都不及跟她一起在砂砾小路上散步这一事实来得重要。他一边走一边握着安妮的手，凝视着周围一切异域情调的景色——宽广平坦的林荫大道两侧林立着参天大树，好似法国香榭丽舍大街，基座上有几座军事雕像，远处有几栋他不认识的建筑。这里是改革大道[1]。安妮低着头跟在他身边，和盖伊悠然的步调基本一致。他们的肩膀擦了一下，他瞥了一眼安妮，看安妮是否要开口说话，说他做了个正确的选择，但她双唇紧闭，依然若有所思。安妮淡黄色的秀发用银色发夹梳在脖子后面，在微风中轻轻飞扬。这是他认识她以来的第二个夏天，她的脸因阳光曝晒开始变黑，肤色与发色几乎一样。要不了多久，她的肤色将比发色更深，但盖伊最喜欢安妮现在的样子，仿佛白金做成的。

她转向盖伊，嘴角露出一丝浅浅的忸怩微笑，因为他一直盯着她。"你本来不能忍受这种情况吧，盖伊？"

"是啊，别问为什么。我就是不能忍受。"他见她微笑依然，但多了几分迷惑，或许还有几分苦恼。

"放弃这么大的项目挺可惜的。"

此刻他烦恼不已，觉得项目早泡汤了。"我就是讨厌她。"盖伊故作镇静地说。

"可你什么都不该讨厌啊。"

盖伊做了一个紧张的手势。“我讨厌她，是因为我在跟你一起散步时对你讲出了这一切！”

“别这样，盖伊！”

“我讨厌她的全部，”盖伊继续说着，凝视着前方，“有时我觉得我憎恨世上的一切。没有面子，没有良心。她就是人们所说的让美国永远长不大，让美国奖励腐败的那种人。她这种人看低俗电影，效仿电影中的人物，看爱情故事杂志，住豪华别墅，总是逼迫老公今年多挣些钱，以便明年能分期付款购物，还拆散邻居的婚姻——”

“别再说了，盖伊！你净说些孩子气的话！”她拉远了和盖伊的距离。

“一想起曾经爱过她，爱过她的全部，我就感到难受。”盖伊补充道。

他们停下脚步，面对面看着对方。此时此刻，盖伊觉得除了说这些自己所能说的最恶毒的话之外，别无选择。他也想体验安妮的不赞成所带来的痛苦：或许安妮会离他而去，留下他独自一人散步。以前安妮就有一两次在盖伊失去理智时离开了他。

“有时我相信你还爱她。”安妮打破沉默说，那疏远而没有感情的语气吓坏了他，因为他觉得安妮可能会遗弃他，再也不回来了。

盖伊笑了笑，安妮顿时变得柔和。“对不起。”他说。

“噢，盖伊！”安妮又伸出手，像是在哀求，盖伊赶快握住，“你要是能长大就好了！”

“我曾在哪里读到过，人的情感不会成长的。”

“我不管你读了些什么。人的情感会成长的。如有必要，我证明

1. 位于墨西哥城的一条大道，原文为 The Paseo de la Reforma。

给你看。”

盖伊忽然觉得心里踏实了。“我现在还能想什么？”他压低了声音，倔强地问。

“想你从未像现在这样快要摆脱她了啊，盖伊。你觉得你该想什么？”

盖伊抬起了头，看见大楼顶部有个巨大的粉色标牌：第二十卷（TOME XX），顿生好奇，想知道这到底是什么意思，他想问安妮。他想问问安妮为什么和她在一起时，一切都变得容易和简单多了，但是碍于面子不好意思问。另外，无论如何这问题本身都是反问句啊，安妮无法用语言回答，因为答案再简单不过了，正是安妮。这种感觉始于与安妮的初次邂逅，那是一个雨天，盖伊拖着沉重的步子走进纽约艺术学院脏兮兮的地下室，里面仅有一个人，身披红色中国式雨衣，戴着头巾。穿红雨衣的人转过身说：“你从一楼即可直达 9A。你没有必要一路到这里来的。”说完爆发出一串愉快的笑声，盖伊心中顿生一股难以名状的怒火。当时他已学会嘴角浅笑，他有些怕她，又有点瞧不起她那墨绿色的新敞篷车。“在长岛生活，还是有辆车好！”安妮说。当时盖伊正处在目空一切、四处选课学习的阶段。那段日子其实只不过是一系列的测试，确保他了解老师讲的所有内容，或测试他能以多快的速度学会然后走人。“如果不是靠关系，你觉得每个人是怎么进来的？他们要是看你不顺眼，照样把你踢出去！”安妮对他说。最后，他按照安妮的正确方法，通过她父亲相识的一位董事，到布鲁克林贵族学校迪姆斯建筑学院学习了一年。

“盖伊，”安妮沉默了一会儿，突然说，“我知道你与生俱来就拥有一种能力，能让自己极其快乐。”

盖伊连忙点点头，尽管安妮并没有看他。此时他感到一种莫名的羞愧。有能力快乐的应该是安妮才对啊。现在她很快乐；遇见他之前，她也很快乐。倒是自己以及自己的问题似乎会短暂地影响她的快乐心情。和她在一起，自己也会很快乐。盖伊以前曾告诉安妮，但现在不忍心再诉衷肠了。

“那是什么？”盖伊问道。

查普尔特佩克公园[1]的一座圆形大玻璃屋映入眼帘。

“植物园。”安妮说。

玻璃房间里不见人影，连看管人员也没有。空气中弥漫着温暖新鲜的泥土气息。他们游逛着，读着或许来自其他星球的不知道该怎么念的植物的名字。有一种安妮最喜爱的植物。她说她曾看着它长了三年，连续三年夏天跟父亲一起来看它。

“不过我从来记不住这些植物的名字。”她说。

“你为什么一定要记住呢？”

他们和安妮的母亲福克纳夫人在桑伯恩餐厅共进午餐，之后去逛街，直到福克纳夫人下午小憩时间到了为止。福克纳夫人体型苗条，个头和安妮一般高，精力充沛，虽青春不再，但风韵犹存。盖伊已渐渐喜欢上她，而福克纳夫人也欣赏盖伊。他开始以为，安妮富裕的父母将是他们爱情的最大障碍，然而事实并非如此，他正在逐渐扫除这些障碍。那天晚上，他们四人先在美术馆听了场音乐会，然后在丽兹大酒店对面的巴尔迪摩女士饭店吃宵夜。

盖伊不能和福克纳夫妇一起到阿卡普尔科[2]共度夏天，福克纳夫

1. 该公园位于墨西哥城，是美洲最大的公园。

2. 位于墨西哥南部的海边。

妇对此表示遗憾。安妮的父亲是一位进口商，他打算在阿卡普尔科的码头建一个仓库。

“他要建造的是一整座乡村俱乐部，我们就甭奢望他对建仓库感兴趣了！”福克纳夫人说。

盖伊一言不发。他不敢看安妮。他曾经要她别在他走之前将棕榈滩项目之事告诉她父母。下周他该去哪儿？或许去芝加哥学习几个月。他已整理贮存好自己在纽约的东西，房东太太正在等通知，决定是否将公寓租给别人。如果去芝加哥，他可以去埃文斯顿拜见伟大的建筑师萨里南[1]，还有一位名叫蒂姆·欧弗莱厄蒂的年轻建筑师。尽管后者尚未得到业界认可，但盖伊看好他。说不定在芝加哥能找到一两项工作呢。不过要是安妮不在纽约，纽约的前景将会非常惨淡！

福克纳夫人将一只手放在他的前臂上大笑道：“看样子，即便是把整个纽约都给他建造，他也不会笑，是不是，盖伊？”

盖伊没有听。他想让安妮一会和他去散步，可安妮坚持要他到他们在丽兹饭店的套房，看看她给表哥特迪买的丝质睡袍。然后时间当然晚了，无法散步了。

他住在距丽兹饭店十个街区之遥的蒙特卡罗酒店，一栋破旧的建筑，看起来好像是某位将军以前的寓所。进门前先经过一条宽阔的马车道，铺着那种通常用在厕所的黑白相间的瓷砖。然后进入一个宽阔的阴暗大厅，也铺着瓷砖。这里有洞窟般的酒吧和长期空着的餐厅。斑斑点点的大理石台阶绕着中央庭院盘旋而上。昨天侍者领着盖伊上楼时，透过敞开的门窗，盖伊看到一对日本夫妇正在打

1. Eero Saarinen（1910—1961），美国建筑师，生于芬兰。

牌，一个女人跪地祈祷，有人坐在桌前写信，或仅仅是神情怪异而痴迷地站着。整个酒店笼罩着一种硬朗幽暗并且难以捉摸的超自然的神秘气息，盖伊一下子喜欢上了这里，可是福克纳一家，包括安妮在内，都打趣他的选择。

他住的是后面角落的一个便宜房间，里面塞满粉色和棕色的油漆家具，一张床活像塌陷了的蛋糕，走廊最里面有间盥洗室。楼下中庭某处，水流滴答作响，耳边时而轰鸣着急湍的马桶冲水声。

盖伊从丽兹饭店回来，把安妮送他的腕表放在红色的床头柜上，然后和在家里一样把钱夹和钥匙丢在布满刮痕的棕色书桌上。他拿着墨西哥报纸和下午在林荫散步道上的书店买来的介绍英国建筑的书坐到床上，觉得非常心满意足。他刚看了两眼报纸上的西班牙语，就头向后一仰，靠在枕头上，开始凝视这个令人讨厌的房间，聆听从大楼各处传来的人们活动时发出的老鼠般的嘈杂声。他到底喜欢这里的什么？他纳闷着。是让自己沉浸在这丑陋、不舒适、有失体面的生活里，以便获得对抗工作中的困难的新生力量呢，还是为了躲避米里亚姆呢？在这里总比在丽兹饭店更难被找到吧。

第二天上午，安妮打电话说有他的一封电报。“我正好听见他们在呼叫你，”安妮说，“他们正打算放弃呢。”

“能念给我听听吗，安妮？”

安妮念道：“‘米里亚姆于昨日不幸流产，心情烦乱的她想要见你。能回来吗？妈妈。’——噢，盖伊！”

盖伊对此感到恶心，对所有的一切感到恶心。“肯定是她自己干的。”盖伊低声咕哝着。

“你不知道真相不要乱猜，盖伊。”

“我知道。”

"你不觉得最好去看看她吗？"

他紧握话筒。"现在我要想方设法拿回帕米拉的项目，"盖伊说，"电报什么时候发的？"

"九号，周二下午四点。"

盖伊给布里尔哈特先生发了封电报，问那个项目能否重新考虑让他来做。他想，他们当然会答应，但同时也会认为他愚蠢透顶。全是米里亚姆惹的祸。他给她写了封信：

> 毫无疑问，此事改变了我们各自的计划。不管你做何打算，我决定办理离婚手续。过两天我就去得克萨斯。希望届时你已康复，如尚未痊愈，我一个人照样能处理一切必要事宜。
>
> 再祝早日康复。
>
> 盖伊
>
> 另：这个地址使用至周日。

他用航空特快专递寄发了此信。

然后他给安妮打电话。他想晚上带安妮到市里最好的饭店。他想先到丽兹饭店酒吧喝那里最具异国情调的鸡尾酒，全尝一遍。

"你真的很开心？"安妮大笑着问道，好像不太相信他的话。

"很开心，而且——很特别。很有异国情调。"

"为什么？"

"因为我本以为它不是命中注定的，它不是我命运的一部分。我指帕米拉项目。"

"我认为那是你命中注定的。"

"噢，你认为！"

"你认为我昨天为什么那么生你的气？"

他并不期待米里亚姆的回信，但周五上午当他和安妮在索其米克时，他迫不及待给下榻的旅馆打电话，看是否有消息。有一份电报。一回墨西哥城，他就打电话给旅馆说一会儿去取，不过他实在等不及了，就在索卡洛的一家药房给旅店打了个电话。这回蒙特卡罗旅馆的职员把电报念给他听："必须先跟你谈谈。请快来。爱你的米里亚姆。"

"她要小题大做了，"盖伊将电报内容复述给安妮后说，"我敢肯定那个男人不想娶她。他现在还有个妻子。"

"哦。"

他们一起走着，盖伊突然瞥了安妮一眼，想说点什么，劝她对他、对米里亚姆以及对这所有的一切再有点耐心。"我们忘了此事吧。"他笑着说，开始加快了步伐。

"你想现在回去吗？"

"当然不想。大概周一或周二吧。这几天我想跟你在一起。离去佛罗里达还有一周的时间呢。如果他们仍维持原计划的话。"

"米里亚姆不会缠着你，对吧？"

"到下周的这个时候，"盖伊说，"她就再也没有任何权利要求我了。"

十

圣菲市拉方达饭店内，埃尔西·布鲁诺正坐在梳妆台前，用清洁纸擦去脸上干性皮肤夜用护肤霜。她还时不时贴近镜子，睁大毫无神情的蓝色双眸，审视眼睑下方的网状细纹和鼻子下的曲线笑纹。她下巴略微后缩，脸的下半部外凸，饱满的双唇前迎，和布鲁诺脸型颇为相似。圣菲，她心想，是唯一一个在梳妆台前坐得老远却仍能照见笑纹的地方。

“这里的灯光啊——不妨作X光好了。”她对儿子说道。

布鲁诺穿着睡衣懒散地坐在生牛皮椅子上，肿胀的眼睛朝窗户望了望。他太累了，连过去拉下百叶窗的力气都没有。

“你看起来很漂亮的，妈妈。”他嘶哑地说。他噘起嘴，低头将嘴唇探进光光的胸口上放着的玻璃水杯里，紧锁眉头陷入了沉思。

一个比以往任何时候都要大胆、都要清晰的想法已经在他脑海中酝酿好几天了，让他如坐针毡，恰似用虚弱双手捧着一颗奇大无比的胡桃的松鼠一般。他打算等他妈妈出城去就开始认真考虑这个想法：杀了米里亚姆。时机已成熟，此时不动手，更待何时。盖伊现在需要这么做。再过几天，哪怕就一周，对棕榈滩项目来说可能就太迟了。他才不愿意这种情况发生呢。

在圣菲的这几天，她脸变胖了，埃尔西心里想。她小三角形的鼻子紧绷，两颊则胖嘟嘟的，让她看出来自己变胖了。她对镜中的自己微微笑了笑，藏起笑纹，歪了歪披着金色鬈发的头，又眨了眨眼。

“查理，我今天早上该系那条银皮带吗？”她随口问道，仿佛自言自语。那条皮带大概值二百五十多元，不过萨姆会送一千元来加州的。那皮带真好看，在纽约也找不到这么好的。圣菲除了银器之外，还有什么好东西呢？

“他还有什么好处？”布鲁诺咕哝道。

埃尔西拿起浴帽，转身对他粲然一笑——还是那种一成不变的短暂笑容。“亲爱的。”埃尔西说，带着哄人的语气。

“嗯？”

“我离开期间，你不会做任何你不应该做的事情吧？”

“不会，妈妈。”

她套上浴帽，看着一只涂了红蔻丹的修长指甲，然后伸手拿了把锉刀。弗雷德·威利当然会心甘情愿为她买下那条银皮带——他很可能会带着某件极难看却是双倍价钱的东西在车站出现——但她可不想让他缠着她去加州。只需稍稍鼓励，他就会同她去加州。最好希望他只在车站海誓山盟一番，掉几滴眼泪，然后直奔家中投入老婆的怀抱。

“但依我说，昨天晚上玩得真开心，”埃尔西继续说，“弗雷德先看到的。”她边说边大笑起来，眼前飞舞着的锉刀变得模糊不清。

布鲁诺冷酷地说：“那跟我一点关系都没有。”

“好吧，亲爱的，跟你一点关系也没有！”

布鲁诺努努嘴。他妈妈今天凌晨四点钟歇斯底里地把他叫醒，告诉他广场上有一头死公牛。一只公牛坐在长凳上，戴着帽子穿着外套，在读报纸呢！这是威尔森典型的学究式恶作剧。威尔森今天必将谈论此事，布鲁诺知道，他会津津乐道，直到想出更加愚蠢的事情来做。昨晚在旅馆里的拉普拉希塔酒吧，他策划了一起谋杀——而威尔森则在装扮一头死公牛。就连在威尔森讲过的最夸张的战地故事里，他也没说杀过一个人，哪怕是一个日本士兵。布鲁诺合上眼，心满意足地回忆着昨晚的经历。大约十点，半醉半醒的弗雷德·威利和其他很多"秃头"声势浩荡地进入拉普拉希塔酒吧，活像音乐喜剧中的男演员阵容，请他母亲参加派对。他也接到邀请，但他向母亲推说和威尔森有约，因为他需要时间来思考。昨晚他已决定动手了。自从上周六跟盖伊谈话至今，他一直在认真盘算。如今又周六了，母亲明天去加州，真是个千载难逢的好机会，机不可失，时不再来。他能下得了手吗？他讨厌这个问题。这问题缠绕他多久啦？太久太久了，久得记不得了。他感觉下得了手。有个东西在不断告诉他，此刻天时地利人和，是再好不过的机会。一起纯粹的谋杀，没有任何个人动机！他并不把盖伊可能杀他父亲看作动机：他并未指望盖伊会动手。自己或许能说服盖伊，或许不能。关键是，眼下是行动的良机，因为行动计划天衣无缝，完美无缺。昨晚他又给盖伊家里打了电话，确认他尚未从墨西哥回来。盖伊母亲说，从周日起他一直待在墨西哥。

突然布鲁诺感觉咽喉根部仿佛被大拇指扼住似的，让他不由自主地使劲向上拉衣领，可他睡衣前面的扣子全都是解开的。随即布鲁诺恍然若梦地扣起来。

"你不想改变主意跟我一起去吗？"他妈妈边问边站起身来，"你要是改变主意，我就去里诺。海伦在那里，乔治·肯尼迪也在。"

"我想去里诺看你只有一个理由，妈妈。"

"查理——"她将头侧向一边，又侧回来，"你有点耐心好不好？不是为了萨姆我们不会来这里，对不对？”

“我们当然会。”

她叹气道：“看来你是不会改变主意了？”

“我在这边玩得正开心呢。”布鲁诺痛苦地低声道。

她又看看指甲说：“我老听你说觉得无聊透了。”

“我是说跟威尔森在一起时。我打算不再见他了。”

“那你不会回纽约去吧？”

“回纽约干什么？”

“今年你要是再病倒了，你祖母会很失望的。”

“我什么时候病倒过啊？”布鲁诺有气无力地戏谑道。突然觉得难受得要死，恶心得快要吐了。他熟悉这种感觉。这种感觉仅持续了一会，但是上帝啊，他心想，上列车前千万别有时间吃早餐，千万别让她说早餐二字。他全身僵直，纹丝不动，双唇微张，困难地呼吸着。他闭着一只眼，看着她穿着淡蓝色丝袍，一手压按着嘴唇朝他走来，她尽其所能显得严肃，其实一点也不严肃，因为她眼睛圆圆的，而且面带微笑。

“你跟威尔森在玩什么鬼把戏？”

“那个小流氓？”

她坐在他椅子扶手上。“就因为他剽窃了你的想法吗，”她边说边轻轻摇了摇他的肩膀，“不要做任何离谱的事了，亲爱的，因为现在我没钱替你善后。”

“跟他多要点钱回来啊。也给我一千元。”

“亲爱的，”她把凉凉的手放在布鲁诺前额上，“我会想你的。”

“很可能后天就到那里了。”

“然后我们一起到加州开心地玩。”

“当然。”

“今天早晨你怎么这么严肃呢？”

“没有啊，妈妈。”

她扯了一下布鲁诺前额垂下的发丝，然后走进盥洗室。

布鲁诺跳将起来，对着盥洗室里的流水轰响声大喊道：“妈妈，我有钱可付这里的账单！”

“什么，我的天使？”

他走近盥洗室，重复一遍刚才的话，然后坐回到椅子上，刚才的举动让他筋疲力尽。他不想让母亲知道他打长途电话到梅特卡夫的事。她若不知道，将一切顺利。他母亲并不十分在意他不再继续待下去，确实很不在意。她要在列车站之类的地方见那个笨蛋弗雷德吗？布鲁诺坐直身体，心中渐渐萌生出一股对弗雷德·威利的仇恨。他想告诉母亲，他待在圣菲是为了自己生命中最重要的事情。如果她对这件事的意义哪怕有一点点了解，她现在就不会在盥洗室里放水，而根本不注意他了。他想说，妈妈，我们俩不久就能过上大好日子了，因为这是摆脱“队长”的第一步。不论盖伊能否圆满完成他的那份交易，只要他成功地解决了米里亚姆，他就证明了一点：完美无缺的谋杀。总有一天，另一个他不认识的人会出现，并与他达成某种交易。布鲁诺突然极度痛苦地低下头，下巴抵在胸前。他怎么能告诉他母亲呢？谋杀与他母亲格格不入，她会说：“真骇人听闻啊！”他盯着盥洗室的房门，一副受伤而疏远的神情。他突然明白绝对不能告诉任何人，永远不能，除了盖伊。他又坐下来。

“瞌睡虫！”

她拍了拍手，布鲁诺眨眨眼，随后笑起来。他百无聊赖而又若有所思，他意识到再看到妈妈的这双手之前会发生很多事情，他注视着母亲拉紧丝袜时双腿弯曲的样子，她双腿的纤细线条总是让他振奋，让他骄傲。她的腿是他见过的无论任何年龄段的女性中最漂亮的。齐格菲尔德[1]曾挑上了她，齐格菲尔德不是自命不凡吗？可她已经结婚了，而且陷入了她曾竭力逃离的那种生活。他很快就要解放她了，而她却毫不知情。

“别忘了寄那样东西。”他母亲说。

一对响尾蛇头向他扑来，布鲁诺连忙后退。那是他们买给“队长”的领带架，是由数支牛角连接而成的，一面镜子上饰有两只填充的小响尾蛇，彼此相向吐着蛇信。“队长”痛恨所有的架子，痛恨所有的蛇、狗、猫、鸟——他还有什么不痛恨的呢？他会痛恨这个庸俗的领带架，正因为如此他才说服母亲给他买的。布鲁诺对领带架亲切地笑着。说服母亲买这玩意儿简直易如反掌啊。

---

1. 弗洛伦兹·齐格菲尔德（Florenz Ziegfeld，1869—1932），美国戏剧导演，以其夸张的时事讽刺剧《齐格菲尔德讽刺剧》而闻名于世。该剧从1907年到1931年每年上演一次（1926年，1928年，1929年除外）。

十一

布鲁诺被该死的鹅卵石绊了一跤，立刻高傲地站起来，竭力拉展掖在裤子里的衬衫。还好，他走的是小巷而非大街，否则警察可能会对他进行临检，那就会错过列车。他停下来，在身上摸索钱夹，这会儿摸索得比早先更狂乱了，确认钱夹还在不在。他双手颤抖不已，几乎连列车票上印的“上午十点二十分”都看不清了。几个钟表都显示，现在是早上八点十分。今天是周日吧。当然是周日，因为所有的印第安人都穿着干净的衬衫。尽管昨天一天都没见威尔森，现在他好像也不会外出，他密切留意着他。他不想让威尔森知道他要离开圣菲。

广场突然展现在他眼前，满眼都是鸡、小孩和拿松果当早餐吃的平凡老人们。他驻足静立，数着政府官邸的柱子，想看看是否能数到十七，结果他能。既然如此，柱子不再是测量自己酒醉与否的好标尺了。除了严重宿醉，此刻他还因为躺在该死的鹅卵石上睡了一觉而深感腰酸背痛。他为什么要喝那么多酒呢？他心里纳闷着，泪水几乎盈眶。但他一向形单影只，而且总在独处时喝得更凶。果真如此吗？到底有谁在乎？他记得昨晚在看实况转播的沙狐球[1]时，他脑中出现一个强而有力的念头：“看世界的方法是要用醉眼去看。”被创造的万物是让人们用醉眼来看的。当然，此刻在他每转动一次眼睛便头痛欲裂的情形下可不合适看世界。昨晚他本想庆祝他待在圣菲的最后一夜，因为今天他将出现在梅特卡夫，而且得十分机警。难道他不知道宿醉可不光是几杯酒吗？一场宿醉甚至可能会有帮助，他心想：他习惯在宿醉情况下缓慢而谨慎地办事情。况且，他还没拟好什么计划。他可以在列车上从长计议。

“有信吗？”他在柜台前机械地问，结果是没有任何信件。

他郑重地洗了个澡，又叫人送了份热茶和一个生蛋上来，让他调杯解宿醉的特效药，然后他走至衣橱前，站了好一阵子，心想不知该穿什么衣服。他决定穿那套锈褐色套装，以示对盖伊的尊敬。衣服穿上时，他注意到这套衣服相当不显眼，而他这种下意识的抉择令他对自己大为赞赏。他一口饮尽解酒药，药液在口内顺势流下咽喉，他弯起两臂——但突然之间，房内印第安式的装潢、愚蠢的锡灯和在墙上垂挂而下的细布条都令他无法忍受，他开始再次摇摇晃晃，匆忙收拾行李走人。打理什么东西呀？他其实不需要任何东西，只要那张写了他已知的有关米里亚姆一切讯息的纸就够了。他从小提箱背面袋囊中取出那张纸，塞进他夹克的内袋里。这个动作让他觉得自己像个生意人。他把一条白手帕放在胸前口袋中，然后走出房间，锁上房门。他估算能在明晚回来，如果他能够在今晚下手，又能赶上回程卧铺车，那回来的时间会更早。

今晚！

他走向前往拉米列车站的公车站时，还恍如置身梦中。他本以为会感到万分的高兴和刺激——或是镇静且冷酷——但他一点儿也没有这些感觉。他突然皱起眉头，他那眼神空幻的苍白脸孔看起来更年轻了。难道终究会有什么事将使此举不再有乐趣吗？会是什么呢？以往凡是他期盼的事，总是让某件事剥夺了乐趣。但这一次他

1. 学名为桌掷球，属于掷球的一种。

不会让这种情形发生。他强颜欢笑。也许是宿醉让他有此疑虑吧。他走进一家酒吧，向他认识的一位酒保买了五分之一加仑的酒，把他的扁瓶装满后，又想要一个能容纳一品脱溶液的空瓶盛装其余的酒。酒保找了找，但没有找到。

布鲁诺到了拉米后，继续走向月台，手里除了放在纸袋中半空的酒瓶外，什么也没有，连武器也没有。他不断提醒自己，他还没有拟好计划，可一大堆的计划也不意味着谋杀会成功。亲眼看见——

"嘿，查理！要去哪儿呀？"

是威尔森，他身旁还有一大群人。布鲁诺强迫自己走向他们，不耐烦地摇摇头。他们一定是刚下列车，他心想，瞧他们一副疲倦又精神不佳的样子。

"这两天你去哪儿了？"布鲁诺问威尔森。

"拉斯维加斯呀。等我到了，才知道我去了那里，否则我就会邀你去了。见见乔·汉诺瓦吧，我跟你提过乔的。"

"嗨，乔。"

"什么事这么闷闷不乐呀？"

威尔森一边友善地推了他一把，一边问道。

"噢，查理醉了！"其中一个女子尖叫着说，她的声音像是正在他耳边响起的脚踏车铃声。

"醉鬼查理拜见乔·汉诺瓦！"乔·汉诺瓦捧腹大笑道。

"呵呵，"布鲁诺从一位颈上戴着花圈的女子身上轻柔地抽出自己的手臂，"该死，我要去赶这班列车。"他要搭的列车正在站上等候。

"你要去哪里？"威尔森问，他的两道黑眉皱得都碰在一块儿了。

“我得去了塔尔萨[1]见个人。”布鲁诺低声说，意识到话有语病，心中想着他现在必须脱身。挫败感让他想哭，想挥拳痛揍穿着红色脏衬衫的威尔森一顿。

威尔森做了个动作，仿佛要擦掉黑板上的粉笔灰痕一样将布鲁诺一把抹掉。“塔尔萨！”

布鲁诺勉强咧开嘴，缓缓地做了个相似的手势，便转身离去。他一直朝前走，料想他们会跟着他，但他们并没跟来。在列车旁，他回头，看见这群人就像从艳阳下滚进了车站的暗影里，他蹙眉看着他们，觉得他们之间的亲密性带有阴谋的成分。他们对什么事起疑心吗？他们正小声议论他吗？他轻松地登上列车，还没找到他的座位，列车便开始行进了。

他小憩片刻后，世界似乎改变了不少，列车正平顺地快速穿过凉爽苍翠的山区。墨绿色的谷地山影重重。天空灰灰的。开有空调的车厢及车外的清凉景致如碎冰般令人心神舒畅。他饿了。他在餐车上享用了一份小羊肉片、炸薯条、沙拉，还有新鲜的桃子派外加两杯威士忌苏打，然后便如百万大亨般满足地大步踱回座位上。

这种目标明确的感觉对他而言既奇特又甜美，像一道流水般牵引着他，令他无可抗拒。光是凝视窗外，就感觉到心智和视觉的重新协调。他开始明白自己打算要做什么了。他正在去执行谋杀行动的途中，这件谋杀案不仅满足了他多年来的欲望，而且也对一位朋友有益。能够为他的朋友做事，布鲁诺感到非常高兴，而他确信被害人也罪有应得。想想他会让多少好男人因为没机会认识她而得救啊！明白了自己的重要性让他飘飘欲仙，有好一阵子他感到全然的

1. 美国俄克拉何马州东北部一城市。

陶醉。他那已耗尽的精力，犹如那被洪水冲积的、他正行驶穿过的平坦而又无趣的艾斯塔卡多[1]平原一样，似乎正汇聚成漩涡，像这列勇猛前冲的列车般朝梅特卡夫逼近。他坐在座位边上，心中希望盖伊又坐在他正对面。但盖伊会设法阻止他的，他知道；盖伊不会了解他有多么想做此事，而且此事又有多容易。但看在上帝的分上，他应该明白此事是多么有益！布鲁诺一手搓着平滑如橡胶般的拳头，希望列车跑得更快些。他全身的每一块小肌肉都在抽动、颤抖。

他取出写着有关米里亚姆的纸，放在他对面的空位上，认真研读起来。纸上写着：米里亚姆·乔伊斯·海恩斯，年约二十二岁。他的字迹像印刷体一样清晰工整，因为这是他抄写的第三份。十分漂亮。红发。体态丰满，身形不高。看得出大概怀有一个月身孕。聒噪，喜好社交型。大概穿着俗艳。也许留短鬈发，也许是长烫发。内容不太多，但他也只知道这些了。有利的是至少她有头红发。他今晚真的能动手吗？他纳闷着。那要看他是否能马上找到她了。他可能得查遍姓乔伊斯和海恩斯的全部名单。他想，她大概会跟她家人同住吧。只要见到她，他确信自己认得出她来。这个小婊子！他已经恨她入骨了。想到一见到她就立刻可以认出她来，他便满心期待地两脚在地上一蹬。有人走来，在过道上走动，但布鲁诺始终目不斜视地继续盯着那张纸。

她要生孩子了，盖伊的声音在耳畔响起。这个贱女人！水性杨花的女人让他怒不可遏，令他作呕，比如他父亲以前的那些情妇，把他读书时的所有假期搞得有如一场场噩梦，因为他不知道母亲是

1. 位于美国新墨西哥东南部，得克萨斯西部及俄克拉何马西北的大草原南部的一个广阔的半干旱高原区，以天然草场、石油及天然气等自然资源而著称。

知情而装出快乐的样子，还是她真的毫不知情。他努力回忆着他跟盖伊在列车上说过的一字一句，因为这样能使他感觉自己和盖伊更贴近。他认为，盖伊是他所见过的最优秀的人。他赢得了棕榈滩的工作，他理应拥有这项工作。布鲁诺真希望自己是唯一可以告诉盖伊他仍拥有这项工作的人。

布鲁诺最终把纸装进口袋，背靠椅子，舒服地跷起了二郎腿，两手叠放在膝盖上，任何见了他的人都会认定他是个负责任、有个性的年轻人，或许还前途无量呢。他看起来并非十分健康，但他确实表现出旁人少有的、而且他本身也未曾有过的泰然自若的神情和内心愉悦的样子。他的生命一直到现在都是无路可循，不知要往何方寻觅，也看不出发现了方向又有何种意义。他的生命也一直是危机重重——他热爱危机，而且有时候会在他的熟人中和父母之间制造危机——但他总是及时置身危机之外，以免蹚了浑水。正因为如此，哪怕有时候他发现父亲伤害母亲，他也难以对母亲产生同情，而这让他母亲认为他颇为冷血，他父亲和其他许多人则深信他是生性冷酷。然而陌生人身上的那种他想像的冷漠，或者一位他在寂寞黄昏打去电话、对方却无法或不愿意跟他共度一晚的朋友，光这些就能使他紧绷着脸，陷入愁云惨雾中。但只有他母亲知道，他置身危机之外，是因为他在剥夺自己的兴奋感时也能发现乐趣。这么长久以来，他在求得生命意义的渴望中挣扎，可那虚无缥缈的渴望始终无法变成赋予生命以意义的行动，以至于他变得比较喜欢挫败，一如某些习惯不求回报的情人般。他觉得自己永远不会知道完成一件事的甜美感觉。有方向和希望的探索，往往一开始就令他觉得气馁，所以他连试也不试一下。然而总有精力支持他再多活一天。死亡丝毫不具恐怖性。死亡只是一个未尝试过的冒险罢了。如果死亡伴随某件危险的事情而来，那是再好不过的了。

与死神最亲密的一次接触，他心想，应当是那次在笔直的马路上蒙着眼开赛车，油门直踩到底的时候。当时他根本没听到朋友示意停车的鸣枪声，因为他摔断了一根腰骨，正毫无意识地倒卧在沟渠中。有时他感到很无聊，竟企图用自杀来戏剧性地了结生命。毫无畏惧地面对死亡可能是勇敢的行径，他的态度就跟印度导师的态度一样是听天由命，而自杀需要一种意志消沉的特殊勇气，这些他从来都没想过。布鲁诺向来有这种勇气。事实上他对思忖自杀一事感到羞耻，因为那太平淡无奇而且乏味了。

现在，坐在前往梅特卡夫的列车上，他有方向了。自从他年幼时和父母前去加拿大——他记得当时也是在列车上——以来，他不曾感觉如此朝气蓬勃，如此真实而且和其他的人一样。他曾深信魁北克到处有城堡，而他父母也会允许他去城堡探究，但那里一座城堡也没有，他甚至没有时间去找找有没有城堡，因为他奶奶当时快死了，那也是他们到加拿大的唯一理由。从那时候以来，他便未曾对任何旅游的目的抱以完全的信赖。但对这次的目的，他却深信不疑。

到了梅特卡夫，他立刻翻阅电话簿，查阅姓海恩斯的名单。蹙眉细看名单时，他几乎没有想到过盖伊的住址。没有看到米里亚姆·海恩斯的名字，他原来就没期望会看到。有七个姓乔伊斯的人，布鲁诺把这几个人名潦草地抄写在一张纸上。其中的三人在同一个住址，马格诺利亚街 1235 号，而其中一人叫 M. J. 乔伊斯太太。布鲁诺若有所思地用舌尖舔着上唇，显然他是押对了宝。也许她母亲也叫米里亚姆。他应该能从附近打探到许多事。他不认为米里亚姆会住在高级地区。他匆忙走向停在路旁的黄色出租车。

十二

将近九点了。漫长的黄昏暮色愈浓，直至夜幕降临。多间看起来不很坚固的木屋居民区里，有几户人家亮着前廊的灯，人们或坐在秋千上，或是坐在前院阶梯上，其余大部分都淹没在黑暗之中。

“我在这里下车好了。”布鲁诺对出租车司机说。这是马格诺利亚街和学院大道的交接处，门牌号码一千多号的区段。他开始徒步前行。

一个小女孩站在人行道上，正盯着他看。

“嗨唷。”布鲁诺像是紧张地命令她别挡路。

“嗨。”小女孩说。

布鲁诺瞥一眼站在点了灯的玄关上的人：一个在给自己扇风的胖男子，两个坐在秋千上的女人。要么是他醉酒的程度比想像中的还严重，要么便是好运降临了，因为他对1235号明确地有感应。他想不出还有哪里会比这个街区更可能是米里亚姆的住处。如果他搞错了，他只要再试试其他的地方就好了，他口袋里还摆着那张名单呢。门廊上的风扇提醒了他，除了自傍晚以来就困扰着他的有如高烧般的体温之外，天气还真是热。他驻足点起一根香烟，很高兴自己的双手没有丝毫抖动。午餐后的那半瓶酒已解决了他的宿醉，而且使他沉浸在优哉的欢愉情绪之中。蟋蟀的啪啪鸣叫声在他四周响起。四下万籁寂静，静得都让他听得见两条街道之外的汽车换挡声。几个年轻人拐过街角走来，布鲁诺的心狂跳着，以为其中有一人可能是盖伊，但他们都不是。

“你这个老混球！”一位年轻人说。

“该死，我跟她说我没有干涉她，她听也不听我解释！”

布鲁诺轻蔑地目送他们远去。他们说的话像是另一种语言，跟盖伊的说话方式完全不同。

有些房门上找不到门牌号码。若找不到1235号怎么办？但他来到1235号屋前时，门廊上方锡制的“1235”清晰可辨。看见这房子时，他周身漾起一阵愉悦的战栗。盖伊必定时常跳着走上这些阶梯，他心想，而且就是这项事实使它真的与其他房子有所区别。这是一栋跟这一街区的其他所有房子一样的小房子，只是黄褐色的护墙板更加需要粉刷。房子旁有条车道、一块稀疏的草坪和停靠在路旁的一辆老雪佛兰。楼下的一个窗口泻出灯光，楼上靠后面角落的一个窗口也有灯光，布鲁诺认为那可能是米里亚姆的房间。但他为什么不知道她的房间在哪儿呢？也许盖伊告诉他的事真的还不够多！

布鲁诺神经紧张地穿过街道，又往回走了一小段原先走来的路，随后停下脚步，再转身咬着嘴唇凝视这房子。眼前不见任何人影，而且除了转角过去的那一户人家之外，没有任何一家的门廊还亮着灯。他无法判定一阵微弱的收音机声响是从米里亚姆家传出的还是从隔壁房子传出来的。隔壁房子楼下有两个窗子泻出光线。他说不定可以从车道走进去，看看1235号房子的后院。

灯火点亮时，布鲁诺的视线警觉地调向隔壁房子的门廊。一男一女走出来，女的在秋千上坐下，男的则走向人行道。布鲁诺后退到突出的车库前的墙壁凹处中。

“如果没卖桃子的，就买开心果吧，唐。”布鲁诺听见女人的叫喊声。

“我会买香草的。”布鲁诺低声说，又喝了些扁瓶里的酒。

他诧异地凝视着黄褐色的房子，以一只脚为重心站着，觉得有个硬邦邦的东西顶住了大腿：原来是在大喷泉车站买的那把刀，猎刀，配有刀鞘，刀刃长六英寸。如果能不用刀子，他就不想用刀子。很奇怪，他就是厌恶透了刀子，而枪则会发出噪音。他要怎么办才好呢？见到她就会想到办法的。真的会想出办法来吗？他曾以为见到房子就会想到什么，他也仍觉得这正是他要找的房子，但他却什么也没有想到。这可能意味着这不是他要找的房子吗？要是在他什么也没发现之前便因窥探而被人追赶怎么办？盖伊告诉他的事不够多，真的不够多！他很快地又喝了一口酒。他绝不能开始担忧，那样会坏了所有的事！在大腿上擦着汗湿的双手，用颤抖的舌头舔湿双唇。他从胸前口袋中抽出写有几个乔伊斯地址的纸，斜对着街灯。但他仍无法借助灯光看出纸上的字。他该离开此地去试试另一处地址，也许试过之后，再回到这里吗？

他要等个十五分钟看看，也许等上半个钟头吧。

在列车上时，他早已下定决心要在户外攻击她，所以他所有的想法都从简单地接近她开始。这条街几乎够暗了，在树下尤其暗。他偏好徒手攻击她，或者用某个东西打她的头。一想到自己攻击她的情形，他的身体开始不由自主地左躲右闪，这才让他意识到自己原来有多么兴奋。时不时地，他脑中会出现这件事办好时，盖伊会有多高兴的想法。米里亚姆已然成了一个物体，娇小而坚硬。

他听见一个男人的声音和一阵笑声，他确信笑声来自1235号楼上有灯光的房间，接着是一个女孩笑着说：“别这样啦！拜托？拜——托嘛。”也许是米里亚姆的声音，很孩子气，又很嗲，但是不管怎样也像根耐用的绳子般强韧有力。

灯火一闪而灭，布鲁诺的视线仍盯着已暗下来的窗子。然后门廊的灯火闪现，两男一女——米里亚姆，走了出来。布鲁诺屏住呼吸，在地上站稳了。他看得见她发丝中的红光。个头较大的家伙也是红发——也许是她的兄弟。布鲁诺的眼睛明察秋毫，一眼就注意到许许多多的细节：她矮矮胖胖的结实身材，平底鞋，她回转身子抬头看其中一个男人的下意识之举。

“你认为我们该打电话给她吗，狄克？”她用那种纤弱的声音问，“现在有点晚了。”

百叶窗的一角被拉起。“甜心，不要出去太久哟！”

“不会的，妈妈。”

他们将搭乘停泊在路旁的汽车。

布鲁诺退向街角，找寻出租车。在这个死寂的镇上，要叫辆出租车，看来是门都没有！他疾步快跑。他已有好几个月没有跑步了，但他却觉得自己如运动员般健壮。

“出租车！”他还没看见出租车便先开口喊，然后他看见了一辆，便朝它冲过去。

他叫出租车司机倒车转向，开进马格诺利亚街，直朝那辆雪佛兰追去。雪佛兰已走远。黑暗紧紧地围拢过来，他远远地看见红色的尾灯正在树林下闪动。

“继续开！”

那尾灯因红绿灯而停下，出租车也拉近了一些距离，布鲁诺见那车正是雪佛兰，便重重靠回椅背，松了一口气。

“你要去哪里呀？”司机问。

“继续开！”布鲁诺在雪佛兰调头转入一条大道上时，一边说“右转”一边坐直了身子瞥一眼路旁，在看见“克罗其特林荫大道”

的路标时他便笑了起来。他听说过梅特卡夫的克罗其特林荫大道，它是最宽最长的街道。

“你要追的人叫什么名字？”司机问，“也许我认识他们。”

“等一下，等一下。”布鲁诺说，他不知不觉地装作是另一个人的样子，假装要搜寻从内袋里抓出的纸片，其中一张是有关米里亚姆的纸。他突然哧哧笑了起来，觉得十分好玩，十分安全。现在他正假装是从城里来的嗑药族，嗑了药就迷糊得连他要去的地方的地址都忘了放哪儿。他压低头，不让司机看见他在笑，然后又不自觉地伸手去拿他的扁瓶。

“要开灯吗？”

“不用，不用，谢谢。”他灌了一口灼热的酒。接着雪佛兰逆向转入大道，布鲁诺又叫司机继续开车。

“去哪儿？”

“闭嘴，给我开车！”布鲁诺大喊，声音因焦躁而变得异常高亢。

司机摇摇头，嘴里发出啧的一声。布鲁诺气得冒火，但已看见雪佛兰的影子了。布鲁诺以为雪佛兰上的人永远不会停车呢，克罗其特林荫大道也一定横贯整个得州吧。布鲁诺两次跟丢了雪佛兰，又两次追上它，一路驶过报摊和露天电影院，然后街道两旁便是有如竖着黑墙般的一片漆黑。布鲁诺开始担忧了，他不能尾随他们追出城去或追到乡间道路上呀。接着，一大道拱形灯火出现在马路前方，灯上显示了“欢迎光临梅特卡夫湖的欢乐王国”字样，而雪佛兰在拱形灯火下驶过，开进一处停车场。前方林中有各式各样的灯火，还有旋转木马音乐的叮咄声，是个露天游乐场！布鲁诺十分雀跃。

“四块。”司机不高兴地说。布鲁诺从前车窗伸手递给他五块钱。

他在后面踌躇不前，直到米里亚姆、那两个男子和他们接上车的另一女子穿过入口十字转门之后，他才跟上前去。他睁大双眼，好好地端详了灯光下的米里亚姆。布鲁诺看来，丰满的她有点女大学生的味道，是很可爱，但绝对是二流货色。红短袜配红凉鞋的装扮激怒了他，盖伊怎么会娶这么个货色呢？然后他两脚蹭了地面一下便原地站定：她没有怀孕！在极度的困惑下，他两眼眯成一线。他为什么一开始没注意到呢？但也许是还看不出来。他用力咬了一下唇，思索着她如此丰满，想不到腰身竟超乎寻常的纤细。也许她是米里亚姆的姊妹。或是她已经堕了胎，要么流产了。他亦步亦趋跟着他们，仿佛磁铁般相吸。关于她怀孕的事，盖伊是在说谎吗？但盖伊不会说谎。布鲁诺的内心矛盾而犹豫。他伸长了脖子凝视米里亚姆。随即他不自觉地在脑中串联出一个念头：如果那个胎儿出了什么问题，那他就格外有理由干掉她，因为盖伊离不成婚。如果她去堕了胎，她现在就能四处逍遥了。

她站在一处小摊位前面，那儿有个吉卜赛女子正把东西丢进大鱼缸中；另一个女孩则全身贴靠在红发汉子身上大笑着。

“米里亚姆！”

布鲁诺兴奋极了。

“哦，太好了！”米里亚姆走到对面卖冷冻牛奶蛋糊的摊位上。他们每个人都买了冷冻牛奶蛋糊。布鲁诺不耐烦地在一旁等候，一边笑着，一边抬头看着摩天轮上弧形的灯火，以及在漆黑天空中坐在长椅上摇晃的微小人影。穿过树林的远处，他看见水面有灯光粼粼闪动。这游乐场可算是个公园。他想去坐坐摩天轮。他觉得太棒了。他要放松心情，不让自己激动。旋转木马正播放的音乐唱着："凯西要和草莓般的金发女子跳华尔兹……"他咧嘴笑着转头去看米里亚姆的红发，结果两人四目相视，但她的视线继续游移，他确信她并未注意自己，不过他绝不能再那样做了。一阵焦虑的冲动让他不禁哧哧发笑。米里亚姆看起来一点也不聪明嘛，他心下判断，这也令他很高兴。他明白为什么盖伊讨厌她。他也讨厌她，讨厌到了极点！也许有关怀孕的事，她对盖伊说了谎，而盖伊本身这么诚实，所以相信了她说的话。婊子！

他们手拿冷冻牛奶蛋糊继续往前走时，他放开他在气球小贩的箱子中一直把玩的燕尾玩具鸟，然后转个圈圈，买下一只艳黄色的玩具鸟。他旋动发条，听听玩具鸟尾部发出的呜伊——呜伊——呜伊声，这让他觉得自己又像个小孩子了。

一个跟父母一起走过他身旁的小男孩伸手要抓小鸟，布鲁诺有股要把小鸟送给他的冲动，但却没有这么做。

米里亚姆和朋友们走进摩天轮基座所在的一大片灯火通明的区域，场内还有许多小店铺和游戏摊。云霄飞车在他们头顶上发出机关枪般的哒——哒——哒——哒——哒声。有人在大力士摊位上用大槌把红箭头砸向顶端时，四周响起一片铿锵声和呼喊。他不介意用大槌来杀米里亚姆，他心想。他仔细看看米里亚姆和另外三个人，看看是否有谁注意到他，但他确信他们都没留意到他。如果他今晚没下手，就绝不能让他们中的任何一人注意到他。然而不知怎么的，他肯定今晚他会动手；一件他力所能及的事情即将发生，这是属于他的夜晚。他沐浴在夜风中。凉风习习直让他觉得如鱼得水。疯狂挥舞着玩具鸟，一大圈一大圈地转着。他喜欢得州，盖伊的家乡！每个人看起来都很快乐，精力无穷。他猛灌了一大口扁瓶中的酒，此时米里亚姆一行人混入了人群中，然后他在后面大步慢跑地追上前去。

他们正在看摩天轮，他希望他们能上去坐一趟。得州人做的东西真的是很大，布鲁诺一边心想，一边用羡慕的眼光抬头看着摩天轮。他从来没看过这么大的摩天轮，它呈五角星状，内部点着蓝色的灯光。

“洛夫，坐摩天轮好吗？”米里亚姆叽叽喳喳地说，一边还把冷冻蛋糊的最后一小口送入嘴中。

“哦，那不好玩，玩旋转木马怎么样？”

他们一拥而上。那旋转木马宛如黑森林中灯火通明的城市，林立的镀镍柱子上塞满斑马、马、长颈鹿、牛和骆驼等各式各样的饰物，每个都在上上下下做浮沉状，有些造形物的脖子朝外拱起，定格成跳跃和奔跑状，仿佛是不顾死活地在等人来骑它们似的。布鲁诺呆呆地站在那里，难以将缭乱的目光从旋转木马上移开来监视米里亚姆，耳畔回响起旋转木马随时可能启动的音乐。他觉得自己将再次体会古老、悦人的孩提时刻，那口琴失调的空洞感，穿插串联着手摇风琴的伴奏，再加上鼓钹的敲击声，令他几乎不能自已。

人们开始选择木马座位了。米里亚姆和朋友们又吃起东西来，她不时将手伸进狄克帮她拿着的爆米花袋子中。这些猪猡啊！布鲁诺也饿了。他买了根法兰克福香肠，回头再一看，他们已经开始入座了，于是就胡乱抓了把硬币，拔腿就跑，跳上了他想坐的那匹昂首张嘴的宝蓝色骏马，万分幸运地，米里亚姆和她的友人穿过柱子空隙朝他的方向转了回来，而米里亚姆和狄克骑的长颈鹿和马就在他的正前方。今晚他真走运！今晚应该赌博！

正如反复的诗歌叠句，嘚——嘚——当——

不断重现的旋律，嘚——嘚——当——

她将开始——嘣！一场马拉松——嘣！

布鲁诺喜欢这首歌，他母亲也喜欢。这曲子令他胃部一抽，僵直地坐在马背上。他双脚踩在马镫上，快乐地摇着。有个东西在他后脑上使劲打了一下，他气冲冲地转过头去，但那只是一些彼此胡闹的家伙们的无心之过。

在《华盛顿驻军进行曲》的音乐声中，他们缓缓且备战似的开始转动，他的马上升，上升，上升，而米里亚姆的长颈鹿下降，下降，下降。旋转木马之外的世界消失在淡色条纹状的模糊中。布鲁诺就像曾在马球课中所习得的那样一手抓着缰绳，一手将法兰克福香肠送进嘴里。

“咿——嗬！”红发男子大喊着。

“咿——嗬！”布鲁诺对喊回去，“我是得州人。”

“凯蒂？”米里亚姆向前倚在长颈鹿脖子上，她被灰色裙子包裹住的身子弓起，裙子紧绷在身上，“看见在那里穿着方格衬衫的男人了吗？”

布鲁诺抬眼看去，看见了穿方格衬衫的男子。看起来有点儿像盖伊，布鲁诺心想，而心思一转到这儿，他便漏听了米里亚姆说到的关于盖伊的事。在明亮的灯光下，他看见米里亚姆的脸上布满雀斑。她看起来越来越令人生厌，所以他开始不想用手碰她那黏糊温热的柔软肉体了。啊，他还有刀子呢。一件干净的工具。

“一件干净的工具！”布鲁诺乐滋滋地叫道，因为不可能有人听到他的叫声。他坐的是外围的马，在他旁边的是天鹅外形的箱形双人座椅，但没有人乘坐，他朝那双人座椅吐了口唾沫。他把吃剩的法兰克福香肠丢了，并在马鬃毛上擦去沾在手指上的芥末酱。

“凯西要和草莓般的金发女子跳华尔兹，当乐队——奏出了——

啊——”米里亚姆的男伴声嘶力竭地唱着。

大家都跟着一起唱，布鲁诺也不例外，整个旋转木马上的人都在唱歌，要是他们有酒喝就好了！每个人都应该喝杯酒的！

“他的脑袋胀得很，几乎要炸开了，”布鲁诺扯着嗓子高唱着，“可怜的女孩会惊慌不安地直发抖。”

“嗨，凯西！”米里亚姆跟狄克亲昵地喁喁谈心，一边张大嘴巴想接住他试着丢进她嘴里的爆米花。

“驾——驾！”布鲁诺大叫着。

米里亚姆张大嘴的样子，看起来既丑又蠢，仿佛被人掐死成了桃色的肿胀尸体似的。他无法忍受再把视线放在她身上，于是仍咧着嘴，移开目光。旋转木马渐渐慢下来了，他希望他们会留在原地再坐一趟，但他们走下旋转木马，挽着胳膊，开始走向水面的粼光闪动处。

布鲁诺在树下停顿了一会儿，喝干了几乎已经空了的扁瓶中的一小口酒。

他们跑去划小船了。一趟清凉的划船之行对布鲁诺来说是个挺愉快的活动，于是他也跳上了一艘小船。除了不甚明亮的波光荡漾外，看起来又大又黑的湖面上处处有情侣在漂浮的船中卿卿我我。布鲁诺把小船靠向米里亚姆所坐的小船，近得都能看见红发男子在划船，米里亚姆和狄克则哧哧地笑着在后座里彼此相拥。布鲁诺弯腰，用力划了三下便使他的小船超过他们的小船，然后让桨在水中拖曳着。

“想去岛上还是随便逛逛？”红发男子问道。

性急的布鲁诺见状，猛然移向座位一侧重重地坐下，等他们拿定主意。在湖岸边许多仿佛黑暗小房间的隐秘处，他听见私语声、低柔的收音机乐音和笑声。他高举扁瓶，喝光瓶内的酒。如果他大叫一声“盖伊！”会有什么事情发生呢？如果现在能见到盖伊，盖伊会有何感想呢？也许盖伊和米里亚姆曾来这湖上约会过，也许曾坐在他现在所坐的这艘小船上呢。喝了酒后，他的两手和小腿有舒服的酥麻感。如果他让米里亚姆跟他在同一艘小船上，他会高兴地把她的头压入水中，就在这公园里，在这如黑墨般没有月亮的夜里。布鲁诺突然不耐烦地扭动身体。米里亚姆的船上传出亲吻时的吮吸声，布鲁诺以一阵欢愉的呻吟回敬他们。啧，啧！他们一定听见了，因为他们爆出一阵笑声。

他等他们的小船轻划而过后，才不慌不忙地跟在后头。一团黑影靠得更近了。到处有火柴闪光在跃动。是岛，它看起来像是情人们的天堂。也许米里亚姆今晚会再度登上这座岛呢，布鲁诺哧哧笑着想到。

米里亚姆的小船登上岛时，他划到几码远之外的一侧，然后爬上岸，把船头固定在一块小圆木上，好让他能轻易认出自己所划之船。目标明确的感觉再次充斥他心中，比在列车上时还强烈和迫切。到梅特卡夫还不到两个钟头的时间，此时他已与她同在一个岛上了！他隔着长裤把刀子压靠在身上。如果他能让她落单，一手扣在她嘴上就好了——难道届时她能动口咬人吗？一想到他的手要碰上她湿濡的嘴，他就恶心得坐立不安。

他慢慢地跟上他们缓慢的步伐，走上林木毗邻而立的崎岖地面。

“我们不能坐在这儿，地上是湿的。”叫凯蒂的女子用哀伤的声音说。

“想坐就坐我外套上吧。”一名男子说。

上帝哪，布鲁诺心想，南方口音真愚蠢啊！

“当我和甜心一起走在蜜月小径上……”歌声从不远处的灌木丛里传来。

夜晚呢喃。虫声唧唧。蟋蟀低鸣。还有一只蚊子在他耳畔嗡嗡作响。布鲁诺狠掴一下耳朵，耳朵疯狂地鸣响起来，淹没了一切声音。

“……滚开。”

“我们为什么占不到地方？”米里亚姆尖声吵嚷。

“没位子了，小心别踩着人了！”

“别踩着人了，女孩们！”红发男子大笑着。

他们到底在做什么呀？他快烦死了！旋转木马的音乐声听起来有气无力的，而且距离很远，只有叮当传入耳中。然后他们转身，正好和他面对面，因此他只好移到一边，假装要去哪里。他被某个多刺的林木草丛缠住，于是在他们从他身旁走过时忙着挣脱出来，然后又尾随他们向下走去。他相信自己能闻见香水味，要不是其他女孩的，那就是米里亚姆的，是一缕甜腻味，好像是令他厌恶的热气弥漫的盥洗室一样。

“……那么现在，”收音机播放着，“非常小心翼翼地钻进……里昂……里昂……在贝比的脸部予以重重的一记右拳，然后欢声雷动！”一阵吼声。

布鲁诺见一男一女在树丛底下翻滚着，仿佛他们也在打斗似的。

米里亚姆立于地势略为高一些的地面上，现在和他相距不到三码远，其他的人则滑下堤岸，靠近水边。布鲁诺一步步挪近。水上的粼光仅映出她头部和双肩的轮廓，他从未靠得这么近过！

“嘿！”布鲁诺低声说，然后见她转过头来，“哎呀，你不是叫米里亚姆吗？”

她朝这里看过来，但他知道她只能勉强看见他。“是呀，你是谁呀？”

他再走上前一步。“我以前是不是在哪里见过你？”

他挖苦地问，又闻到那股香水味。她是个温热而丑恶的黑点。他目标十分明确，突然一跃身，张开双手，两腕并拢。

“喂，你想干——”

就在她要吐出最后一个词时，他掐住了她的喉咙，将她的讶异之情扼杀在了摇篮之中。他猛烈摇晃她，他身体顿时硬如岩石，并听到自己的牙齿格格作响。她的喉咙发出喀喀声，但他紧紧掐住她，让她无法尖叫。他一条腿放在她身后，把她的身体向后扳，两人便拂过树叶，无声无息地一同倒在地上。他加深手指的力道，一面要忍受她的身体在他按压之下令人不悦的姿势，以免她扭动时会使两人都起身。她的喉咙摸起来更热也更油腻了。不要扭，不要扭，不要扭！他以意志力办到了！对方的头不再转动了。他确信自己掐住她的时间已经够长了，却并未就此松开手。他往后方一瞥，没看到有人过来。当他放开手指时，手上的感觉仿佛是像捏面粉团似的在她喉咙上捏出深深的凹痕。然后她发出一个像是普通的咳嗽声，这举动吓坏了他，他像是见到死尸还魂般再次压住她，跪在地上使尽全力地按压，力道之大，大到他以为会折断两只拇指。他把全身的力量灌注到两手上。要是这样还不够呢？他听见自己哼出声来，现在她手脚无力地静止不动了。

“米里亚姆？”传来另一女子叫唤的声音。

布鲁诺一跃起身，跌跌撞撞地直朝岛中央跑去，然后左转，跑向他的小船。他发现自己在用口袋里的手帕擦去手上的某个东西，是米里亚姆的唾沫。他丢掉手帕，很快又捡起来，因为手帕上绣有他名字的缩写。他在思考！他感觉很棒！事情办成了！

“米——里——亚姆！”声音带有懒懒的不耐烦。

但要是他没有解决掉她，如果她现在正坐起来说话了呢？这个想法使他猛冲向前，差点儿倒栽到堤岸下。湖边一阵疾风扑在他脸上，他没看到他的船，于是便开始随便解一艘船，接着又改变了主意，然后在左侧两码外的地方找到了他的船，船仍栖停在一段小圆木上。

“嗨，她昏倒了！”

布鲁诺很快把他的小船推出，但动作并不急迫。

“救命呀，来人哪！”那女孩半喘着气半尖叫道。

“上帝呀！救——救命呐！”

那喊声中的恐慌使布鲁诺感到惊慌。他猛烈地划了几桨，使得水波汹涌起伏，接着又突然停止划动，让船身随波滑过黑暗的湖水。真是搞不懂，他有什么好害怕的呀？根本没看见有人来追他嘛。

“嗨！”

“上帝啊，她死了！快叫人来！”

女孩的尖叫声划过寂静的夜空，一声漂亮的尖叫，布鲁诺带着奇特而安详的钦慕感想着。他轻松地划进码头，停在另一艘小船后面，然后，他跟以前做任何事一样慢条斯理地付钱给小船管理员。

“在岛上！”一艘小船上传来另一个震惊而兴奋的声音，“人们说有个女人死了！”

“死了？”

“快报警啊！”

他身后的木码头上传来乒乒乓乓的跑步声。

布鲁诺朝公园门口慢悠悠地走去。感谢上帝，他好像醉过头或宿醉过，因而能这么缓慢地移步！但在穿过十字转门时，一股心慌意乱、无法抗衡的恐惧感涌上心头，然后又很快地退却。甚至没有人在看他哩。为了稳定自己的情绪，他把心思都放在了想喝杯酒的欲望上。前方路上有个亮着的红灯，看起来像是间酒吧，于是他朝它笔直走去。

“威士忌。”他对酒保说。

“你哪里来的，小伙子？”

布鲁诺看看他，右边有两人也正在看他。“来一杯苏格兰威士忌。”

“这儿不能喝烈酒，老兄。”

“这里是什么地方，是公园的一部分吗？”他的声音嘶哑得像是在尖叫。

“在全得州内都不能喝烈酒。”

“来点那种酒吧！”布鲁诺指着吧台上那些男人正在喝的黑麦酒瓶。

“来，任何人都急需喝一杯的。”其中一人倒了些黑麦酒在玻璃杯中，又把杯子推过来。

酒刚喝下时味道涩涩的，但下了肚后却很甜美。布鲁诺要付他酒钱，那人却拒而不收。

警笛响起，且愈来愈近了。

一个男子走进来。

“出什么事了？车祸吗？”有人问他。

“我没看到什么呀？”那人漠不关心地说。

真是我的好兄弟！布鲁诺心想，他仔细看了看那男人，但似乎没有必要过去跟他搭话。

他感觉很好，原本请他喝一杯酒的人坚持要他再多喝一杯，布鲁诺很快又三杯下肚。他在举杯喝酒之际，注意到手上有一道深色印迹，便取出手帕，冷静地擦拭着手上的虎口部位。那是一抹米里亚姆的橘色口红痕迹，在酒吧内的灯光下，他自己几乎都看不出来。他谢过那个请他喝黑麦酒的人，然后大步走出酒吧，踏入黑夜中，靠右侧马路一边走着，一边找出租车。他没有一丝欲望回头看那灯火通明的公园，想都没想。一辆电车驶过，他便追着拦下它。他很喜欢电车明亮的内部，还看了车内所有的海报。一个坐在走道对面的小男孩不安分地蠕动着，布鲁诺便开始和他闲聊。想打电话给盖伊并想见他的念头不断地在他脑中闪过，但是盖伊当然不在这里。他想要某种庆祝方式，他大可再拨电话给盖伊的母亲，纯粹是为了好玩，但继而一想，这似乎不是明智之举。这是今晚上唯一的瑕疵，他竟无法见到盖伊，甚至无法长久跟他交谈或通信。当然，盖伊一定会接受某些讯问，但他是自由之人！事情办好了，办好了！在一阵幸福的感召下，他弄乱了那小男孩的头发。

那小男孩吓了一跳，过了好一会儿，他回应了布鲁诺善意的咧嘴笑容，也笑了起来。

在亚特奇森、托贝卡和圣菲铁路的车站里，他买了一张下午一点半启程的卧铺列车的上铺车票，因此他还有一个半小时的空当。一切都很完美，他也感到十分高兴。在车站附近的一家药房里，他买了一品脱的威士忌，又把扁瓶装满了。他想到盖伊家附近绕绕，看看他家是什么样子。几经斟酌之后，决定要这么做。他朝站在门旁的一位男子走去，正准备向他问路时——他知道他不该搭出租车去那里——这才明了自己想要女人。他一生中从来没有这么迫切地需要女人，而他有此欲望也让他异常高兴。自从到了圣菲以来他就不曾想要女人，可威尔森却两次拉他下水。他于是在那个男人的面前转向，心头想着向外头的其中一位出租车司机问路会比较好。他在颤抖，他极需要女人！这是跟喝酒引起的颤抖大为不同的一种颤抖方式。

“我不知道。”

正倚靠在挡泥板上，满脸雀斑而面无表情的司机说。

“你说你不知道，这是什么意思？”

“就是不知道嘛。”

布鲁诺嫌恶地走开。

在过去一点的人行道上，另一位司机比较亲切，他在一张公司名片背后写下一个地址和两个名字给布鲁诺，但那地址离此很近，近到他甚至无须载他过去。

十三

蒙特卡罗饭店里，盖伊正倚靠着床边的墙，看安妮翻阅他从梅特卡夫带来的家庭相簿。他跟安妮共度的这最后两天真是一段美妙的时光。明天他将前往梅特卡夫，然后再去佛罗里达。布里尔哈特先生三天前拍了封电报过来，说那份委托项目仍由他来负责。那是为期六个月的工作，而他们的房子也将于十二月开工。现在他有钱盖房子，也有钱办离婚手续了。

“你知道，”他平静地说，“如果我没接棕榈滩的工作，如果我明天必须回纽约去工作，我会那么做的，而且什么工作都接。”但几乎在说出这些话的同时，他了解到棕榈滩一事给了他勇气、动力、意志，或任何他尚未言喻的事物；他了解若是接不成棕榈滩项目，那么和安妮相处的这几天，只会带给他一种罪咎。

“但你没必要这么做呀。”安妮终于开口。她头弯得更低地看相册。

他笑了笑。他知道她几乎没听他说话。而事实上，他刚才说的话并不重要，因为安妮明白一切。他和她一起低头看相册，告诉她照片上的人是谁，心情愉快地看着她翻阅自己的连页照片，那是他婴儿期到二十岁左右时的照片，是他母亲替他收集的。每一张照片中的他都笑容可掬，一头黑色的乱发衬托出一张比现在更顽强、更率性的脸孔。

“相片里的我看起来够快乐吗？”他问道。

她对他眨眨眼。“而且非常英俊。没有米里亚姆的照片吗？”她用拇指快速滑过相簿上其余未翻过的页面。

“没有。”盖伊说。

“非常高兴你带这本相册来。”

“如果我妈妈知道我现在人在墨西哥，她会要我的命的，”他把相簿放回小提箱中，这样他就不可能会忘了带走，“这是与一家人相识最有人情味的方式。”

“盖伊，我让你受了很多苦吗？”

她哀怨的语气令他一笑。“没有！我一点儿都不在意！”他在床上坐下，也把她拉过来一起坐。他见过了安妮所有的亲戚，在福克纳家族周日晚上的大小聚餐和宴会上见过，有时一次两三人，有时一次十几个人。他们家族常开玩笑说，所有姓福克纳、韦德尔和莫里森的人，全都住到纽约州或长岛去了。不知怎么的，他喜欢她有这么多的亲戚。去年他在福克纳家度过的圣诞节是他一生中过得最快乐的圣诞节。他亲吻她的两颊，然后吻她的唇。低下头时，他看到安妮画在蒙特卡罗饭店信纸上的设计图摆在床罩上，于是随手把图收成整齐的一叠。那是这天下午他们去参观墨西哥国家博物馆后，她想到的设计概念，图中的线条跟他自己的草稿一样，下笔粗黑又明确。“我正想这栋房子呢，安妮。”

“你要盖大房子啊。”

他笑了笑道：“对。”

“那我们要住大房子啦。”她在他怀里顿时放松。两人不约而同地松口气，盖伊把她抱得更紧，她忍不住笑出声来。

这是她第一次对房子的大小持赞同意见。房子将呈Y形，原来的问题在于是否要省去房子的前桁架，但盖伊只想用两根桁架。这将耗资巨大，远超过二万元，但盖伊预料棕榈滩项目一定会引来一堆私人委托项目，那是些既快捷又好赚钱的活计。安妮说过，她父亲认为建造一间别墅的边厢给他们当结婚礼物是再好不过的了，但对盖伊而言，建边厢这件事似乎跟拆除它一样的不可思议。他可以看见在屋子另一头棕色书桌的衬托下，别墅显得光亮而刺眼。别墅从他在南康涅狄格州的小城奥尔顿附近见过的白色岩床上突出来，长长的，矮矮的，屋顶平平，仿佛是用法术从岩床里挖掘出来似的，宛如水晶一般。

“我会叫它‘水晶房’。”盖伊说。

安妮抬头凝视着天花板，略带沉思。“我不太喜欢给房子起名字——宅名。也许是不喜欢‘水晶’这个名字。”

盖伊觉得有点伤心。“这个名字比‘奥尔顿’好多了，比那些乏味的名字好多了！对你来说，‘奥尔顿’是新英格兰名。现在还是起个得州名——”

“好啊，你起得州名，我起新英格兰名。”安妮笑笑，要盖伊别说了，因为她其实喜欢得州式的名字，而盖伊喜欢新英格兰式的名字。

盖伊看着电话，有种电话要响的预感。他觉得头有些昏眩，好像吃了一些温和的迷药一般。安妮说，有这种感觉是因为墨西哥的海拔高。“我觉得今晚好像可以打电话叫米里亚姆出来谈谈，而且一切将十分顺利，”盖伊慢条斯理地说，“我好像可以说出我该说的话了。”

“电话就在那儿呀。”安妮非常正经地说。

几秒钟过后，他听见安妮的叹气声。

“几点了？”她坐起身问，“我跟妈妈说我十二点会回去。”

“十一点过七分了。”

“你觉得饿吗？”

他们从楼下餐厅点了些东西上来吃。送来的火腿片和鸡蛋糊成一盘朱红，但他们认为味道相当不错。

“我很高兴你到墨西哥来，”安妮说，“墨西哥像是某样我熟悉而你却不认识的东西，我希望你对它有所认识。只有墨西哥与众不同。”她一边慢慢地吃东西一边继续道：“它跟巴黎或维也纳一样有古都风情，无论在这里曾发生过什么事，你都想重返此地。”

盖伊皱起了眉头。一年夏天，他跟一位叫罗伯特·特雷彻的加拿大工程师去过巴黎和维也纳，当时两人都身无分文，那并不是安妮想象中的巴黎和维也纳。他低头看看安妮递过来的奶油甜卷。有时他渴望知道安妮每个经历的酸甜苦辣，想知道她童年里每时每刻都发生了什么事。“不管我在这里发生过什么事，是什么意思啊？”

“我的意思是说，无论病了还是遭抢劫。”她抬头看着他笑了笑。房间里的灯光从她蓝灰色的双眸里映出新月般炽热的光，给她脸上增添了一股神秘的哀愁。“我想正是矛盾使其迷人的吧，正如具有不可思议的矛盾的人吧。”

盖伊凝视着她，一个手指钩在咖啡杯把手上。不知怎么地，她的心情，或者是她所说的话，让他自觉矮了一截。“抱歉我没有任何不可思议的矛盾。”

“哦—呵—呵！”她突然大声笑起来，那种熟悉的欢乐的笑声总是让他非常高兴，即使在她笑话他，或者并不打算作任何解释的时候。

他一跃而起。“再来些蛋糕如何？我要像精灵一样变出个蛋糕来，一个神奇的蛋糕！”他从他小提箱的一角取出一个饼干盒。他一直到此刻才想起这个蛋糕，这是他母亲用他常在早餐时对其赞不绝口的黑莓酱为他焙制而成的蛋糕。

安妮打电话到楼下酒吧，点了一种她知道的特殊利口酒。这种利口酒跟那个紫色蛋糕一样是深紫色的，盛在一个大概不比一根手指粗多少的有脚玻璃杯中。侍者刚刚离去，在他们正举杯欲饮之际，电话铃声大作，焦躁而延续不断。

“大概是妈妈打来的。”安妮说。

盖伊接起电话，听见一个在跟接线生交谈的模糊说话声，接着这声音渐渐增大，又焦虑又高亢，是他母亲的声音：

“喂？”

“喂，妈妈。”

“盖伊，出事了。”

“怎么了？”

“是米里亚姆。”

“她怎么了？”盖伊把话筒紧压在耳朵上，转身面向安妮，只见她正看着他，而且脸色突变。

“她被杀了，盖伊。昨晚——”她突然停下来。

“什么，妈妈？”

“昨晚发生的事，”她语调尖锐而压抑，这种语气盖伊一生中只听过一两次，“盖伊，她被谋杀了。”

“被谋杀了！”

“盖伊，什么？”安妮站起身问。

“昨晚在湖边发生的。警方什么都不知道。”

“你是——”

“你能回家吗，盖伊？”

“好的，妈妈——她怎么死的？”他愚蠢地问，手上绞弄着电话线，就好像能从电话的两个老式零件中获取什么消息，“她是怎么死的？”

“被掐死的。”简短的回答后便是一片沉寂。

“你……？”他又问，“是……？”

“盖伊，怎么啦？”安妮拉住他的胳膊。

“我会尽快赶回家，妈妈，今晚就动身。不要担心。我会很快见到你的，”他慢慢挂了电话，转向安妮，“米里亚姆出事了。米里亚姆被杀了。”

安妮低声说：“你刚才说——被谋杀的？”

盖伊点点头，但他突然想到这可能是个错误。万一这只是传闻——

“什么时候的事？”

但这是昨晚的事。“妈妈说昨天晚上。”

“警方知道是谁干的吗？”

“不知道。我今晚就得走了。”

“我的天哪。”

他看看静止不动地站在他面前的安妮。“我今晚就得走。”他又说了一次，感到一阵目眩眼花。然后他转身来到电话前，拨电话预订机位，但最后却是安妮替他订的机位，她用西班牙语快速地通过电话订妥了。

他开始整理行李。光是归整他那几件少得可怜的行李似乎就花了他几个小时的时间。他凝视着棕色大书桌，寻思着是否已查遍书桌的每个抽屉，以确保所有东西都取出来了。此时，他脑海里浮现出一座白色的房子，出现了一张笑脸，先是新月形的嘴巴，接着是整张脸——布鲁诺的脸，他卷着舌舔着上唇，一副下流的样子，接着又无声地抽搐般地笑起来，垂在前额上的几缕头发摆来摆去。盖伊朝安妮皱了皱眉头。

“怎么了，盖伊？”

“没什么。”他回答道。他现在是怎样的面目呢？

十四

假定是布鲁诺干的呢？当然不可能是他。但假定真是他干的呢？警方逮住他了吗？布鲁诺是否告诉警方这起谋杀是他们的一个计划呢？盖伊很容易想出布鲁诺歇斯底里和全盘托出的情景。像布鲁诺那样神经过敏的小伙子，你永远猜不到他会说些什么。盖伊追忆着他们在列车上谈话的模模糊糊的情形，竭力回想他是不是在开玩笑、生气或酒醉时说了什么可能被当作是赞同布鲁诺疯狂想法的话。他没说过类似的话。为了排除否定的回答，他又把布鲁诺的信斟酌了一番，信的内容他还一字不差地记在心里：我一直在想我们制定的杀人计划。可以实施，我敢保证。我无法向你表明我有多自信——

透过机窗，盖伊俯视着窗外整个的暗夜。他怎么没之前那么焦虑了呢？在昏暗的圆筒机舱内，有人擦亮火柴点燃香烟，墨西哥烟草味道很淡、很苦，而且令人作呕。他看看表：四点二十五分了。

天快亮时，他终于屈服于那惊天动地的马达声而进入了梦乡；那马达声似乎能撕毁飞机，撕毁他的理智，并将碎屑飘散于空中。早晨醒来，天色灰暗，一个崭新的想法跃入脑海：米里亚姆的情人杀了她。事实显而易见，大有可能。他在争吵时动手杀了她。大家常在报上看到这一类案例，受害者也常是像米里亚姆这样的女性。他在机场买的小报《体育画报》的头版新闻就有一则女子谋杀案——他差一点就为了找一份美国报纸而错过班机，可还是没找到美国报纸——而且有一张她的墨西哥情人手握凶刀露齿而笑的照片，盖伊开始看这一则新闻，读到第二段就感到厌烦了。

在梅特卡夫机场，一位便衣男子迎面走来，问他介不介意回答些问题，于是两人一道上了出租车。

“警方找到凶手了吗？”盖伊问他。

“没有。”

那便衣男子满脸疲惫，仿佛一夜没睡，跟北侧破旧的法院大楼里的其他记者、职员和警察们没什么两样。盖伊环顾着这个大木头房间，下意识地寻找起布鲁诺来。他点起一支烟，身边的男子问他烟是什么牌子的，然后接过盖伊递来的烟。这是贝尔蒙特牌香烟，收拾行李时从安妮衣袋里摸来的。

“盖伊·丹尼尔·海恩斯，梅特卡夫安布罗斯街 717 号……你何时离开梅特卡夫的？……何时到达墨西哥的？”

椅子滑了一下。一名默不作声的打字员敲击着键盘，记录下他们的谈话。

另一位佩戴徽章的便衣男子慢悠悠地走过来，夹克敞着，大腹便便。

“你为什么去墨西哥？”

“去拜访一些朋友。”

“谁？”

“福克纳一家。纽约的亚历克斯·福克纳。”

“你为什么没告诉你妈妈你要去哪儿？”

“我告诉她了。”

“她不知道你在墨西哥的落脚处，”便衣男子口气温和地告诉他，又参看了他的笔记，“你周日寄了封信给你太太，要求离婚。她怎么回复的？”

“她说想跟我谈谈。”

“但你不想再跟她谈了，是吗？”一个清晰的男高音问道。

盖伊看看那位年轻的警官，默不作声。

“她的孩子是你的吗？”

他正要回答，却有人插嘴。

“你上周为什么回得州见你太太？”

“你不是急着想离婚吗？海恩斯先生？”

“你和安妮·福克纳谈恋爱了吗？”

一阵笑声。

“海恩斯先生，你知道你太太有个情人。你嫉妒吗？”

“你正利用那孩子来达成你离婚的目的，不是吗？”

“就是这样！”有人说。

一张照片被推送到他面前，他看到照片中那个长长的黑脑袋、英俊傻气的棕色双眼和有凹痕的男子气下巴，这影像一下就勾起他的怒气——它也许是一张电影明星的面孔，可就算没人告诉他，他也知道这人就是米里亚姆的情人，因为这是她三年前所喜欢的那种面孔。

“没见过他。”盖伊说。

“你不曾跟他谈过话吗？”

“没有！”

盖伊嘴角露出一丝苦笑，然后他觉得他也该像个小孩般大哭一场。结束后他在法院门前招手叫了一辆出租车，在回家的路上，他看了在《梅特卡夫星报》头版上占了两栏的新闻：

警方继续搜寻谋杀女子的凶手

六月十二日——警方仍在搜寻杀害本市市民米里亚姆·乔伊斯·海恩斯太太的凶手，周日晚在梅特卡夫岛上，被害人被不知名的凶手掐死。

两位指纹专家今已抵达，他们将努力把从梅特卡夫湖出租小船码头的数艘小船和船桨上采得的指纹分门别类，加以确认。但警方和探员认为采得的指纹恐怕过于模糊。有关当局昨日下午表示，此罪行可能是疯子所为。除了可疑的指纹和在命案现场附近的几个足印之外，警方尚未发现任何重大线索。

据信，审讯中最重要的证词将由现年三十岁的休斯敦码头装卸工欧文·马克曼提出，他是死者的密友。

海恩斯太太的葬礼将于今日在雷明顿公墓举行。送葬队列将于今天下午两点从学院大道上的豪威尔葬仪社出发。

盖伊用一根烟蒂点燃了另一根烟。他的双手还在颤抖，但觉得多少有些好转了。他不曾想过是疯子所为，说是疯子干的就把此事简化成了一件恐怖的事故。

他母亲一只手拿着手帕压住太阳穴，坐在客厅的摇椅中等他，可他进门时她却并未起身。盖伊拥抱了她一下，亲吻她的脸颊，见她没哭便放了心。

“我昨天一天都跟乔伊斯太太在一起，”她说，“但我不能去参加葬礼。”

“你没必要去，妈妈。”他瞥了一眼手表，知道已是两点多了。刹那间，他觉得米里亚姆可能被活埋了，她可能会清醒过来，大声尖叫抗议。他转身用手抹去了前额的冷汗。

“乔伊斯太太问我，”他母亲轻声细语地说，“你是否知道些什么。”

盖伊再次面对她。乔伊斯太太十分怨恨他，他知道。现在他痛恨她，因为她可能对他母亲说了什么话。“不要再见她们了，妈妈。没必要，不是吗？”

“是没必要。”

“谢谢你来这里。”

在楼上他的大书桌上，他发现了三封信和一个有圣菲商店标签的方形小包裹。包裹内是一条蜥蜴皮编织的窄皮带，银制的皮带扣呈H形。包裹内还附有一张短笺：

去邮局途中遗失了你那本《柏拉图》，希望这能稍作弥补。

查理

盖伊拿起铅笔写的圣菲酒店专用信封，里面只有一张小卡片，卡片背后写有：

宜人的梅特卡夫镇

他把卡片翻过来，面无表情地看着上面的字：

二十四小时营业

多诺万出租车服务公司

风雨无阻

请致电 2－3333

安全　快捷　周到

卡片背面的下方有些字被擦掉了。盖伊把卡片拿到灯下，辨认出两个字：神灵。这是梅特卡夫一家出租车服务公司的名片，却是从圣菲寄来的。卡片并没有什么意思，证明不了什么，他想。于是他把卡片、信封和包裹的包装纸都揉成一团，丢进垃圾篓中。他讨厌布鲁诺，他心里明白。他打开字纸篓中的盒子，把皮带也丢了进去。那是一条帅气的皮带，但他恰恰讨厌蜥蜴和蛇皮。

是夜，安妮从墨西哥城打电话来，她想知道发生了什么事情，他便把他所知道的事情都告诉了她。

“警方没有怀疑是谁干的吗？”她问。

“似乎没有。”

“你的声音听起来状况不太好啊，盖伊。你有没有好好休息？”

“还没呢。”现在他不能告诉她布鲁诺的事。他母亲说过，有个男人打了两次电话来要跟他说话，盖伊百分之百确定那是布鲁诺。但在他尚未证实之前，他知道还不能告诉安妮关于布鲁诺的事。他无法启齿。

“我们刚送出那些宣誓口供书，亲爱的。你知道，关于你跟我们一起在这里的事。”

跟一名警探谈过之后，他曾打电报叫她寄口供书来。“审讯过后，一切将会很顺利的。”他说。

但接下来的夜晚时分，他因为没有把布鲁诺的事告诉安妮而感到困扰不已。不是因为不想让她受到惊吓，而是因为他个人无法忍受的罪咎。

有谣传欧文·马克曼在失去小孩之后就不想娶米里亚姆了，而她便对他毁婚的行动展开报复。米里亚姆真的是不小心流产，盖伊的母亲这么说，乔伊斯太太曾告诉她，米里亚姆是在自己家中，因为脚被那件欧文送给她而她也特别喜爱的黑色丝质睡衣绊了一下而跌落到楼下去的。盖伊对这说法深信不疑。他心中升起了以前不曾对米里亚姆所抱有的一股怜悯和自责。现在她似乎是个倒霉的可怜蛋，而且完全无辜。

十五

“最多七码，最少五码，”坐在椅子上的一位严肃的、充满自信的年轻人回答，“没有，我没有看到任何人。”

“我想大概十五英尺远。”叫凯瑟琳·史密斯的大眼女孩说，她看起来很害怕，仿佛凶杀案刚发生过似的。“或许更远点。”她小声补充道。

“大概有三十英尺。我是小船上第一个下船的人。”说话的人是米里亚姆的弟弟拉尔夫·乔伊斯，他的红发跟米里亚姆的一样，而且他也有着相同的灰绿色眼眸，但他那十分方正的下颌减低了两人的相似度。

“我不认为她有任何仇敌，不至于有人会对她下此毒手。”他说。

“我什么声音都没听到。”凯瑟琳·史密斯摇着头急切地说。

拉尔夫·乔伊斯说他没有听到任何声音，而理查德·斯凯勒斩钉截铁的供词结束了这一段谈话：

“根本没有声音。”

对盖伊而言，反复陈述的事实失去了恐怖性，甚至对盖伊而言有种戏剧性的效果。它们有如铁槌的单调重击，将故事永远钉死在他心中。其他三人所说的距离最不足信，因为只有疯子才胆敢靠那么近，盖伊心想，这点是肯定的。

“海恩斯太太打掉的孩子是你的吗？”

“是的。”欧文·马克曼身体前屈，十指交握于身前，微愠而卑躬屈膝的态度破坏了盖伊在照片上看到的那副意气风发的俊俏样。他穿的是灰色鹿皮鞋，仿佛才从休斯敦下了班赶过来似的。米里亚姆今天不会以他为荣的，盖伊心想。

“你知道可能有谁会想要海恩斯太太死吗？”

“有，”马克曼指着盖伊，“他。”

大家转头看他。盖伊坐立不安，直朝马克曼皱眉，心中第一次真正地对马克曼起疑。

“为什么？”

欧文·马克曼迟疑了很久，喃喃说了些什么，然后冒出两个字：“嫉妒。”

马克曼说他嫉妒，却提不出一个可信的理由，但此话一说出，各方纷纷指控他嫉妒，连凯瑟琳也说：“我想是这样。”

盖伊的律师咯咯笑了起来。他手中有福克纳一家人送来的宣誓口供书。盖伊讨厌那咯咯的笑声，他一向都讨厌法律程序。它就像是场邪恶的游戏，其中的目的似乎不是要揭露实情，而是要让一位律师驳斥另一位律师，并且在专业表现上击垮他。

“你放弃了一项很重要的委托项目——”验尸官开口说。

“我不是放弃它，”盖伊说，“在获得委托项目之前，我写信给他们，说我不接了。”

“你拍了电报，因为你不想要你太太跟着你去那里。但你在墨西哥得知你太太流产之事时，你拍了另一封电报到棕榈滩，说你希望他们再考虑你接手委托项目的事。为什么？”

“因为那时我相信她不会跟我去那里了。我怀疑她想要无限期地拖延离婚手续。但我也曾打算要去见她——打算在这周讨论离婚事宜。”盖伊擦去前额的汗珠，看见他的律师悲伤地紧闭双唇。他的律师要他别提离婚跟他在委托项目上改变主意的关联性。盖伊才不在乎呢。这是实情，他们爱怎么想就怎么想吧。

“乔伊斯太太，依你看她丈夫有能力安排一桩像这样的谋杀案吗？”

“有的。”乔伊斯太太抬头挺胸，用微带颤抖的声音说道。她锐利分明的暗红色睫毛几乎垂盖住眼睛，一如往常盖伊熟悉的样子，如此一来便无人知道她的眼光望向何处了。“他想要离婚。”

盖伊的律师提出抗议，说先前乔伊斯太太说过，是她女儿想离婚，而盖伊不想，因为他还爱着她。“如果两个人都想离婚，而且事实证明海恩斯先生的确想离婚，那为什么两人离不成婚呢？”

法庭内一阵哄堂大笑。指纹专家无法在分类辨认的结论上达成共识。米里亚姆在她死亡前一天曾到过一家五金店，五金店老板搞不清楚跟她同行之人究竟是男是女，而更大的一阵笑声掩饰了有人教他要说是男人的事实。盖伊的律师滔滔不绝地谈着地理上的事实、乔伊斯家的分歧、他手中的宣誓口供书等，但盖伊确信单就他自己坦言不讳这一点，就免除了他的任何嫌疑。

验尸官在总结中委婉地表示，此谋杀案似乎应是一个被害人和其他同伴都不认识的疯子所为，判决宣判为“不知名的人或人们”所为，而且案子要移交给警方。

第二天，盖伊正要离开母亲住处时，来了封电报：

来自黄金西部的所有祝福。

署名不具。

“是福克纳家拍来的。”他匆匆地告诉他母亲。

她笑了笑说：“叫安妮好好照顾我儿子。”她轻轻往下拉拉盖伊的耳朵，亲吻他的脸颊。

盖伊抵达机场时，手里还握着布鲁诺的电报。他把电报撕得粉碎，丢进机坪边上的铁丝废物篓里。纸屑又都被风吹出铁丝篓孔外，飞舞着越过柏油路，仿佛艳阳中随风欢乐起舞的五彩纸片。

十六

现在盖伊努力在布鲁诺身上寻找明确的答案——他到底有没有杀人？随后便放弃了这个努力。布鲁诺杀人的想法简直令人难以置信。梅特卡夫出租车公司的名片会有什么意义呢？在圣菲找到这样的名片，寄给他，这正像是布鲁诺的举动。如果这并非验尸官和众人所想的疯子所为，那更可能是欧文·马克曼一手设计的吗？

他暂时不想梅特卡夫、米里亚姆和布鲁诺，而把注意力集中在棕榈滩的工作上，他从第一天就看出来，这工作将需要他运用一切的外交手腕、专业知识和全部的体力。除了安妮之外，他不去想过去的一切；他有明确的理想目标，他为了目标而努力奋斗，也取得了小小的成功，但跟宏伟壮观的乡村俱乐部主体建筑比起来，似乎可怜又乏味。而且他越埋首于新的努力当中，他就越感觉到一种不同以往而又日趋完美的再创造。

报纸和新闻杂志的摄影师们拍摄了主体建筑、游泳池、更衣室和尚在施工初期的平台建筑照片。也有俱乐部会员检查地面的照片，盖伊也知道，每张照片下方都会印上他们捐给这所高级俱乐部的金额。他有时纳闷，他对这个项目的热情是不是源自背后的金钱诱惑，源自工作上能尽情挥霍的空间与材料的快感，以及常邀请他到他们家中的富豪们的奉承。盖伊从未接受过他们的邀请，他知道他可能因此失去许多明年冬天能让他维系生活的小项目，但他也知道他绝不会强迫自己去承担大部分建筑师视为理所当然的社交责任。在他不想独处的晚间时刻，他便搭公车到几英里外的克拉伦斯·布里尔哈特家中，和他共进晚餐、听留声机唱片，并且促膝长谈。帕米拉俱乐部经理克拉伦斯·布里尔哈特是个退休的经纪人，盖伊时常认为这位身材高大的白发老绅士是他理想的父亲人选。盖伊最钦佩的是他予人的悠闲之感，在喧闹繁忙的建筑工地上，他就跟在自己家中一样沉着而不为所动。盖伊希望自己年老时能像他一样。但他觉得自己太过急躁，他总是过于急躁 。他觉得行动急躁总不可避免地会有失尊严。

大部分夜晚，盖伊要么看书，要么写长信给安妮，要么就早早上床睡觉，因为他向来是五点便起床，继而又整天与焊枪、灰泥或铲子为伍。他几乎叫得出所有工人的名字。他喜欢判断每个人的性情，以便知道他们的性情对他的建筑物的精神有何贡献。“就像在指挥一个交响乐团一样。”他在给安妮的信上写道。薄暮时分，当他坐在高尔夫球场的树丛中，一边抽着烟斗，一边凝神俯视四栋白色建筑物时，他觉得帕米拉计划将会尽善尽美。早在他把水平线横拉过留有间隔的主楼大理石柱时，他就知道这一点了。匹兹堡的那家店面在最后一刻因客户改变窗台设计而全盘皆毁。芝加哥医院的增建部分，盖伊想，也是因为用了比原设计的颜色更深的飞檐石材而破坏了整体的风格。但布里尔哈特不允许任何干预，帕米拉将跟他原先设想的一样完美，盖伊还从未设计过任何自我感觉如此完美的建筑呢。

八月，他去北方见安妮。她现在在曼哈顿的一家织品公司设计部门工作。她计划在秋天时和她遇到的另一位女设计师合资开一间店。盖伊和安妮两人都没有提起米里亚姆，直到盖伊来访的第四天，也是最后一天，他们才重拾此话题。他们站在安妮屋后的小溪旁，正共度着安妮开车送他去机场前的最后几分钟。

“你认为是马克曼干的吗，盖伊？”安妮突然开口问他，盖伊点头时她又说，“真可怕——但我几乎敢肯定是他。”

然后有一天晚上，当他从布里尔哈特家返回他那装修颇好的房间时，布鲁诺的一封来信和安妮的一封来信正一块儿等着他。布鲁诺的信寄自洛杉矶，又是由他母亲从梅特卡夫转寄过来的。信中表示恭喜他得到棕榈滩的工作，祝他成功，也恳求他给予只言片语的回复。信尾附注：

> 希望此封信不会惹恼你。曾写了多封未寄出的信，也曾打电话向你母亲要你的地址，但她不肯给。盖伊，老实说，没有什么好担心的，否则我也不会写信给你了。你不认为我才是第一个该小心的人吗？快回信。过不久我可能要去海地。
>
> 又是你的朋友和仰慕者，
>
> C. A. B.

一股缓缓的疼痛感流过盖伊全身。他无法忍受在房间内独处，于是便出门去，来到一间酒吧，不知不觉已是两杯黑麦酒下肚了，然后又喝了第三杯。在酒吧后方的镜子里，他凝视着自己已晒黑的脸，突然感觉自己的眼神狡猾不实。*布鲁诺杀人了*。这想法如晴天霹雳猛然重压而下，再也毋庸置疑了，就像是一场巨大灾难突然来袭，只有失去理智的疯子才能保持平静。他在小酒吧里四下张望，仿佛在期待四周的墙壁通通倒塌压在他身上。*布鲁诺杀人了*！现在确定无疑：布鲁诺自信掌控了盖伊的自由。也许他在信尾附注中说的全是实情。也许海地之行才是正确的讯息。但布鲁诺的意思是什么？盖伊与镜中之人蹙眉相向，随即他调转视线，低头望向双手、斜纹软呢夹克前襟、法兰绒长裤，然后脑中闪现出一种想法：今天早上他穿上这身衣服时是一个人，今晚他脱下这身衣服时将是另一个人；就从这一刻起，他将变成另一个人了。现在他知道了。这是刹那间的事——他不清楚发生了什么，但他感觉从此刻起，他整个人生将会不同，一定会不同。

如果他知道布鲁诺杀了人，他为什么不告发他呢？他对布鲁诺的感觉，除了讨厌和嫌恶之外，还有什么呢？是害怕吗？这些盖伊都不清楚。

他一直压抑着给安妮打电话的冲动，直到夜深人静，凌晨三点时终于再也压抑不住了。在黑暗之中，他躺在床上，非常冷静地跟她交谈，谈些日常琐事，他甚至还笑了一回。挂上电话时他心想，连安妮都没有注意到不对劲之处。不知怎么的，他觉得受到了忽视，茫然中提高了警觉。

他母亲写给他的信上说，当他人在墨西哥时，那个曾打过电话称自己菲尔的男人又打来电话，问如何才能联络上他。她很担心，怕此事与米里亚姆之死有关，而且不知道自己是否该告诉警方。

盖伊回信告诉她："我想出那个打电话来骚扰的人是谁了，是菲尔·强生，我在芝加哥认识的一个家伙。"

十七

“查理，这些剪报是什么？”

“关于我一个朋友的，妈妈！”布鲁诺冲着盥洗室的门高喊。

他把水龙头开得更大，靠在水槽上，目光集中在闪亮的镀镍下水孔塞子上。过了一会儿，他拿出藏在衣服挂篮内的毛巾下面的一瓶苏格兰威士忌。手中端着一杯掺水威士忌，心里就觉得不那么忐忑不安了，又花了几秒的时间，他检视着新便装衣袖上的银色花边。他非常喜欢这件便装，也把它当作浴袍来穿。镜子里，椭圆翻领在镜中塑造出一个悠闲、行事鲁莽的神秘冒险青年，一个风趣、有深度、有权有势又风度翩翩的青年（瞧瞧他用拇指和食指拿酒杯的姿势多么优雅，举杯敬酒的神情多么尊贵）——一个双面青年啊。他为自己干了一杯。

“查理？”

“马上就好，妈妈！”

他警觉地扫视盥洗室。没有窗户。最近每周会有两次这样的情形——他起床约半小时后，便感觉仿佛有人跪在他胸膛上要闷死他似的。他闭上眼睛，尽快呼吸着空气。然后酒精就开始发挥作用，有如一只手掠过他的身体，让他跳动的神经入眠。他直起身，打开房门。

“在刮胡子。”他说。

他母亲身穿网球短裤和露背衫，正趴在未加以整理而散放着那些剪报的床上。“她是谁？”

“我在纽约出发的列车上认识的一个朋友的妻子。他叫盖伊·海恩斯。”布鲁诺笑了笑。他喜欢说出盖伊的名字。“很有趣，对吧？警方还没捉到凶手呢。”

“很可能是疯子干的吧。”她叹了口气。

布鲁诺脸色阴沉。“哦，我怀疑也是。情况太复杂了。”

埃尔西站起来，拇指滑进腰带里。她腰带下方的小腹不见了，有一段时间她回到了一年前布鲁诺再熟悉不过的样子，从头到脚都纤细苗条，就像二十岁的年轻女子。“你朋友盖伊的脸真好看。”

“是你见过最好看的吧。只可惜他卷入了这桩事。在列车上他告诉我，他有两年没见过他老婆了。盖伊和我一样清白，怎么会是凶手呢！”布鲁诺一不留心开了个玩笑，随即又掩饰道，“反正他老婆水性杨花——”

“亲爱的，”她抓住布鲁诺有穗带边饰的翻领，“这段时间你能不能说话注意点？有时你外婆会吓着的。”

“外婆哪知道‘水性杨花’是什么意思。”布鲁诺嗓门粗哑道。

埃尔西仰头尖叫一声。

“妈妈，你阳光晒得太多了吧，我可不喜欢你的脸色黑成这样。”

“你脸色这么苍白，我才不喜欢呢。”

布鲁诺眉头一皱。他母亲倔巴的神情让他苦恼。他突然吻了下母亲的脸颊。

埃尔西说：“答应我，你今天无论如何要给我晒上半个钟头太阳。别人千里迢迢来加州享受阳光，你却老是窝在房间里！”

布鲁诺不情愿地皱起眉头。“妈妈，你不是对我的朋友不感兴趣嘛！”

“我对你朋友很感兴趣呀。还有好多有关他的事你没和我说呢。”

布鲁诺腼腆地笑了笑。不，他一向很好。他今天首次将剪报摊在房间里，因为他确定自己和盖伊都安全。就算他现在花十五分钟讲盖伊的事，他母亲也很可能会忘得一干二净，就好像非得忘记不可。“那些剪报你全看过了？”他朝床上努努头。

“没有，没全看。今天早上喝了几杯酒？”

“一杯。”

“闻起来像是两杯。”

“好吧，妈妈，是两杯。”

“亲爱的，你早上喝酒能不能节制一点？沾染上早晨喝酒的习惯就完了，我见过一个接一个酒鬼——”

“酒鬼一词真难听，”布鲁诺又在房间里慢慢地兜起圈子，“自从我增加酒量后，我的心情好多了，妈妈。你也亲口说过我更开朗了，胃口也更好了。威士忌是一种很纯的酒。适合某些人喝。”

“你昨晚喝多了，连外婆都知道了。别以为她不在意，知道吗？”

“昨晚的事，就别问我啰。”布鲁诺咧嘴笑着摆摆手。

“萨米今天上午过来，你何不穿好衣服下楼给我们记分呢？”

“我一看到萨米就浑身不舒服。”

她欢快地走到门前，好像根本没听到他的话。“答应我，你今天无论如何要晒晒太阳。”

布鲁诺点点头，舔了舔干涩的嘴唇。他母亲笑着关房门时，他并未报之一笑，因为他觉得仿佛有个漆黑的盖子突然罩在身上，仿佛必须趁某事发生之前逃走似的，否则就来不及了。他必须立刻去见盖伊！他必须尽快除掉父亲！他有不少事情要做呢！他不想住在外婆这栋和他家一样的法王路易十五世风格的房子里，总是路易十五！但他不知道他想待在什么地方。如果离他母亲太远，就不开心，不是吗？他咬住下唇，眉头紧锁，但小小的灰色眼睛里全是呆滞。她为什么说早上不需要喝一杯呢？他一天之中最需要的就是早上喝上一杯酒。他缓慢地转动身体，活动活动肩膀。他为什么要感觉如此消沉？床上的剪报都是有关自己的。时间一周一周地流逝，除了鞋印，愚蠢的警察们查不到任何和他有关的线索，而那双鞋他老早就扔了！现在若能找盖伊一同庆祝一番，那么上周旧金山的旅馆内和威尔森的聚会就不值一提了。一起完美的谋杀！有几个人能在两百多人的岛上完成如此完美的谋杀呢？

布鲁诺不像报上所说的那些笨蛋，为了“体验杀人的感觉如何”而杀人，他们除了“感觉没有我预期的好”这种恶心的话之外，再也没什么值得炫耀的了。要是有人采访，他会说：“太棒了！世界上再没有这么棒的感觉了！”（“你想再干一次吗，布鲁诺先生？”）“嗯，或许吧。”他会谨慎地沉思一番再作回答，就像北极探险家被问及明年是否再去北方时可能含混地回答记者一样。（“你能多谈些你内心的感受吗？”）他会把麦克风拉近，抬起头，沉思，而全世界的人都对他的回答翘首以待。杀人的感觉如何？嗯，只是杀人而已，明白吗？没有任何事可与之比拟。反正她是个烂女人，你懂吧。就像杀死一只鲜活的小老鼠一样，只不过她是个女子，所以才演变成谋杀案。她身上的温暖体热一直令人感到恶心，而且他记得在他挪开手之前他曾想过，那体热真的会消散，在弃她而去之后，她会变得冷冰冰而又惨不忍睹，正如她的真面目。（“惨不忍睹吗，布鲁诺先生?”）没错，惨不忍睹。（“你认为尸体惨不忍睹吗？”）布鲁诺眉头一皱。不，他并不觉得尸体惨不忍睹。如果被害人很坏，像米里亚姆一样，大家应该相当乐于见到尸体，不是吗？（“你感到充满力量吗，布鲁诺先生？”）噢，是的，他感到力大无比！就是这个。他夺走了一条生命。现在没有人知道生命是什么，大家都在护卫这最无价的财产——生命，但他夺走了一条生命。那天晚上在那里其实有危险，他双手的疼痛感，担心她万一发出声音的恐惧感，但在他感到她失去生命的那一刹那，其他一切都消逝了，只剩下他缔造的这个神秘的事实——夺走生命的神秘和奇迹。

大家都在谈出生的神秘、生命起源的奥秘，可那多么容易解释啊！源自两个有活力的生殖细胞！那阻止生命的神秘又怎么说呢？生命为什么要在他使劲掐住那女子的喉咙时停止呢？总之生命是什么呢？米里亚姆在他松手之后有什么感觉？她在哪里？不，他不相信死后的生命。她的生命受阻，而那正是奇迹。噢，他接受新闻界的访谈时可有一大堆话可说哩！（“你杀的是女性这件事对你而言有什么重要性吗？”）这个问题是从哪里冒出来的？布鲁诺迟疑不语，然后恢复泰然自若的神情。嗯，她是女性的事实给了他更大的快感。不，他并不因此而断定他的乐趣与“性”趣相伴而生。不，他也不恨女人。当然不！恨与爱是相对而生的，你知道。这是谁说的？他压根儿没相信过。不，他只会说，如果他杀的是男人，他就不会这么痛快了，他心想。除非那人是他的父亲。

电话……

布鲁诺一直瞪着电话。每一部电话都使他联想到盖伊。他现在可以用两通得体的电话联络上盖伊，但打电话去可能会惹恼盖伊。盖伊可能仍然紧张兮兮。他要等盖伊写信来。而今信件应该随时都会送到，因为盖伊必定在上周末收到他的信了。布鲁诺要使他的快乐臻于完美所必须做的一件事，是听到盖伊的声音，听他说一句他很快乐的话。现在盖伊和他之间的牵连比兄弟之情还亲密。有多少为人兄弟者能像他喜欢盖伊一样地喜欢他们的兄弟呢？

布鲁诺一腿跨出窗外，站在锻铁材质的阳台上。早晨的阳光真的感觉挺好的。草坪宽广、平滑，像一片高尔夫球场一样一路通到海边。然后他看到了穿着一身白色网球装的萨米·弗兰克林，腋下夹着球拍，一路咧嘴笑着朝他母亲走去。萨米的体格硕大却毫无生气，像个温和的拳击手。他让布鲁诺想起他们三年前在这里的时候，另一个好莱坞的小配角也对他母亲纠缠不清：亚历山大·菲普斯。他为什么连他们的假名都记得呢？他听见萨米在伸手揽住他母亲时所发出的咯咯笑声，一股由来已久的敌意在布鲁诺的胸中涌起，然后又平息下来。他妈的[1]。他轻蔑地把眼光从萨米的法兰绒网球装下的宽臀上调开，由左至右地仔细查看眼前的景观。一对鹈鹕动作迟钝地飞过一道树篱，噗的一声降落在草地上。在远处白花花的水面上，他看到了一艘帆船。三年前他曾哀求他的外婆买一艘帆船，现在她已经有了一艘，他却连坐的欲望都没有。

网球来回击打在灰泥粉刷过的黄褐色房子的墙角里。楼下传来时钟的报时声，布鲁诺走回房间，如此一来就不会知道现在是几点了。他喜欢在一天之中尽量拖到很晚的时候才偶然看一下时钟，而且发现时间比他以为的还晚。如果正午送来的邮件中没有盖伊寄来的信，他心想，他可能会搭列车去旧金山。话又说回来，他上次到旧金山的回忆也不是很愉快，威尔森带了两个意大利人到旅馆楼上

1. 原文为法语 Merde。

来，布鲁诺就付了所有人的晚餐钱和两瓶黑麦酒的钱，他们还用他房间内的电话打到芝加哥去。旅馆的记录显示他曾打过两个电话到梅特卡夫，他根本不记得打过第二通电话。结果在最后一天要付账时，他竟差了二十元，而他又没有活期存款，因此这家全镇最好的旅馆扣留了他的手提箱，直到他母亲把钱电汇过来。不，他不会再去旧金山了。

“查理？”外婆尖锐、甜美的声音在呼唤他。

他看见弯曲状的门把开始旋动，便下意识地冲向他床上的剪报，然后又调头跑回盥洗室中，把牙粉往嘴里倒了些。他外婆就像久未沾酒的克朗代克[1]掘金者一样，再淡的酒味也闻得出来。

“你还没准备好下来跟我一起吃早餐吗？”他外婆问。

他边梳着头边走出盥洗室。“咦，你都穿戴整齐了嘛！”她在他面前像个时装模特儿般转动着弱不禁风的娇小身躯，布鲁诺笑了起来。他喜欢她那件可以透出粉红色缎子的黑色蕾丝洋装。“看起来就像外头那些阳台一样花俏。”

“谢谢你，查理。早上我要进城去，我想你可能愿意跟我一起去。”

“可能喔。没错，我想跟你去，外婆。”他和气地说。

“原来是你一直在剪我的《时代》啊！我以为是哪个用人干的呢。你这几天早上一定都起得非常早吧。”

“是啊。”布鲁诺欣然称道。

“我年轻的时候，我们也常常从报上剪下诗篇，贴在剪贴簿上

1. Klondike，位于加拿大育空河流域，在阿拉斯加正东方，1896年8月在这里发现金矿，引发了1897—1898年的淘金热。

呢。太阳底下有什么新鲜事，我们全都把它剪下来。你拿这些剪报做什么？”

“噢，只是留着呀。”

“你不做剪贴簿吗？”

“不要。”她看着他，布鲁诺则要她看剪报。

“噢，你还只是个小——孩！”她捏了一把他的脸颊，“几乎连根胡子都没有！我不知道你母亲为什么要担心你——”

“她没有担心。”

“——你只是需要时间来成长罢了。快下来跟我一起用早餐吧。没错，穿睡衣就好了。”

布鲁诺在下楼时挽住她的手臂。

“我要去买一点小东西，”他外婆在替他倒咖啡时说，“然后我想我们可以做些愉快的事。也许去看一场好电影，剧中有谋杀情节的；也许去游乐场玩，我有好——多年没去过游乐场了！”

布鲁诺的两眼尽可能睁得大大的。

“你喜欢哪一样？嗯，我们到那里时可以看看有哪些电影上映。”

“我想去游乐场，外婆。”

布鲁诺一整天都很开心，扶她上下车啦，带着她逛遍游乐场啦，虽然他外婆不能多玩或多吃什么，但他们一起去乘坐了摩天轮。布鲁诺向他外婆提起梅特卡夫的那个大摩天轮，但她没有问他什么时候去过那里。

他们回到家中时，萨米·弗兰克林仍在他们家，他要留下来吃晚餐。一看到他，布鲁诺的眉毛就纠成了一团。他知道他外婆跟他一样毫不在乎萨米，可是她依然毫无怨言地接纳了萨米，接纳他母亲带到此处的任何杂种。布鲁诺突然对她升起一股柔情。他母亲和萨米一整天都做了些什么呢？他们说是去看了一部电影，是萨米露了一下脸的一部电影。另外，楼上他的房间里有一封寄给他的信。

布鲁诺跑上楼去。信是从佛罗里达寄来的。他撕开信封，两手剧烈颤抖着，十根手指犹如十个醉汉似的。他从来没有如此迫切地期盼过一封信，即便当年在夏令营中等待他母亲的信件时也不曾这样。

亲爱的查尔斯：

我不明白你的来信，也不懂你为何对我如此感兴趣。我对你的认识十分浅薄，但已足以使我确信，我们两人没有任何可以发展友谊的共通之处。可否请你别再打电话到我妈妈家，也别再和我联络了呢？

谢谢你曾试图把书送还给我。那本书可有可无。

盖伊·海恩斯

九月六日

布鲁诺把信拿近些，又读了一遍，两眼难以置信地在每个字眼上逗留。他伸出舌尖舔舔上嘴唇，又猛然缩回。他觉得整个人被掏空了。那是种类似哀伤或者死亡的感觉。甚至更糟！他的眼光四下掠过整个房间，他憎恨房内的家什，憎恨他所拥有的东西。然后那股疼痛感充斥他的胸口，他不由自主地哭了起来。

晚餐过后，他和萨米·弗兰克林为了苦艾酒的问题而争辩不休。萨米说苦艾酒愈烈就愈需要加马蒂尼，可他又承认自己是不喝马蒂尼的。布鲁诺说他也不喝马蒂尼，但他才不相信他说的话呢。

这场争辩甚至在他外婆道了晚安离去后仍未停息。暗夜中他们都在二楼的阳台上，他母亲坐在吊椅上，他和萨米都站在扶手旁。布鲁诺跑到楼下吧台拿了几种酒来证明他的论点，两个男人都调了马蒂尼，尝了尝味道，尽管很明显布鲁诺是对的，可萨米却仍不屈服，还一直咯咯地笑，仿佛布鲁诺说的话也不是真的似的，布鲁诺发现这令人难以忍受。

“到纽约去学点东西吧！”布鲁诺大喊。他母亲刚刚离开阳台。

“总之，你又怎么知道自己在说什么呢？”萨米顶嘴道。月光照得他正咧开嘴笑的胖脸上蓝绿参差而又发黄，看起来就像意大利的戈根索拉乳酪。“你一整天都烂醉如泥。你——”

布鲁诺一把抓住萨米衬衫的前襟，压得他身子向后弯过扶手，萨米的两脚在瓷砖上踢得嗒嗒响，衬衫也被撕裂了。当他向一侧蠕动着身子要挣开时，他脸上的蓝影不见了，成了张没有暗影的黄白色面孔。

“该——该死的，你到底是怎么了？”他咆哮着，“你要推我下去，是吗？”

“不，我不是！”布鲁诺惊叫道，声音比萨米的还大。突然之间，他无法呼吸了，就像这几天早晨的情形一样。他将僵硬、汗湿的双手从萨米脸上挪开。他已经犯下了一桩谋杀案了，不是吗？他为什么还要犯另一桩呢？但他曾眼见萨米就在下方的铁栅栏尖端上蠕动着身躯，而且他想要让他挂在那里。他听到萨米快速摇动高脚杯内的酒液的声音。布鲁诺进屋时，在法式落地窗的门槛上绊了一脚。

“你有种别走！”萨米在他背后大喊。

萨米说话声中带着颤音的震怒使他全身涌过一股悸动。布鲁诺在走廊上经过他母亲身旁时一语未发。走下楼去时，他两手紧抓住栏杆支柱，心里诅咒着他脑中那股嗡嗡声、身上的疼痛感和难以驾驭的混乱状态，诅咒着他跟萨米一起喝下的马蒂尼。他踉跄地踏进客厅。

“查理，你对萨米做什么了？”他母亲在他身后跟进了客厅。

“啊，我对萨米做什么了！”布鲁诺两手向她模糊身影的方向推去，同时在沙发上坐下，还弹起了一下。

“查理——回去向他道歉。”她朦胧的晚礼服白影向他靠近，一只棕色手臂向他伸来。

“你和那家伙上床了吗？你和那家伙上床了吗？”此时他心里清楚，自己只需往沙发上一躺，就会如熄灯般很快醉倒，于是他平躺下来，再也感觉不到她的手臂了。

十八

在盖伊返回纽约后的一个月里，他逐渐将自己的惶恐不安，将对自己、对工作和对安妮的不满，全部归因于布鲁诺：都是布鲁诺害得自己现在讨厌看到帕米拉的照片；都是布鲁诺害得自己焦躁不安，而焦躁又导致自己从棕榈滩回来后未接到任何项目；都是布鲁诺害得自己前天晚上因为执意不换更好的办公室、执意不给现在的办公室换新设备和地毯一事而跟安妮穷吵了一架；都是布鲁诺害得自己对安妮说，自认为并不成功，帕米拉项目并不算什么；都是布鲁诺害得自己那天晚上眼睁睁地看着安妮静静转身离他而去，径直走出大门，害得自己一直等到听见电梯关闭声时才飞快奔下八层楼梯恳求她原谅自己。

可又有谁知道呢？或许正是因为布鲁诺让他现在接不到工作。创建大楼是项劳神的差事，只要他对布鲁诺的罪行秘而不宣，在某种意义上来说他就是让自己堕落了。他觉得自己内心能觉察到这种感觉。他故意下定决心让警方设下圈套去抓布鲁诺。但几周过去了，他们还没抓到人，自己内心深受“该自己行动了”这种感觉的折磨。他迟迟不肯行动的原因有二：其一，他讨厌指控他人谋杀；其二，他觉得宁愿稀里糊涂地相信布鲁诺可能无罪。有时布鲁诺所犯罪行不由得令他拍案叫绝，每逢这时，原先在心里给他定的罪名便顿时消失；有时他觉得就算布鲁诺寄来一份书面供认状，他也不相信。然而，他必须在心里承认，他确信布鲁诺杀了人。数周过去，警方却未查获任何有力线索，这似乎证实了他的想法。正如布鲁诺所言，警方查不到动机，怎么会有线索呢？他在九月份寄给布鲁诺一封信，整个秋天都没有回音，但就在他离开佛罗里达之前，布鲁诺寄来一封严肃的短笺，说他十二月回到纽约，希望能和他谈一谈。盖伊打定主意不跟他有任何瓜葛。

但他仍旧感到不安，对一切都感到莫名的不安，不过主要还是对工作。安妮劝他要有耐心。安妮也提醒他他已经在佛罗里达证明了自己的能力。她对他比以前更加的温柔和体贴了，他也非常需要这种柔情和抚慰，但他发现在自己情绪最低落、最固执的时刻，他并不总能接受安妮的爱。

十二月中旬的一天早上，盖伊正在懒散地研究他在康涅狄格一栋房子的设计图，电话铃突然响起。

“喂，盖伊。我是查理。”

盖伊一下听出了这个声音，感觉肌肉打架似的紧绷起来。

此时，迈尔斯就在房间另一头，能听得到他说话。

“你好吗？”布鲁诺带着笑意诚挚地问，“圣诞快乐。”

盖伊缓缓地将话筒放回架子上。

他瞥了一眼迈尔斯，也是建筑师，他们共用这间大办公室。迈尔斯仍趴在制图桌上。在绿色百叶窗下方，几只鸽子低头猛啄着撒在窗台上的谷粒。

电话铃又响了。

“我想见你，盖伊。”布鲁诺说。

盖伊站直身子。“抱歉，我并不想见你。”

“怎么了？”布鲁诺勉强笑了几声，“你紧张了，盖伊？”

“我就是不想见你。”

“噢，好吧。”布鲁诺受了伤害似的嘶哑道。

盖伊手持话筒等着，决定不先退却，最后布鲁诺挂了电话。

盖伊的喉咙很干涩，于是走到房间中央的公共饮水处。在饮水处后面，阳光正好斜照过那张有四栋几近完工的帕米拉大楼的大型鸟瞰照片。他转过身，背对着照片。已经有人邀请他到母校芝加哥去演讲，安妮届时会提醒他。他还将为一家首屈一指的建筑杂志写一篇文稿。但就目前接不到委托项目的情况来看，帕米拉俱乐部应该是大家将联合抵制他的公开宣言吧。为什么不是呢？他不是拜布鲁诺所赐才能建造帕米拉的吗？或是拜凶手所赐吧？

几天之后的一个下雪天的晚上，当盖伊和安妮步下他在西五十三街公寓的褐色沙石阶梯时，他看到一个没戴帽子的高大人影站在人行道上凝视着他们。一股警觉的刺痛感传递到他的双肩上，他抓住安妮手臂的手在不知不觉中加大了力量。

“哈啰！”布鲁诺说，他的声音轻柔中带着忧愁。在微暗的情况下几乎看不见他的脸。

“哈啰！”盖伊回了他一声，就像对一名陌生人一样，又继续前行。

“盖伊！”

盖伊和安妮同时转过身去。布鲁诺向他们走来，两手插在外套口袋里。

“什么事？”盖伊问。

“只是想打声招呼，问问近况如何。”布鲁诺紧紧盯着安妮，充满困惑，笑中带恨。

“我很好。”盖伊显得很平静。他拉着安妮，转身走开。

“他是谁？”安妮小声问。

盖伊很想回头看看。他知道布鲁诺会依然站在他们离去的地方，会一直盯着他们的背影，也许还会哭呢。“他是上周来找工作的人。”

“你帮不上他的忙吗？”

“帮不上，他是个酒鬼。”

盖伊故意开始谈论他们的房子，因为他知道他现在没有别的正常话题可谈。他说他已买下了那块地，而且正在打地基呢，过完年，他将到奥尔顿去待个几天。看电影时，他在心中揣测着要如何才能摆脱布鲁诺，如何吓吓他，好让他因此而害怕跟他联络。

布鲁诺想要他做什么？盖伊坐在电影院中，双拳紧握。下次他会以请警方调查为由来威胁布鲁诺，并且也会照做。说警方会调查难道会造成什么巨大的伤害吗？

但布鲁诺到底想要他做什么呢？

十九

布鲁诺并不想去海地，但海地可让他避避风头。纽约、佛罗里达或美国本土的任何地方，只要是盖伊所在的、又不愿见他的地方都是个伤心地。为了抹去心头的痛苦和郁闷，他在大格雷特内克区的家里已灌了很多酒，而且为了让自己有事做，他用步子测量出了房子和庭院的大小，用裁缝的卷尺测量了父亲的房间，他不知辛苦地弯着腰移着步子，量来量去，仿佛一个只偶尔微微晃离轨道而不知疲倦的自动装置，这充分显示他只是喝醉了，而并非精神错乱。见过盖伊后，他就这样度过了十天时间，等待他母亲及其友人艾丽斯·莱芬韦尔准备好前往海地。

有时，他觉得自己整个人正处于某种至今仍神秘莫测的变异阶段。他在别墅里、房间中独处时，觉得自己已做之事就像皇冠一样戴在头上，一顶他人看不到的皇冠。他很容易顷刻间泪流满面。此时，他会要一份鱼子酱三明治当午餐，因为他有资格吃些又大又黑的最上等鱼子酱，而当家里只有红色鱼子酱时，他便叫赫伯特出门去买些黑色鱼子酱回来。他吃了四分之一个烤过的三明治，喝了一口掺水的威士忌，然后凝视着烤过的三角形三明治，差点儿就睡着了，终于他一手抓起了三明治。他一直瞪着它，直到它不再是个三明治，也瞪着装了酒的杯子，直到它不再是个杯子，而只有杯中的金黄色液体是他自己的一部分，于是他一口干了它。空杯子和卷曲的三明治仿佛是在嘲弄并责问他是否有权使用它们的生命体。就在这时，一辆屠夫的卡车驶离车道而去，布鲁诺还皱起眉头看它离去，因为一切突然都鲜活了起来，而且正飞快地要逃离他——卡车、三明治和杯子，以及逃不了的林木和囚禁他的这栋房子，都流露出一股轻蔑。他同时用两拳击打墙壁，然后一把抓起三明治，打碎它无礼的三角形开口，再一片片地把它丢进空荡荡的壁炉中去烧，黑色鱼子酱像许多垂死的小人般弹跳，每一粒都是一条人命。

一月中旬，他和艾丽斯·莱芬韦尔、他母亲以及包括两名留下的波多黎各人在内的四名船员，乘蒸汽游艇“精灵王子号”前往海地，这艘游艇是艾丽斯花了整整秋冬两季的时间从她前夫那儿夺来的。这一趟旅行是为了庆祝她第三度离婚，她在几个月之前就邀请了布鲁诺和他的母亲同行。对于航海的喜悦反而促使他在最初几天里装出漠不关心和厌烦的样子。没有人注意他。艾丽斯和他母亲几天来整个下午和晚上都在船舱里谈天说地，早上则在睡觉。即使是在跟艾丽斯这么个老女人一起被关在船上一个月之久的乏味境况下，他也能证明自己是快乐的，布鲁诺说服自己不要总是处于警觉状态，生怕警方查到他的蛛丝马迹，而且他也需要空闲的时间来想出除掉他父亲的办法。他还推断，时间过得越久，盖伊就越有可能会改变态度。

他在船上仔细规划了谋杀他父亲的两三个主要计划，其他计划只需以这些计划为主轴就可以了。他对自己的计划相当地引以为豪——一个是在他父亲的卧室里用枪行凶，一个是用刀，而且有两种逃跑方式；另一个方式是趁他父亲每天晚上六点半在车库停车时，用枪或者刀行凶，或徒手勒死他。最后一个计划的不利之处，是作案环境不够昏暗，但相较前几者而言，其手法简单爽利，又弥补了这点不足。他几乎听得到他计划顺利进行时的喀哒——喀哒声。然而，当他每次完成一张周详的草图时，他都觉得务必把它撕碎以确保安全。他便这样无休无止地画了又撕，撕了又画。在精灵王子号绕转过迈西角，开往海地首都太子港的途中，从巴尔港湾到维尔京群岛[1]最南端的一路海上，他已撒下许多被他细分过的计划种子了。

“真是一个配得上我的王子号的气派港口！”艾丽斯大叫着，趁着与布鲁诺母亲说话的间隙，放松一下大脑。

在离她们有段距离的转角阴影下，布鲁诺慌乱地收起他作过画的纸张，抬起头来。在海平线的左方，看得见成一条灰色虚线的陆地。海地到了。见了它似乎反而比未见它时还备感遥远陌生，他离盖伊越来越远了。

他从躺椅上爬起身来，走到左船舷栏杆旁。他们将在海地玩上几天后才继续上路，然后再进一步往南行。布鲁诺纹丝不动地站着，感到挫折感在体内一阵阵地腐蚀着他，正如此刻晒着他的苍白腿肚子的热带阳光要融化他一般。他猝然将计划书撕成碎片，双手越过船舷，摊开来，让纸片随风散落。乖张的风势将碎片吹向前方。

当然，跟计划一样重要的是找人来执行。他心想，无论计划有多周详，要不是因为他父亲的私家侦探杰勒德一直盯住他不放的现实顾忌，他会亲自动手的。此外，他想再测试一下他的无动机计划。找马特·莱文或是卡洛斯吧——问题是他认识他们。而且在不知对方是否会同意的情况下，便设法与之交涉是很危险的事。布鲁诺见过马特几次了，一直没机会提起此事。

太子港发生了某件布鲁诺永远不会忘记的事。他在第二天下午要回船上时，从横跨在船和码头之间的踏板上掉下海去了。

---

1. 位于西印度群岛的圣托马斯岛上，波多黎各以东。

当天热气弥漫的高温使他一阵茫然，而朗姆酒却令情况更糟，让他觉得更热。在从城堡饭店回船上去取母亲夜用鞋的途中，他在海岸街道附近的一家酒吧驻足，喝了杯加冰块的威士忌。船员中有一位波多黎各人，布鲁诺第一眼就很不喜欢他，结果那人也在酒吧内，喝得酩酊大醉，还四处叫嚣着，就好像自己拥有此镇，拥有精灵王子号和其余的拉丁美洲国土似的。他叫布鲁诺“白鬼”和其他许多布鲁诺听不懂、却引得他人大笑的称呼。布鲁诺神情尊贵地走出酒吧，他太疲倦了，而且不屑跟他斗，心里暗下决心要把此事告诉艾丽斯，让那个波多黎各人吃不了兜着走，再将他列入黑名单。离船一条街远的地方，那个波多黎各人赶了上来，还一直讲个不停。后来在走上踏板时，布鲁诺一个踉跄，翻过扶手绳，掉入了肮脏的海水中。他不能说是那个波多黎各人推他落水的，因为他并未动手。那个波多黎各人和另一个大笑的水手把他拉出水面，再把他拖回船上的床铺。布鲁诺爬下床铺，拿出朗姆酒瓶，马上就对着瓶口灌了几口，然后就连湿内衣也不脱就叭地一声扑倒在床上睡着了。

后来，他母亲和艾丽斯进房来把他摇醒。

“怎么了？”她们一直发问，却又哧哧笑个不停，以至于连话都说不清，“怎么回事，查理？”

她们的身影在他眼中模糊不清，但笑声却很尖锐。艾丽斯把手放在他肩上，他赶忙躲开。他说不出话来，但他知道心里想说什么。他想说如果她们没有盖伊的消息，那还在他房间里做什么？

“什么？什么家伙[1]呀？”他母亲问。

1. 英文中 Guy（盖伊）也有“家伙”之意。

“走开！”他大喊起来，他的意思是让她们两人都走。

“噢，他疯了，”他母亲悲痛地说，仿佛他是垂死的病人似的，“可怜的孩子，我可怜的孩子。”

布鲁诺左右摇头好避开冰凉的面巾。他恨她们两个人，他也恨盖伊！他为他杀了人，为他巧妙地避开警方，在他要他别作声时便默不吭声，为他掉进臭死人的海水中，而盖伊却连见也不想见他！盖伊把时间都拿去陪女人！盖伊不是害怕或不快乐，只是没时间陪他！在纽约，他曾三次在盖伊家附近看见那女人！如果她在这里，他就会像杀米里亚姆一样杀了她。

“查理！查理！嘘！”

盖伊会再婚，而且永远抽不出时间给他。瞧那个女人当他是个傻子似的戏弄他时，谁会同情他！他在墨西哥成天和她见面，不只是拜访友人。难怪他想摆脱米里亚姆！他在列车上甚至没提到安妮·福克纳！盖伊利用了他！也许无论喜不喜欢，盖伊会去杀了他的父亲。任何人都能杀人的。布鲁诺记得盖伊并不相信这一点。

二十

“跟我喝一杯吧。”布鲁诺说。他不知道从人行道中间的什么地方突然冒了出来。

“我不想见你。我没什么可问的，我真的不想见你。”

“我不在乎你问我什么，”布鲁诺苦笑着说，眼神小心翼翼的，“到街对面吧。就十分钟。”

盖伊瞥一眼他的四周。他就在这里，盖伊心想。报警吧。盖伊想猛扑到他身上，将他扑倒在人行道上。但盖伊只是全身僵直地站在原地，只见布鲁诺两手塞在口袋里，仿佛身上有枪似的。

“就十分钟。”布鲁诺说着露出试探性的微笑诱惑他。

盖伊已有数周毫无布鲁诺的音信。他试着再召回上一次雪夜之时的怒气——他决定向警方告发布鲁诺时的那股怒气。关键的时刻就在眼前。盖伊跟他来了。他们走进第六街的一家酒吧，选了个靠里面的雅座。

布鲁诺脸上的笑意更深了。

“你怕什么，盖伊？”

“什么也不怕。”

“你快乐吗？”

盖伊四肢僵硬地坐在椅沿上。他正坐在杀人犯的对面，他心想。那双手曾紧紧扼住米里亚姆的喉咙。

“听着，盖伊，你怎么没有告诉我安妮的事呢？”

“安妮的什么事？”

“我想知道她的事，仅此而已。我说的是在列车上的时候。”

“这是我们的最后一面，布鲁诺。”

“为什么？我只是想跟你交朋友呀，盖伊。”

“我要向警方告发你。”

“你在梅特卡夫时怎么不这么做呢？”布鲁诺问话时眼中微微露出怒光，仿佛他早该这么问，然后悲伤似乎又占了上风。奇怪的是，盖伊感觉到他内心也用同样的方式问了自己这个问题。

“当时还不敢肯定。”

“我该做什么呢？写下供认状？”

“我现在仍可以向警方告发你。”

“不，你不能这么做。他们掌握着更多不利于你的证据。”布鲁诺耸耸肩。

“你胡说什么？”

“你认为警方能查到我什么？什么也查不到。”

“我可以告诉他们！”他突然感到很生气。

“如果我说是你花钱雇我做的，”布鲁诺自以为正直地皱皱眉头道，“零碎的线索拼在一起，完美得简直无懈可击！”

“我才不在乎零碎的线索。”

“你或许不在乎，但法律在乎。”

“什么零碎的线索？”

“你写给米里亚姆的信，”布鲁诺缓缓地说，“取消工作的掩饰之计，还有那一趟顺道的墨西哥之行。”

“你疯了！”

“面对事实吧，盖伊！你的想法根本行不通！”布鲁诺突然歇斯底里大叫道，音量盖过了他们身旁刚开始启动的自动点唱机。他一手平摊，横过桌面，向盖伊这儿伸过来，然后又握成拳头。“我喜欢你，盖伊，我发誓。我们的谈话本不该这样！”

盖伊动也不动。长椅的边缘在他后腿上压出痕迹。“我不想被你喜欢。”

“盖伊，如果你向警方说出什么，你只会害得我们都入狱。你不明白吗？”

其实在此之前，盖伊就想过这一点了。如果布鲁诺坚持说谎，那么就会有一场旷日费时的审判，那会是一件绝不可能定案的案件，除非布鲁诺崩溃，可布鲁诺是不会崩溃的。从布鲁诺现在盯着他看的眼神里的那种浓烈的偏执中，盖伊看得出来。不要理他，盖伊心想，离他远一些，让警方逮捕他吧，他已疯到你稍有动作他便会杀了你的地步了。

“在梅特卡夫你不告发我，是因为你喜欢我，盖伊。在某个方面，你喜欢我。”

“我一点都不喜欢你。”

“可你不会告发我，是吧？”

“是的。”盖伊咬牙说。布鲁诺的镇静令他大感惊异。布鲁诺丝毫不怕他。“别再给我点饮料了。我走了。”

“等等。”布鲁诺从钱包里拿钱给了服务生。

盖伊坐着没动，很想知道布鲁诺的后续。

“你这身西装真好看!”布鲁诺微笑着朝盖伊的胸前点点头。

他穿着灰底白条纹的新法兰绒西装。是用帕米拉项目赚的钱买的，盖伊心想，还包括他的新皮鞋和身旁椅子上的新鳄鱼皮公文包。

“你得去什么地方？”

“市中心。”七点他要到第五街酒店，去见有可能成为他服务对象的客户代表。盖伊盯着布鲁诺严厉而充满渴望的眼睛，他确信布鲁诺以为他现在要去见安妮。“你在玩什么把戏，布鲁诺？”

“这你知道，”布鲁诺平静地说，“就是我们在列车上谈的事。交换杀人。你要杀了我父亲。”

盖伊发出轻蔑的声音，在布鲁诺说出此事之前他就知道，而且自米里亚姆去世以来他就怀疑了。他凝视着布鲁诺坚定不移的渴望眼神，为其沉着的错乱而感到迷惑。还是孩童时，他记得有一次他在电车上也这样盯着一个患蒙古症的低能儿，那种眼神是没有任何东西可以动摇的毫无羞耻感的猎奇。猎奇和恐惧。

“我跟你说了，我能安排好一切细节的，”布鲁诺的嘴角牵出一丝微笑，既带着愉快又带着歉意的味道，“那会是非常简单的事。”

他恨我，盖伊突然想到。他也想杀了我。

“如果你不做，你知道我会怎么对付你的，”布鲁诺弹了下手指，但桌上的那只手却显得随意无力，“我会向警方告发你。”

不理睬他，盖伊心里默念，不理睬他！“你休想吓我。要证明你疯了是世上最容易不过的事了。”

“我和你一样没有疯！”

随后是布鲁诺终止了谈话。他说他和母亲七点钟有约。

接下来一次碰面的时间要短得多，盖伊觉得又输了，虽然当时他认为自己赢了。一个周五的下午，他要去长岛见安妮，正要离开办公室时，布鲁诺企图要截住他。他与布鲁诺擦肩而过，钻进了一辆出租车。然而一种逃跑的感觉令他羞愧，开始逐渐削弱他那一直完好无损的自尊。他多希望当时跟布鲁诺说话了；他多希望当时能直面布鲁诺一会儿。

二十一

接下来的日子，每天晚上，布鲁诺都站在他办公大楼前的街道对面的人行道上。不然就是站在他住所前的街道对面，布鲁诺似乎知道他每晚下班都直接回家。现在他不说话，也没了手势，就那样两手插进合身的颇具军装风格的大衣口袋里，身影高耸，简直就像火炉烟囱，唯有那双眼睛盯着盖伊，紧追不舍，盖伊心里清楚，尽管他从来没有在离开布鲁诺的视线前回头看过他。这种情形一直持续了两周。接着，布鲁诺的第一封信来了。

信有两页：第一页上画着布鲁诺的家、庭院和屋舍四周的道路的地图，以及盖伊将行走的路线，整齐地以点和笔直的线条描绘而成；第二页密密麻麻，显然是打字机打的，非常清楚地说明杀布鲁诺父亲的计划。盖伊把信撕得粉碎，随即又后悔起来：应该把信保存起来作为日后指控布鲁诺的证据啊。他把纸片收了起来。

但保存那些纸片毫无必要，因为每隔两三天他就会接到一封这样的信，发信人地址统统是大格雷特内克区，似乎布鲁诺现在人在那里（自开始收到这些信件以来，他就没有再见过布鲁诺了），也许正在用他父亲的打字机，打着这些需要两三个小时才能完成的信件。有时候这些信里也显露出十足的醉意，这从打错的字词和末段突然冒出的情绪性字句不难看出。如果他写信时是清醒的，那么信尾这段一再保证杀人之易的文字算是真情流露；如果这是出自他酩酊大醉之手，那么这段文字若不是一时兄弟之爱的情感，便是穷其一生都要纠缠盖伊的威胁，威胁要毁了他的一生和他的“韵事”，并提醒他布鲁诺占了上风。每一封信中都可以找到所需要的一切资料，仿佛布鲁诺料到大部分信盖伊可能连拆都不拆就撕毁了。尽管他决心要撕掉下一封信，可是信件寄来时盖伊仍会拆开，而且对每次不同的末段文字深感好奇。布鲁诺三个计划的其中之一是用枪，从后门进入，这个计划信中提及最多，虽然每封信都鼓励他自行选择。

这些信件以一种偏颇的方式影响了他。接到第一封信时他感到震惊，而随后的几封信对他几乎没有任何困扰。然后在第十封、第十二封、第十五封信出现在他的邮筒中时，他觉得这些信在某种意义上敲打着他的良心或神经，他也说不出怎么回事。他会花掉在房中独处的四分之一时间，设法隔离出他精神上的损伤并加以修护。他的焦躁不合理，他告诉自己，除非他认为布鲁诺会转而以他为目标，并设法杀了他。实际上他却没有，布鲁诺从未以此作为威胁。但推论无法缓和焦躁，或是使它比较不耗费体力。

第二十一封信提到了安妮。“你不想让安妮知道米里亚姆的死也有你的功劳吧，对不对？哪种女人会嫁给杀人凶手呢？安妮当然不会。时间越来越紧了，三月的前两周是我的最后期限。在此之前，下手都很容易。”

接着，枪来了。这次是一个棕色纸包着的大包裹，房东太太交给他的。当黑色手枪掉出来时，盖伊大笑了几声。这是一支大型的鲁格尔[1]手枪，整个枪身锃亮锃亮，除了绘有网目线的枪柄上掉了一小片之外，看起来还很新。

在某种冲动下，盖伊从最上层抽屉的深处取出他自己的小手枪，

1. 一种德制自动手枪，为德国工程师 George Luger 所发明。

他把自己的这把有漂亮珍珠枪柄的手枪放在床上，和在一旁的鲁格尔手枪相互衡量比较着。对自己有这个举动，他笑了笑，然后拿起这把得州手枪，凑近眼前，仔细地加以研究。他十五岁左右时，在梅特卡夫主街街尾的一家供过于求的当铺中见到这支枪，并且用他送报得来的钱买下了它，买下它的原因不是因为它是一把枪，而是因为它很美。它的小巧，枪身的精短，令他大为欣喜。学了越多的机械设计，他对他的枪就愈益满意。十五年来，无论他走到哪儿都将它收藏在柜子最上层的抽屉里。他打开枪膛，取出三颗子弹，扣了六下扳机，让枪膛绕转一圈，赞叹着枪支的完美机械装置。接着他装上子弹，装进淡紫色的法兰绒枪袋中，放回抽屉。

他该怎么样摆脱掉这支鲁格尔手枪呢？到堤岸上去把它丢进河里吗？丢进某个垃圾桶里吗？跟他的垃圾一起丢掉吗？他想到的每个方法似乎不是容易启人疑窦就是太过通俗。他决定把它塞进最底层抽屉的袜子和内衣底下，直到他想到更好的方法为止。他突然想到塞缪尔·布鲁诺，第一次视他为有血有肉的人。鲁格尔手枪的出现，使他这个人和其可能之死期一同出现于他脑中。此刻在他的房间中，就有布鲁诺对他这个人及其生活的完整描绘，有谋杀他的计划——这天早上也有一封信丢在信箱中，现在还原封不动地放在床上——还有他即将用来杀死他的手枪。盖伊从最下面的抽屉取出一封布鲁诺最近的来信。

塞缪尔·布鲁诺（布鲁诺很少称他为“我父亲”）是美国社会大坏蛋的最佳写照。他出身于匈牙利下层农民，比动物好不到哪儿去。一旦有能力娶妻，他便贪婪成性地挑了个家世良好的妻子。我妈妈因婚约神圣的某种观念，长久以来一直忍受着他的不忠。现在他年纪大了，想在一切都覆水难收之前表现得虔诚，但一切都太迟了。我希望能亲自杀了他，但我向你解释过，由于有他的私家侦探杰勒德在，所以那是不可能的。如果你曾和他有任何交道，他也会是你的敌人。他是那种认为你对建筑的一切观念都很美，却又同时对你想为每个人建造舒适房子的想法嗤之以鼻的人，他也不在意他的工厂是什么样子，只要屋顶不会漏水以致毁了他的机械就好。你可能有兴趣知道，他的员工现在正在罢工，你去看上周四的《纽约时报》第三十一版左下角就知道，他们正因为工资问题罢工。塞缪尔·布鲁诺毫不留情地抢劫他自己的儿子……

如果不是他说出这些事，谁会相信这样的故事呢？谁会接受这种幻想呢？信件、地图、手枪——这些东西像是一出剧的道具，是为了让一个不是真实的、也绝不可能是真实的故事看似事实的物件。盖伊烧了这封信，烧了所有的来信，然后匆忙准备赶赴长岛。

他和安妮打算花一整天兜兜风，在林中散散步，明天开车去奥尔顿。他们的新居将于三月底完工，在婚礼举行之前，他们将有两个月的充裕时间来装修房子。盖伊笑着凝视列车车窗外。安妮从未说过她想当六月新娘，但一切水到渠成，自然而然。她从未说过要正式的婚礼，只说："我们的婚礼不要太草率。"然后当他告诉她，若她不介意举行一个正式婚礼，那么他也不介意时，她长叫一声"噢——"，便抱住了他一阵亲吻。不，他可不想再来一次仅仅三分钟的闪电婚礼，还找了个陌生的证婚人。

他开始在一个信封背后描绘二十层楼高的办公大楼，这是他上周得知有大好机会获得委托的一个案子，他一直没有告诉安妮，是为了要给她惊喜。他觉得未来突然变成了现在，他拥有了他要的一切。跑下月台时，他看见车站门口的人群中安妮的豹皮大衣。他永远会记得她多次在这里等他的情形，他心想，记得她看见他时不耐烦地跺脚的娇态，记得她面露微笑和半转身子，仿佛不愿再多等半分钟似的样子。

“安妮！”他揽住她，亲吻她的脸。

“你没戴帽子。”

他笑了，因为他早就猜到她会这么说。“嗯，你也没戴嘛。”

“我刚才坐车的，而且在下雪呢，”安妮拉着他的手，跑过清爽的灰白巷道，朝车跑去，“我有一个惊喜！”

“我也有一个惊喜。你的惊喜是什么？”

“我昨天自个儿卖了五张设计图。”

盖伊摇摇头。“那我可比不过你。我只有一栋办公楼项目的委托。或许能拿到吧。”

她笑起来，眉飞色舞。“或许？肯定能拿到！”

“对，肯定能，肯定能！”他说着又开始吻她。

这天晚上，站在安妮屋后小溪上的小木桥上时，盖伊开口说：“你知道布鲁诺今天给我寄了什么吗？枪。”

不是他差一点点说漏了嘴。关键是布鲁诺虽人在远方，却深深影响着他和安妮的生活，这令盖伊极为震惊。

他不想对安妮有所隐瞒，而此事就是一个天大的秘密，比告诉过她的所有秘密都大。布鲁诺，这个阴魂不散的名字，对安妮来说毫无意义。

“怎么回事，盖伊？”

她知道出事了，他心想。每次出事时她都知道。“没什么。”

他跟着她，转身向房子走去。夜幕低垂，一片漆黑，使得霜雪覆盖的地面几乎与树林、天空毫无分际。盖伊又感觉到了房子东边丛林中隐藏着的敌意。他的前方，厨房门上流泻出一道温暖的黄色灯光，洒在草坪上。盖伊又转过身，目光停留在树林的黑暗里。他就这样凝视着，心里觉得不舒服却很安心，感觉就像疼痛的牙齿咬东西一样。

“我要再走一走。”他说。

安妮径直进屋，他则原路返回。他要看看安妮不在他身边时，这种感觉会增强还是减弱。与其说看看，不如说尽力感受。这种感觉依然存在，就在树林边线最黑暗处，非常微弱且难以捉摸。当然那里什么也没有。暗影、声音和自己的想象要多么碰巧地结合起来才能产生这种感觉呢？

他两手滑进大衣口袋，倔强地向前迈近。

一根树枝突然折断，发出一声闷响，让他骤然清醒过来，全神贯注于前方某处。他突然猛冲过去。草丛里有噼啪声响起，一个黑影在暗中移动。盖伊竭尽全力，纵身一跃，抓住了那个黑影，并辨出粗哑的吸气声是布鲁诺的。布鲁诺有如水中一条威力巨大的大鱼般冲进他的怀中，身体一扭，一拳打在他的颧骨上，痛得他死去活来。他们扭打成一团，双双跌倒，努力挣脱对方紧扣的手臂，两人拼命的样子，仿佛在跟死亡搏斗。布鲁诺十指疯狂地抓着他的喉咙，但盖伊一直攥着他的手臂。布鲁诺后缩的双唇嘶嘶地喘着粗气。盖伊挥起右拳，朝着他的嘴又是一击，顿觉拳头仿佛骨断一般，疼痛难忍，无法握合。

“盖伊！”布鲁诺爆发出愤怒的吼声。

盖伊抓住他的衣领。两人突然停止打斗。

“你明知道是我！”布鲁诺恶狠狠地说，“龌龊的家伙！”

“你在这儿干什么？”盖伊拉他站起来。

布鲁诺淌血的嘴张得更大了，仿佛要哭了。“放——手！”

盖伊推了他一把。他像麻袋一般重重地跌倒在地，又摇摇晃晃地站起来。

“好吧，要杀我就动手吧！你可以说是出于自卫！”布鲁诺哀哀泣诉着。

盖伊朝房子瞥了一眼，他们刚才艰难地行进了一段长路，如今已置身于树林里。“我不想杀你。下次再发现你在这里，我就会杀了你。”

布鲁诺放声大笑，获胜似的拍了一下手。

盖伊气势汹汹地靠上前去。他不想再触碰布鲁诺。但不久之前，他还在心中跟“杀死他，杀死他！”的念头抗争过。盖伊知道无论自己做什么也无法阻止布鲁诺的笑，更别说杀死他了。“走开。”

“你准备在两周之内动手了吗？”

“我准备向警方告发你。”

“是准备向警方自首吧？”布鲁诺用高亢的声音嘲弄道，“准备要向安妮和盘托出了，哼？准备在牢里蹲个二十年吗？没问题呀，我准备好了！”他轻缓地双手合掌，两眼似乎闪着红光，身体摇摇晃晃，仿佛是从他身后的黑色歪扭树木里走出来的恶灵之影。

“找别人替你做那件卑劣的事吧。”盖伊喃喃说着。

“看看是谁在说话呀！我就要找你，而且你逃不掉了！太好了！”一声大笑，“我要展开行动了，我要把这一切告诉你的女友。我今晚就写信给她。”他踉跄着走开，蹒跚得很厉害，绊到了一块松动不成形的东西。他转身大喊道：“除非你在一两天之内给我回音。”

盖伊告诉安妮，他在树林里跟一个鬼鬼祟祟的人打了一架。他只红了一只眼，但看样子除了假装受伤之外，找不到什么明天待在家里而不去奥尔顿的理由了。他谎称对方击中他的腹部，他觉得不舒服。福克纳夫妇一听，吓了一跳，坚持要叫前来巡逻的警察派一名警员留下来守备几晚。但一名警员的人力并不够。如果布鲁诺跑回来，盖伊想亲自在场。安妮建议他待到周一再说，以便他病倒时还有人照顾他。盖伊就住了下来。

待在福克纳家中的那两天，是他一生中最感羞愧的时候，他心想。对于觉得有必要住下一事，他感到羞愧，对于周一早上跑进安妮的房间，查看女佣放在书桌上的信件中是否有布鲁诺写给她的信，他也感到羞愧。结果布鲁诺并未寄信来。安妮每天早上在邮件送来之前就去她纽约的店里了。周一早上，盖伊翻阅了她书桌上的四五封信，然后像个小偷般匆匆走出房间，生怕女佣可能会看到他。不过她不在家时，他也常进她房间，他提醒着自己。有时候房子里到处挤满了人，他就逃到安妮的房间避难片刻，而她也喜欢在她房间里找到他。他坐在门槛上，头向后倚在门柱上，挑剔着房里的杂乱无序——未加以整理的床铺，书架上过大的美术图册，墙上用图钉钉在长条绿色软木片上的最新设计图案，桌上一角她未倒掉的一杯泛蓝的水，以及因她改变心意而被闲置在椅背上的棕黄相间的丝质披肩。她出门前抹在颈上的古龙香水的栀子香味仍回滞于空气中。他渴望将两人的生活融为一体。

盖伊一直住到周二早上，仍不见布鲁诺的来信，于是他便回到曼哈顿。工作已堆积如山，无数件事情使他焦虑恼怒。跟萧氏房地产公司的新办公大楼合约还没有搞定。他觉得他的生活秩序被搅乱，没有了方向，比他听到米里亚姆被杀的消息时更加混沌。这一周来，除了周一寄到的信之外，布鲁诺没有多寄其他的信件。寄来的那封信是一纸短笺，上头写着感谢上天他的母亲今天身体好了些，他便可以离家外出了。他又说，他的母亲患了肺炎，病情十分严重，拖了三周，他都一直与她待在一道、侍奉左右。

周四晚上，盖伊开完建筑业俱乐部会议回到家时，他的房东麦考斯兰太太说有三通电话打进来找他。他们站在走廊上时，电话铃声又响起。是布鲁诺打来的，带着醉意，语气愠怒。他问盖伊是否准备好要谈正事了。

“我想你是还没有准备好，”布鲁诺说，“我已经写信给安妮了。”接着他便挂断了电话。

盖伊上楼去，独自喝了一杯。他并不相信布鲁诺已写了信或是打算要写信。他花了一个小时试着看书，又打电话给安妮，问她好不好，然后不安地出门去，找了一部午夜场电影来看。

一个周末的午后，他必须去长岛的亨普斯特德跟安妮会面，去看那里的一场狗展。如果布鲁诺写了信，安妮应该会在周六早上收到，盖伊心想。但她显然没有收到信，他可以从她坐在车上等他时向他招手的反应中看出来。他问她昨晚在特迪家的宴会中玩得是否尽兴。她的表哥特迪昨天过生日。

“很棒的宴会。都没有人想回家，时间太晚了，我只好留下来住一晚，我连衣服都还没有换哩。”她驾着车急速驶出狭窄的大门，开上马路。

盖伊咬紧牙关，那封信可能此时正躺在她家的书桌上。突然，他心中确信那封信会在她家的书桌上，而现在却无法拦截，他深感无奈和无言。

他们从一排排狗身边走过时，他在拼命地找话题。

“你有萧氏公司那边的消息了吗？”安妮问他。

“没有。”他一边盯着一只紧张的獾犬看，一边倾听安妮讲她家人养的獾犬的一些故事。

她还不知道，盖伊心想，但即使今天不知道，也只是时间的问题，也许过几天就知道了。知道什么呢，他不停地问自己，又重复着相同的答案，是为了求安心还是自我折磨，他不知道。是知道他去年夏天在列车上认识了这个杀死他太太的人？是知道他默认他太太遭谋杀的事？这些就是布鲁诺会跟她说的事，还加上某些细节，好让他的话可信。如果布鲁诺在法庭上略微扭曲他们在列车上的谈话，那谈话内容不也可能被视为两个杀人凶手之间的协议了吗？在布鲁诺的特等卧铺房间，在那间小小密室里的情景，突然十分清晰地回到他脑中。是恨意，刺激他当时说了那么多话，同样一股不足取的恨意，让他去年六月在查普尔特佩克公园中对安妮说了些有关米里亚姆的气话。安妮那时候也很生气，气他说的话，但更气他那股恨意。恨意也是一种罪恶。基督不鼓吹恨意，就跟不鼓吹通奸和谋杀一样。恨意正是邪恶之源。在基督教的司法法庭中，他不是至少该担负米里亚姆之死的部分罪责吗？安妮不是会这么说吗？

“安妮，”他打断她的话，他必须让她有心理准备，他心想，而且他必须知道结果，“要是有人指控我，说米里亚姆谋杀案我也有份，你会有何——？你会——？”

安妮停下脚步，看着他。整个世界似乎停止了转动，他和安妮就伫立在静止的世界的中心。

“你也有份？这话什么意思，盖伊？”

有人用手肘推了他一下，他们正站在步道的正中央。“就是那个意思，指控我，没别的意思了。”

她好像不知道该说什么了。

“就是指控我，”盖伊继续说着，“我就想知道你的想法。就是莫须有地指控我。这无关紧要，对不对？”她仍愿意嫁给他吗？他想要问，但这个问题如此可怜，哀求意味这么浓，他实在问不出口。

“盖伊，你为什么说这些呢？”

“我只是想知道你是怎么想的，仅此而已！”

她将他向后一推，这样他们便不会挡路。“盖伊，已经有人指控你了吗？”

“没有！”他抗议道，他觉得局促不安而又焦急，“不过如果有人这么做了，如果有人设法把一个不利于我的重案加诸我身上——”

她看着他，脸上闪过失望、惊讶和不信任的神情，是他以前出于愤怒或怨恨而说出或做出了某件事，安妮不赞同、不了解时就会出现的表情。“你预计有人会这么做吗？”她问道。

“我只是想要知道！”他急着想知道答案，而且答案似乎很简单！

“在这种时候，”她冷静地说，“你让我感觉我们像是全然的陌生人。”

“抱歉。”他低声说。他觉得她已剪断了他们之间一道无形的结合。

“我不认为你是真心抱歉，否则你就不会一再地做出相同的事！”她直视他，一直压低音量，眼眶却泪水满盈，“就像那天在墨西哥你噼里啪啦尽情数落米里亚姆时一样。我不在乎——我不喜欢这样，我并不是那种人！你让我觉得我根本就不了解你！”

她不爱你了，盖伊心想。那么她似乎是要放弃他了，放弃去了解他或爱他了。盖伊伫立原地，绝望而无奈，动弹不得，无言以对。

“没错，既然你开口问了，”安妮说，“我想若真有人指控你，情况会有所不同。我想知道你为什么这么预计。为什么？”

“我没这么预计！”

她转身离去，向巷子阴暗的一头走去，而后驻足低首。

盖伊跟了过来。“安妮你确实了解我，你比世上任何人都更了解我。我不想对你有所隐瞒。我有了这个想法，便开口问你了呀！”他觉得他是在告白，而且随之而来的安心感使他突然确信——就跟之前他认定布鲁诺已写了信一样地确定——布鲁诺并未写信，也不会写信。

她迅速地抹去眼角的泪水，显出漠不关心的样子。“我只求你一件事，盖伊。你别去想最坏的——情况，好吗？任何情况。”

“好的，”他回答，“感谢上帝，好的。”

“我们回车上去吧。”

他和安妮共度了一整天，这天晚上还在她家中用晚餐。没有见到布鲁诺寄来的信件。盖伊心想他不可能寄信来了，仿佛自己已安然度过一次危机。

周一早上大约八点的时候，麦考斯兰太太来叫他听电话。是安妮打来的。

“亲爱的——我想我心里有点难过。”

“怎么回事？”他知道是怎么回事了。

“我收到一封信，今天早上送到的，跟你周六谈的事有关。”

“是什么事，安妮？”

“关于米里亚姆的事——是用打字机打的，而且没有署名。”

“信上说什么，念给我听。”

安妮声音颤抖地念出信件内容，但仍维持她独特的音调：“‘亲爱的福克纳小姐，你可能有兴趣知道，盖伊·海恩斯与他妻子之死的关系比法律目前所认定的还大。但总有水落石出的一天。我认为你应该知道，以防你计划嫁给这种有双重人格之人。除了此事，本人知道盖伊·海恩斯将不会维持自由之身多久了。’署名，‘一位朋友。’”

盖伊闭上双眼。“上帝啊！”

“盖伊，你知道这人可能会是谁吗？——盖伊？喂！”

“知道。”他说。

“是谁？”

从她的声音听来，他知道她只是感到害怕，她相信他，只是为他感到害怕而已。“我不知道，安妮。”

“真的吗，盖伊？”她急切地问，“你应该知道，应该采取点措施呀。”

“我不知道。”盖伊皱着眉，又重复了一次。他的思绪似乎打了一个解不开的结。

“你肯定知道。想一想，盖伊。有谁可能与你为敌吗？”

“邮戳是什么地方的？”

“中央地区。完全就是张白纸，根本看不出什么蛛丝马迹。”

“帮我留着。”

“当然，盖伊，而且我不会告诉任何人，我是指我家人，”一阵停顿，“一定是某个人，盖伊。周六你就怀疑是某个人——不是吗？”

“没有呀，”他的喉咙一阵紧缩，“你知道，有时候就是会发生这些事的，你知道，在审判终结后。”他意识到一股要谨慎掩护布鲁诺的欲望，仿佛布鲁诺是他，“什么时候可以去见你，安妮？我今晚出来好吗？”

“嗯，我——父母有点期待我一同去参加一场慈善晚会。我可以把信寄给你，用快递，你明天早上就会收到了。”

第二天早上信真的寄到了，与布鲁诺的另一封计划同时送达，布鲁诺在信件的末段充满情感但语带劝诫地提到寄给安妮的信，还说要再多寄几封。

二十二

盖伊坐在床边，时而双手掩面，时而小心翼翼放下手。夜晚占据着他的思绪主体，并使之扭曲，他感觉到的，是漫漫长夜与无边的黑暗，他睡意全无。然而夜晚也有其真理。人们在夜里对于真相的看法往往有失偏颇，但所有的真相都是一样的。如果他把这件事告诉安妮，她会认为自己是有罪的吗？会嫁给他吗？她怎会嫁给他呢？他到底是什么样的野兽，居然能安坐在底层抽屉里藏有一揽子杀人计划和一支杀人手枪的房间里呢？

就着黎明前的微弱光线，他审视着自己在镜中的脸，镜中人的嘴斜向左下方，不像是他的嘴。丰润的下唇紧绷着，更显细薄。他试着让两眼保持绝对的稳定状态，镜中的两眼半吊在眼白上回瞪过来，他身体的某一部分好像因遭人控告而变得僵硬，两眼仿佛凝视着折磨它们的人。

他该换件衣服，出去走走，还是该试着去睡一觉呢？他踩在地毯上的脚步很轻，不知不觉地避开了扶手椅附近地板上会吱嘎作响的地方。“你会越过那些吱嘎作响之处，只是为了安全起见，”布鲁诺的信上这么写着，“我父亲的房门如你所知就在右手边。我已经严密地调查过一切了，无任何阻碍之处。参看地图上管家（赫伯特）的房间所在，那是你最可能撞见任何人的地方。走廊部分我标示有x记号的地方会引起吱嘎声……”他猛然躺倒在床上，“无论发生什么事，绝对不要试着在房子和RR车站之间丢弃那把鲁格尔手枪。”他全都记在心里了，记住了厨房门的旋转声，记住了走廊地毯的颜色。

万一布鲁诺找别人去杀他的父亲，在这些信件里他就有充分的证据来定布鲁诺的罪。他可以因布鲁诺对他所做之事而报复他。然而布鲁诺只会说谎来加以反驳，反过来咬定他一手策划了米里亚姆谋杀案。不，迟早布鲁诺会另找他人。如果他能熬过布鲁诺的威胁，一切都会结束，他也就能安然入睡了。如果他真去杀人，他心想，他不会用那支鲁格尔手枪，他会用他的小手枪——

盖伊从床上坐起，被刚刚闪过他脑中的字句弄得浑身疼痛、愤怒难平而又恐惧难当。“萧氏大楼。”他自言自语，仿佛宣布换上了新的一幕，仿佛他能使自己从夜间轨道上脱轨而出，跨上日间轨道似的。萧氏大楼。除了根本不必去碰的石子路之外，后面的庭院到阶梯处全都铺上了草皮……跳过四级，跳过三级，到阶梯最顶端时大跨出一步。你记得住的，这是有节奏韵律的。

“海恩斯先生！”

盖伊手一颤，割伤了自己。他放下刮胡刀，走到门边。

“嗨，盖伊。你准备好了吗？”电话里的声音，在大早晨听来充满污秽，带有夜晚错综复杂的丑恶，“还要再多寄些信去吗？”

“你少来烦我。”

布鲁诺大声笑着。

盖伊挂上电话，颤抖不止。

这次的震惊让盖伊一整天心神不宁，精神委顿。这天晚上他极度地想见安妮，极度渴望能在约定的地点瞥见安妮出现。但他心里却强迫自己不见她。为了让自己累倒，他在滨江大道上走了很久，但后来依然睡得很不安稳，还做了一大堆不很愉快的梦。一旦与萧氏签了合约，盖伊心想，一旦他能放手去工作，情况将会有所不同。

萧氏房地产公司的道格拉斯·法瑞尔依约在第二天早上打来电话。“海恩斯先生，”他粗哑的声音缓缓道，“我们收到一封有关你的十分奇特的信。”

“什么？什么类型的信？”

“关于你妻子的，具体不大清楚——要我念给你听吗？”

“请念吧。”

“‘敬启者：你们无疑会对以下信息感兴趣，盖伊·丹尼尔·海恩斯的妻子在去年六月遭人杀害，他在此案中扮演的角色比法庭所知的还要重要，这个消息来自一位知情人士，该人士还知道这件案子不久将重审，届时将能证明他的真正罪行。’——我相信这是一封怪信，海恩斯先生。我想你应该知道这件事。”

“当然。”迈尔斯在室内一角，像任何一个上午一样，静静地伏在制图桌上工作。

“我想去年我听说过——呃——这件不幸事件。不可能重审，对吗？”

“当然不会重审。对此我根本没有任何耳闻。”盖伊诅咒着自己的混乱表现。法瑞尔先生只是想要知道他是否能无所顾忌地进行工作罢了。

“抱歉，那项合同我们还没有决定好，海恩斯先生。”

直到第二天上午，萧氏房地产公司才告诉他，他们对他的设计图不太满意，事实上，他们对另一位建筑师的作品深感兴趣。

布鲁诺是怎么发现有关这栋大楼的事的呢？盖伊心中一阵纳闷。但方法倒是有无数个，可能报上提过——布鲁诺对建筑业新闻的消息可灵通得很——或是布鲁诺可能在他不在办公室时打电话来，不经意从迈尔斯口中得知此消息。盖伊再看看迈尔斯，怀疑他是否曾在电话上和布鲁诺说过话，但其可能性微乎其微。

既然这栋大楼的生意飞了，他开始以反向的角度来看待此事。到今年夏天为止，他将无法攒足预算中的闲钱。面子也没了，在福克纳一家人面前没有面子。他还是头一遭碰到这种事——比任何其他原因造成的痛苦都有过之而无不及——眼看着一件创作终成泡影，他深感挫败。

布鲁诺迟早会把此事告诉他的下一位客户。这是他威胁要毁了他的事业的做法。他还要毁了他和安妮的生活？盖伊一想到安妮，心中就顿生痛楚。他似乎有好长一段时间忘了他爱过她。两人之间发生了某件事，他也说不上来。他感到布鲁诺正在摧毁他去爱人的勇气。任何一件微不足道的事都会加深他的焦虑：他忘了先前去过的修鞋店，从而失去了自己最好的一双鞋；他开始怀疑他们能否搬进奥尔顿的新房，那座房子现在看来早已超出自己所能承受的范围。

办公室内，迈尔斯照例忙着他的制图代理工作，盖伊的电话没有响过。一度盖伊以为，布鲁诺没有打电话来，是因为他要让自己的焦虑感不断增强，然后才会乐于再听到他的声音。盖伊对自己憎恶至极，到了中午，他下楼前往麦迪逊大道上的一家酒吧去喝马蒂尼。他即将要跟安妮共进午餐，可她拨电话过来说不去了，他记不得是什么原因。她的声音听起来不是很冷静，但他认为她并未说出任何不跟他共进午餐的真正理由。她当然没有说她是要去为他们的新居买些东西，否则他会记得这个理由的，或者他会记得吗？或者她是在报复他没有依约在上周日出来跟她的家人共进晚餐？上周日他过于劳累和沮丧，无法见任何人。他和安妮之间似乎展开了一场默默的暗地争执。最近，他觉得自己太凄惨了，不愿拖累她，而她也在他要求见她时，假装太忙了，无暇见他。她在忙着计划他们新居的事，还有忙着跟他起争执。这根本讲不通嘛，除了逃离布鲁诺，世上任何事都讲不通。逃离布鲁诺的方法也讲不通，在法庭中将会发生的事也讲不通。

他点燃一根香烟，然后注意到他已经点了一根。他弓身伏在闪亮耀眼的黑色桌子上，同时吸着两根烟。他的两臂、两手和两根烟都映现在桌面上。下午一点十五分，他在这里做什么？喝了三杯马蒂尼，变得晕晕沉沉，无法工作，假装有工作要做吗？深爱着安妮、建造了帕米拉大楼的盖伊·海恩斯？他连把马蒂尼酒杯丢向角落的勇气也没有。假定他满盘皆输了。假定他真的为布鲁诺去杀人。如布鲁诺所言，当他家里只有他父亲和管家时，事情会十分简单，而且盖伊对这房子的熟悉度超过了他对梅特卡夫老家的熟悉度。他也能留下不利于布鲁诺的线索，把鲁格尔手枪留在房间内。这个想法渐渐成了简单的具体要点。他不知不觉地握住拳头对抗布鲁诺，接着他眼前置于桌上紧握成拳的双手使他深感羞愧。他绝不能再让心思重回这一点上，那正中了布鲁诺下怀。

他在盛了水的玻璃杯中浸湿手帕，抹了一把脸。刮胡子时留下的伤口开始刺痛，他从身旁的镜中看着伤口，它开始流血了，一道细小的红疤就在他下巴微凹处的一侧。他想要一拳打在镜中人的下巴上。他猛地站起身，走去付账单。

不过一旦这么想过，他的心思就很容易重回原点。在失眠的几个夜晚里，他模拟着杀人过程，这像安眠药似的使他安静下来。这不是谋杀，而是他为了摆脱布鲁诺的影子所做出的举动，刀子一挥，切去恶性的病态根源。在夜里，布鲁诺的父亲不是人，而是个物体，一如他自己不是人，而是一种力量。去杀人，把鲁格尔手枪遗留在房间内，去遵循布鲁诺的指示，继而被定罪和判死刑，这是一种净化情感的方法。

布鲁诺送他一个四角镶金边的鳄鱼皮夹，里头还有G. D. H——他名字的缩写。“我认为这看起来很像你，盖伊，”内附的短笺写道，“请别把事情搞复杂了，我非常喜欢你。仍是你的朋友，布鲁诺。”盖伊挥臂将皮夹丢进了街上的垃圾筒内，接着又偷偷把它塞进了口袋。他不喜欢丢弃漂亮的东西，他会想出处置它的其他办法。

同一天早上，盖伊婉拒了一家电台请他讲话的邀约。他此刻不宜工作，这一点他心里明白，那他为什么还一直去办公室呢？他该乐得整天醉醺醺的，尤其乐得整晚烂醉如泥。他注视着他的手一再转弄放在桌上的折叠式罗盘。有人曾告诉过他，他有一双圣方济教派的托钵僧的手。在芝加哥的蒂姆·欧弗莱厄蒂这么说过。那一次他们正坐在蒂姆位于地下室的公寓中吃着意大利面，谈论着何希耶，以及许多建筑师似乎天生拥有的雄辩能力，这种能力乃伴随这个职业自然而生，能有这种能力是多么幸运啊，因为你通常得靠嘴吃饭。当时即使有米里亚姆正在榨干他，一切都还算顺利，只不过原来应是一场清爽的战斗，到头来不知怎地却困难重重。他一而再，再而三地翻转着罗盘，手指滑到它的下方，再翻转它，直到他认为这样做产生的噪音可能会干扰到迈尔斯才作罢。

“发泄一下嘛，盖伊。”迈尔斯和善地说。

“没什么好发泄的。一个人总有崩溃的时候，”盖伊用十分冷静的音调反击回去，然后又欲罢不能地说，“我不需要忠告，迈尔斯，谢了。”

“听着，盖伊——”迈尔斯瘦长的身子站起，脸上带着笑，一派平静的样子，但他并未从他书桌的那一角走过来。

盖伊从门旁的衣架上取下外套。“抱歉，咱们就忘了这回事吧。”

“我知道你是怎么一回事，是婚前紧张症啦。以前我也这样过。我们下楼喝一杯怎么样？”

迈尔斯的亲昵冒犯了盖伊，激起盖伊从未意识到的某种尊严。他无法忍受迈尔斯无忧无知的脸孔和他沾沾自喜的陈腔滥调。“谢谢，”他说，“我实在不想去。”他走出房间，随手轻轻带上门。

二十三

盖伊再瞥了一眼街对面成排的褐石建筑，当然他曾见过布鲁诺出现在那里。他两眼发疼，眼光四处游移，正和微暗光线抗争着。他之前在黑色大铁门那里见到过他，但此刻他并不在那里。盖伊转身，跑着爬上阶梯。今晚他有几张威尔第歌剧的票子。安妮会在八点半到剧院和他会面。今晚他并不想见安妮，并不想感染安妮的那种快活，并不想疲于假装自己已经感觉好多了。她很担心他失眠的情形。并非她话多，而是她的寡言少语惹恼了他。总之，他并不想去听威尔第歌剧。他是被鬼迷了心窍才会去买威尔第歌剧的票子吗？他是想做些什么事来取悦安妮的，但她也不是非常喜欢这出歌剧，那么买票去看他们两人都不喜欢的东西岂不是很疯狂吗？

麦考斯兰太太交给他一个要他回的电话号码。他认为它看起来像是安妮的某个姨妈的电话号码，心中希望安妮今晚会很忙。

“盖伊，我看我是去不成了，”安妮说，“茉莉姨妈要我去接的那两个人要吃完晚餐后才会到。”

“没关系。”

“我没办法开溜。”

“真的没关系。”

“可是我很抱歉。你知道我星期六以后就没有见过你了吗？”

盖伊咬着舌尖。对她的黏人，她的关心，甚至以前令人如沐春风的清晰而轻柔的说话声都感到一种实实在在的排斥——这一切似乎显示出他已不再爱她了。

“你今晚何不带着麦考斯兰太太去呢？我想你这么做会很好的。”

“安妮，我一点儿都不在乎。”

“没有再收到信吧，盖伊？”

“没有。”这是她第三次问他了！

“我的确爱你。你不会忘记的，对吗？”

“不会的，安妮。”

他飞奔到楼上他的房间里，挂起外套，盥洗一番，梳了梳头，然后立刻就没事可做了，而且他想要安妮。他非常想要她。他怎么会疯到竟以为他不想见她呢？他在口袋里摸索不着麦考斯兰太太交给他的那张写有电话号码的纸条，随即冲下楼，在走廊的地板上寻找起纸条。不见了——仿佛有人故意把它拿走，和他作对似的。他透过有蚀刻图案的前门玻璃向外窥探。布鲁诺，他心想，是布鲁诺拿走纸条的。

福克纳家的人一定知道她姨妈的电话号码。他要去见她，和她共度这个晚上，即使这意味着要和她的茱莉姨妈共度一晚也无所谓。在长岛的那部电话响了又响，就是没有人接。他试着回想她姨妈姓什么，却想不起来了。

他的房间似乎充斥着触手可得而又令人不安的寂静。他瞥瞥沿着四壁筑起的低矮书架，瞥瞥壁上托架中麦考斯兰太太给他的常春藤，瞥瞥台灯旁空荡荡的红丝绒椅子，瞥瞥床头上他亲笔所画并题了“梦幻动物园”的黑白素描，瞥瞥遮住他的小厨房的方平织纹粗棉布帘。他几近厌烦地走过去把帘子推开，并站在帘后向外望去。他有股十分确定的感觉，觉得有人正在这房间内等着他，但他一点儿也不害怕。他拿起报纸，开始看起报来。

过一会儿，他人已在一家酒吧内喝着第二杯马蒂尼了。他得睡觉，即使这意味着独酌，他嗤之以鼻的独酌也罢。他一路走到时代广场，理了个发，又在回家的路上买了一品脱的牛奶和两份小报。在给他母亲写了一封信后，他心想，他要喝些牛奶，看看报纸，然后上床睡觉。也许在他进房间时，地上可能有安妮的电话号码呢。但地上什么也没有。

大约凌晨两点，盖伊从床上爬起来，在房间里踱来踱去，饥肠辘辘却不想吃东西。可是上周有一天夜里，他开了一罐沙丁鱼，用叉子叉着，狼吞虎咽地吃了个精光。那是兽性十足的一天，是更贴近自己本性的一天。他从书架上抽出一本笔记本，忙不迭地翻阅着。这是他大约二十二岁时所描画的第一本有关纽约的画册，内容是无所不包的素描——克来斯勒大楼，培恩·惠特尼精神科诊所，东河上的多艘平底货船，倚伏在水平钻入岩石的电钻上的工人们。还有一系列以无线电城大楼为主题的素描，空白处留有注语，而在其对页上是他修正过的同一栋大楼，或者是一栋他自己想出的全新大楼。他快速地合上笔记本，因为它很棒，他怀疑是否现在也能做得一样好。帕米拉项目似乎是他充沛活跃的年轻精力的告别作。他一直压抑的啜泣紧缩在他的胸中，带有一丝令人恶心的熟悉痛楚——自从跟米里亚姆在一起，多年下来他已经很熟悉了。为了阻挡下一波痛楚，他倒在了床上。

布鲁诺在黑暗中的现身将盖伊惊醒了，但他什么声音都没有听见。除了一开始对他的突然造访略显惊吓后，他一点也不感到讶异。一如他在今晚之前的数个夜里所想象的，他相当高兴布鲁诺来了。真的是布鲁诺？没错。盖伊现在可以看见大书桌上方的香烟亮光。

“布鲁诺？”

“嗨，”布鲁诺轻柔地说，“我用另外配的钥匙进来的。现在你准备好了，对不对？”布鲁诺听起来镇静而又疲惫。

盖伊单肘撑起身子。布鲁诺当然在这儿，橙色的香烟亮光就在这儿。“没错。”盖伊说着，心里觉得这个肯定的答案是黑暗吸出来的，在此前的夜里，这肯定的答案悄无声息，他根本说不出口。他心中的结蓦然解开了，突然得让他受不了。这是他一直想说的话，是房间内的寂静一直等着要听的话。还有墙外那些野兽也想听到。布鲁诺坐在床沿上，双臂交叉紧紧抱在胸前。“盖伊，我再也不会来见你了。”

“不。”布鲁诺身上有种令人嫌恶的烟味、甜腻的发油味和酒酸味，但盖伊并未退避。他的脑筋还迷迷糊糊的。

“这两天来我试着善待他，”布鲁诺说，“不是善待，只是客客气气。今晚他对我妈妈说了一些事，就在我们出门之前。”

“我不想听！”盖伊说。他屡次阻止布鲁诺说下去，因为他不想知道他父亲说了什么，长什么样子，不想知道任何跟他有关的事。

两人同时静默了数秒，盖伊这一方是因为他不愿解释，而布鲁诺这一方则是因为人家叫他住口。

布鲁诺吸吸鼻子，发出令人厌恶的咯咯声。“我们明天要去缅因州，确定正午出发，我、我妈妈和司机。明晚是下手的好时机，但周四之外的其他夜晚也是好时机。十一点后都行……”

他不停地说，反复说着盖伊已经知道的事，盖伊却未阻止他，因为他知道自己将会走进那房子，而且一切都将成为事实。

“两天前我就弄坏了后门门锁，是我喝醉时用力敲坏的。他们不会找人修理的，他们忙得没时间管这件事。可是如果真的找人来修了——”他往盖伊手里塞了一把钥匙，“我也给你带来了。”

“什么？”

“手套，女用手套，不过是可以伸缩的。”布鲁诺大笑起来。

盖伊摸着这双棉质薄手套。

“你收到手枪了吧？放在哪里呀？”

“在最底层的抽屉里。”

盖伊听见他踢到大书桌和拉开抽屉的声音。灯罩劈啪一声，灯光亮起，只见布鲁诺就站在那里，高大魁梧，身上的新马球外套淡如白色，下身是有白色细长条纹的黑长裤，脖子上围了一条白色丝质长围巾。盖伊仔细地从他娇小的棕色皮鞋审度到他抹了发油成条状的头发，仿佛从他的外表可以发现是什么引起他的情感变化，甚至可以发现那是什么样的情感。那是种亲昵感，某种情同骨肉的情感。布鲁诺喀哒一声将手枪上了膛，转身面对他。他的脸色比上一次盖伊见到的还要沉郁，也比他记忆中所曾见过的更加潮红而且更具活力。他那含着泪水的灰色双眼看起来更大了，而且闪闪发亮。他看着盖伊，仿佛正设法要找话说，或者是求盖伊找话说。然后他舔了舔微开的薄唇，摇摇头，又朝台灯方向伸出一只手，灯光应声而灭了。他离去时，几乎没有离去的迹象。房间里依然只有他们两个人，还有酣眠。

盖伊醒来时，**房里满是刺眼的灰色光线**。钟面显示着三点二十五分。与其说他记得，不如说他想象这天早上他曾起床去听电话，想象迈尔斯曾打电话来问他为什么没去办公室，而且想象他曾说过他不舒服。去他的迈尔斯！他仍躺在床上，眨着眼等初睡醒时的迟钝感退去，让思绪集中在今晚他将去杀人，而过了今晚一切都将结束的念头上。然后他下了床，慢条斯理地做着日常琐事，刮胡子、淋浴和更衣。他明白在十一点到午夜之间的时段之前，他做了什么事一点儿都不重要，这个时段是急不得也延迟不得的，该来时便会来。他觉得现在他在某些明确的路径上移行，如果他想要这么走，他就不该阻止自己或是脱离这些路径。

街道旁的咖啡店里，盖伊吃着早午餐，吃到一半，一阵恐惧袭遍全身，他上一次跟安妮见面时跟她说了自己计划做的一切事情，她表面平静地听着，知道看在他的分上她必须如此，因为他必须去完成他将要做的事。自然而然地，他似乎无可避免地觉得世上的每一个人一定都知道此事。坐在他身旁的一位男子漠不关心地吃着东西，麦考斯兰太太在他出门时打扫着她的走廊，她还特别给了他一个母亲般的笑容，问他是否感觉好多了。三月十二日，周五，咖啡厅墙上的日历这么显示着。盖伊凝视了它一会儿，然后把早餐吃完。

他想继续向前走。他决定踏上麦迪逊大道，然后再由第五大道到中央公园的尽头，沿着中央公园西街再到宾夕法尼亚车站，然后就到了搭列车至大格雷特内克区的时间了。他开始想着他今晚的行动过程，但这就像他在校时期研究过头的某件事般令他厌烦，于是他不去想它了。在麦迪逊大道上的某个橱窗中有众多的黄铜晴雨表，此刻对他有着一种特别的吸引力，仿佛他不久将会去度假，会买下它们加以把玩似的。安妮帆船上的晴雨表，他心想，没有一个比这些晴雨表好看的，不然他会注意到的。他一定要在他们南航去度蜜月之前买一个。他想到他的爱人，如获至宝。他来到中央公园北区时，突然想到他没有把手枪带在身上，手套也没有带。而现在是七点四十五分了。多么美妙而又多么愚蠢的开始呀！他拦下一辆出租车，催司机开回他的住处。

反正时间很多，多到他还有空闲在他的房间里漫无目的地摸了老半天。他该特地穿上绉纱底皮的皮鞋吗？他该戴帽子吗？他从底层抽屉取出鲁格尔手枪，放在大书桌上。手枪下有布鲁诺的一份计划书，他打开来看了看，每个字立刻变得十分的熟悉，他便把计划书丢进了字纸篓里。动力再次使他的行动流畅。他从床旁的小柜子中取出紫色棉手套，一张黄色小卡也跟着掉了出来，是一张到大格雷特内克区的车票。

他凝视着这支黑色鲁格尔手枪，觉得它看起来比以前大了，不可思议有谁竟笨得做出这么大的枪！他从最上层的抽屉中取出他的小手枪，珍珠枪柄闪着智慧的光亮。细短的枪身暗藏着英勇的力量，显得那么好奇、坚定而又强壮。然而，他绝不能忘记他要把这支鲁格尔手枪留在那间卧房内，因为它是布鲁诺的手枪。但现在似乎不值得只为那件事就带着这支沉甸甸的手枪。现在他真的对布鲁诺不再感到憎恨了，真是怪异。

好一会儿，他头脑一片混乱。当然要带鲁格尔手枪去，计划书里就是用鲁格尔手枪的呀！他把鲁格尔手枪放入外套口袋中，一只手伸向大书桌摸寻着手套。手套是紫色的，而他的手枪的法兰绒枪套是淡紫色的。突然，他觉得似乎该带小手枪去才适合，因为手套和枪套的颜色相近，所以他把鲁格尔手枪放回到底层的抽屉中，又把小手枪丢进了口袋。他并未检查是否还有该做的事，因为多次复习过布鲁诺的计划书，他感觉得到一切都已就绪。最后，他往壁上托架中的常春藤里倒了杯水。喝杯咖啡可能会使他更加机警，他心想。他到了大格雷特内克车站时会喝上一杯的。

在列车上，有那么一刻，他的神经似乎不停地震颤、震颤到了极点，他心想一定会出事的，正巧一名男子不小心撞了他的肩膀，他脑中霎时涌现出一连串的字眼，几乎要脱口而出：*我口袋里的东西真的不是手枪。我从不认为它是手枪，我并不是因为它是枪而买下它的。*然后他立刻感觉轻松些了，因为他知道他将用它来杀人。他跟布鲁诺很像。他不是一再地感觉到这一点，而又像懦夫般绝不承认这一点的吗？他不是知道布鲁诺跟他自己很像吗？否则他为什么喜欢过布鲁诺呢？他爱布鲁诺。布鲁诺为他铺好了每一英寸的路，将会一切顺利，因为布鲁诺总是一切顺利，世界似乎就是为布鲁诺这样的人而准备的。

盖伊下列车时，薄雾弥漫，细雨濛濛。盖伊朝布鲁诺所描述的成排公车笔直走去。从敞开的车窗透进来的空气比纽约的空气还沁冷，还带着原野乡村的清新味。公车驶出灯火通明的社区中心，进入两旁房屋林立而光线较暗的道路上。他想起他在列车站时忘了停下来喝杯咖啡，这个疏漏让他颇为烦恼，让他差点儿下车回去喝一杯咖啡。一杯咖啡可能会改变一切。没错，他的人生！但车一到达格兰特街车站，他就机械地站起来，沿着预定轨道前进的感觉让他快慰不已。

盖伊踏在满是污垢的路上，脚下弹出湿答答的声音。前方，有一名年轻女子跑上了几级台阶，又跑过前面的平台，她身后的关门声听起来柔和而亲切。一片空地上，一棵树孑然而立，左边远处是小树林和黑压压的一片。在布鲁诺所有地图上被标示出的路灯，泛着油兮兮的蓝黄色光晕。一辆汽车缓缓驶来，前灯随着凸凹不平的路面不停颠簸着，犹如狂野的眼珠骨碌骨碌乱转，然后驶过他身旁。

眼前的景象宛如盖伊熟悉的舞台场景般突然拉起了幕布，蓦然映入他的眼帘：前面是长长的七英尺高的灰白墙面，悬于墙上的樱桃树暗影婆娑。墙面上方有个三角形的白色屋顶。那是狗屋。他穿过马路。马路一头传来踩在细沙上缓缓而行的脚步声。他静待在墙北侧的暗处，直到那个人影进入视线。原来是名警察，双手和警棍背在身后正悠然踱着步子。盖伊毫不惊慌，若那人不是警察倒反而让他更慌张，他心想。待警察走过，盖伊沿墙走了十五步，飞身一跃，抓住墙上飞檐，用力一爬，跨在了墙上。差不多正下方，盖伊看见布鲁诺所说的丢在墙边的牛奶板条箱的白色轮廓。他弯腰从樱桃树枝条下瞥见了别墅。他能看见一楼的五扇大窗中的两扇，也能看见朝他这个方向延展的长方形游泳池的一部分。没有一丝灯光。他跳了下去。

现在他看见了后院的六级白边台阶的入口处，也看见了整栋别墅周围不开花的山茱萸的朦胧暗影。当初在看布鲁诺的图时他就怀疑，这房子太小，与其十组成对的山形墙不太相称，显然完全是按客户要求建的。他沿着墙的内侧前行，直到被一簇小树枝的噼啪声吓了一跳才停住脚步。要斜着穿过草坪，布鲁诺这么跟他说过，而这些小树枝就是原因所在吧。

他走近房子时，一根大树枝挂掉了他的帽子，他把帽子塞进大衣怀里，把手插回装钥匙的口袋。他什么时候戴上手套的？他深吸一口气，以介于奔跑和行走之间的步态，猫一般轻巧地迅速越过草坪。我以前做过很多次了，他心想，这不过是其中的一次。他在草坪边犹豫了一下，瞥了一眼弯曲的石子路所通向的熟悉的车库，然后踏上后面的六级台阶。后门沉重滑开，他赶快抓住了内侧的门把手。但第二道门上的弹簧锁有些倔强，一阵尴尬掠过全身，盖伊又蛮力一推，门开了。他听到左边厨房餐桌上的滴答钟声。他知道那是桌子，但眼前除了黑暗朦胧的物体轮廓——白色大火炉、仆人用的餐桌椅子、橱柜等——其余就是漆黑一片。他沿对角线走向后楼梯，数着步子。本该让你从主楼梯上去的，但它嘎吱嘎吱响个不停。他缓慢呆板地走着，瞪大两眼绕过他并未看清的果蔬箱。他突然觉得自己像个疯癫的梦游者，顿时惊慌起来。

先爬十二级楼梯，跳过第七级，转角后再爬两小段楼梯……跳过四级，跳过三级，到楼梯最顶端时，大跨出一步。你记得住的，这是有节奏韵律的。他跳过第一道小段楼梯的第四级，在下一段楼梯之前，就在转角处有个圆形窗子。盖伊记得某篇论文上曾说过：从房子的格局能看出将入住之人的活动方式……假如孩子需要再爬十五级楼梯才能到达游戏室，他们会在窗边停一下欣赏外面的景色吗？管家的房门就在他左前方十英尺的地方。这里最有可能撞见人了，途经房门暗柱时，布鲁诺的话在盖伊耳畔渐渐响起。

地板发出轻微的哀怨声，盖伊的脚弹簧似的撤回，等待片刻后，又开始试着小心地踩了踩原来落点的周围。他小心翼翼地握住走廊房门的门把手。打开了房门，只听见主楼梯平台上的时钟滴答声更加响亮了，他这才意识到这声音他已经听了好一会儿了。然后他听到一声叹息。

主楼梯上有叹息声！

报时的钟声敲响。门把嘎吱作响，他拼死扭住，快扭断了吧，他心想。三下，四下。在管家听到声响前把门关上！这是布鲁诺说在十一点到午夜之间行动的原因吗？该死！现在没有鲁格尔手枪！盖伊砰的一声关上了门。他汗水直流，外套衣领内升腾起一股热气直扑到脸上，报时的钟声没完没了地响着。终于敲响了最后一声。

然后他侧耳细听，除了那难听的滴答声外，一片寂静，于是他打开门，走进正厅。我父亲的房门就在右边。他又找回了正确的路径。盖伊凝视着布鲁诺父亲的房门，感觉确实来过此地，来过这空荡荡的熟悉的大厅，大厅上铺着灰色地毯，乳黄色的四壁加装了嵌板，楼梯顶端放着大理石桌。大厅上有股味道，就连这味道也很熟悉。他突然感觉太阳穴上一阵剧烈的刺痛。他突然感觉那老人就站在房门里面等着他，正和他一样屏着呼吸。盖伊屏住呼吸，过了许久，如果那老人跟他一样屏息那么久，早就没气了吧。胡扯！开门吧!

他左手握住门把手，右手下意识地往口袋里摸枪。他觉得自己就像是个不怕危险、刀枪不入的机器。以前已来过此地很多很多次了，也杀过他很多次了，这只是其中的一次。他盯着门上一英寸宽的裂缝，感觉里面的一个无限的空间正在打开，等了良久，直到一阵眩晕平息下来。假如进去看不见他怎么办？假如那老人先看见自己怎么办？前廊的夜用灯会让房间内有一丝光亮，但床在房间对面的角落。他把房门开大了些，侧耳细听室内的动静，而后又迫不及待，急急忙忙地进入房间。但室内一片死寂，黑暗角落里的大床的影子若隐若现，床头有条浅色的带状物。他关上门，风可能会把门吹上，然后面对角落。

他手握枪支，瞄准怎么看都像是空着的床。

他转头一瞥右后方的窗户，窗户大约只打开了一英尺宽，而布鲁诺说过会一直大开着的。是下毛毛雨的缘故吧。他双眉紧锁地对着床定睛一看，毛骨悚然地发现靠墙的一边搁置着一个人头样的东西，朝一边侧翻，似乎在得意洋洋地蔑视着盖伊。这张脸要比与枕头混在一起的头发的颜色还深。他与枪口都直直地对着它。

杀人应该射胸膛。枪口服从地瞄准胸膛。盖伊滑步靠近床，再瞥一眼身后的窗户。没有一丝呼吸，任何人都不会认为他是活着的。他告诉自己必须这么想，必须认为这个人体仅是个靶子，另外，他不认识这个靶子，就像在战场上杀人一样。不是吗？

“哈—哈—哈—哈！”窗外传来一阵笑声。

盖伊浑身哆嗦，枪也颤抖不止。

笑声来自远处，是女人的笑声，距离虽远，却如枪声一般清晰而直穿胸膛。盖伊舔舔嘴唇。片刻之间，这爽朗鲜活的笑声，把盖伊眼前的一切席卷一空，不留一事一物，而现在，渐渐地，这个空无一物的空间开始慢慢被自己站在此处准备杀人一事填满。迅速得犹如一次心跳。这就是人生。在街上行走的年轻女子，或许由一名年轻男子陪伴着。而这个男人活生生地在床上熟睡。不，不要想这些！这是你为安妮做的，记住了吗？为了安妮，也为了自己！这就像在战场上杀人，就像杀——

他扣动扳机。枪只是喀嗒一响。再扣扳机，又只是喀嗒一响。是恶作剧！这一切都不是真的，甚至不存在！就连站在此地也不存在！他再次扣动扳机。

一声啸叫，房间四分五裂。恐惧之下，手指扣得更紧。又是一声啸叫，仿佛天崩地裂。

床上的人影“嗯！”地一声，灰色的脸向上抬起，露出头部和肩膀。

盖伊现在正在门廊顶上向下滑落。这种噩梦结束前向下滑落的感觉唤醒了他。奇迹般地，他一手顺势抓住雨棚横木，随后他再次向下滑去，直到双手和双膝都着了地。他从玄关边缘跳下去，沿着房子外侧狂奔，然后越过草坪，直朝放牛奶木条板箱的地方跑去。

他意识到了紧黏不放的泥土，意识到了为了加速以跑出草坪而猛烈上下摆动的无助手臂。这就是生活的感觉，就是生活的面目，他心想——这就是人生，正如楼上听到的笑声。事实是，当一个人身陷瘫痪，毫无胜算之时，人生就是一场噩梦。

“嗨！”有人喊了一声。

管家尾追而来，果然不出所料。他感觉管家就在他身后。真是场噩梦！

“嗨！嗨！在这儿！”

盖伊在樱桃树下一转身，缩回拳头站在那里。那个管家并不是紧随其后。他还远着呢，但已看得见了。披着白色睡衣狂奔的管家的身影就像一团飘忽不定的烟雾，然后他转弯朝他跑来。盖伊好似全身瘫痪，直立以待。

“嗨！”

盖伊的拳头朝迎面而来的下颌一挥，白色幽灵轰然倒地。

盖伊跳起身来翻墙而过。

他的四周越来越黑。他躲开一棵小树，跃过看似水沟的地方，继续向前跑。突然他趴倒在地，疼痛从身体中心四散开来，把他牢牢固定在地上，站不起来。他的身体剧烈颤抖，他想他必须积聚颤抖之力来逃跑，这里根本不是布鲁诺要他去的地方，但他动弹不得。你就沿着那条没有路灯的泥巴路向东走，拐进别墅南边的纽霍普路，一直朝前跑，然后穿过两条通往哥伦比亚街的大道，再向南走（右转）……到开往另一个列车站的公车路线上。布鲁诺在纸上写下他该死的指示真是非常好呀。天杀的！他知道他现在身在何处，就在房子西面的野地上，一个任何计划中都未提到过的地方！他回头一看，现在哪一条路是向北的？路灯是怎么回事？也许他在黑暗中找不到那条小路了。他不知道这房子到底是在他后方还是左方。他整个右前臂感到一阵奇异的疼痛，如此剧烈，他还以为会在黑暗中发光呢。

他感觉自己已随着枪的爆裂声而支离破碎了，感觉再也不能积聚体力移动了，于是索性听天由命。他还记得在高中那场橄榄球比赛上被撞的情形，当时他就像现在这样趴在地上，痛得一句话也说不出来。他还记得当天的晚餐，清晰地记得母亲将晚餐和热水瓶拿给半卧在床的他，还记起母亲给他调整下颌的餐巾时她双手的抚触。现在，他颤抖不已的手正在半露出地面的岩石上来回摩擦着，疼痛难忍。他咬住嘴唇，像一个在精疲力竭的早晨半梦半醒地思考的人一样，一直迷迷糊糊地想，无论多么疼痛难忍，他必须在下一刻站起来，因为他目前尚未脱险。他离那栋别墅还很近。于是他的两臂和两腿突然在身下攀爬了起来，仿佛积聚了突然释放的电荷似的，现在他在野地奔跑起来了。

一声怪响，他停下了脚步——一阵低沉而悦耳的呼啸声似乎从四面八方传来。

当然是警笛声了。刚开始，他还白痴般地想是飞机呢！他接着跑，心里明白现在只是在盲目躲避左后方的警笛，也明白应该向左转找那条小路。他确信已离那道长长的灰白墙很远了。他开始向左转，穿过确实位于这个方向的马路，这时才意识到警笛声正从这马路上迎面而来。实在不行就等着吧——不能等。他和车平行，继续向前跑。然后有个东西绊住了他的脚，他诅咒着再次跌倒。他张着双臂躺在一道沟渠里，右臂扳着稍高的地面。令人发疯的挫败感让他不由恼怒地啜泣起来。左手感觉怪怪的，原来整个手掌都在水里。手表会弄湿的，他心想。但他越是想把左手拉出，左手就越是稳如泰山。他感到有两股力量，一股力量要挪动手臂，另一股力量则拼死抵抗，两股力量如此均衡，他竟不觉得手臂有紧张的感觉。简直太不可思议了，此刻他竟觉得可能会睡着。警察会把我包围，他莫名其妙地想，然后又站起来，继续跑。

就在他右方不远处，响起一阵耀武扬威的警笛声，仿佛找到了他似的。

一片矩形光线突然撒在他面前，他转身便逃。原来是一扇窗。他差点儿闯入一栋宅子。全世界的人都醒了！他必须横穿马路。

警车从他前方三十英尺远的马路上开过去，在穿越矮树丛时，前车灯忽明忽灭的。另一阵警笛声在他左方——必定是那宅子所在之处——犹如呻吟般响起，嗡嗡声又渐远，直至消失。盖伊弯着身子在警车之后不远的地方越过马路，跑进一片更暗的夜色中。现在无论那条小路在哪儿，这个方向都可以远离那栋别墅了。南面四周都有没有灯火的树林，如果你不得不离开小路，那儿是很容易藏身的……无论在我家和RR车站之间发生了什么事，别试图丢掉鲁格尔手枪。他的手伸进口袋，透过手套上的破洞摸到了冰冷的小手枪。他不记得曾把枪放回口袋里。就他所知，枪可能还躺在蓝色地毯上啊！要是把枪弄丢了怎么办？现在正是想这事的最佳时机啊！

好像什么抓住了他，而且紧抓不放。他不自觉地挥拳相向，原来是灌木丛、树枝和荆棘，他奋力抵抗以挣脱身体，因为警笛仍在身后响着，这是唯一的出路。他集中精力，对付前边、两边乃至身后的敌人，它们用成千上万只尖锐的手爪紧紧抓住他不放，指骨发出的劈啪声慢慢淹没了警笛声。他竭尽全力兴致勃勃地抗争着，慢慢开始津津有味地享受它们跟他之间干净利落的君子之战。

他醒过来时，发现自己趴在一片树林边的斜坡上。他是刚醒过来，还是不久前才跌落的？但眼前天空灰蒙蒙的，已是黎明时分，他站立时眼前闪烁不定的影像说明他曾失去过知觉。他伸手去摸头部一侧耸立着的那团湿湿的头发。也许我的头摔破了，他害怕地想。他呆呆地站了良久，期待自己就此倒下而死。

脚下一座小镇星星点点的灯火如黄昏的星星般闪烁着。盖伊下意识取出手帕，紧紧地包住拇指指肚，那儿有个伤口似乎流着黑色的血。他走到一棵树前，靠在树干上，两眼搜寻着脚下的小镇和马路。人车皆无。这是他吗？站立在树旁，脑中记得的枪击、警笛声以及与树林交战的人是他吗？他想喝水。他看见镇外的泥路上有间加油站，便朝它走去。

加油站旁有个老式的水泵。他把头探下去。他的脸刺痛难忍，好似一个布满伤口的面具。渐渐地，他的头脑比较清楚了。他离大格雷特内克区可能不到两英里远了。他脱去右手上破得只剩一个手指和手腕部分的手套，塞进口袋。另一只手套呢？丢在包扎拇指的树林里了吗？一阵恐慌袭来，这熟悉的感觉反而让他宽慰。他必须回去找那只手套。他搜遍了外套的口袋，又解开外套，搜遍长裤的口袋，帽子跌落在他脚旁，他早已忘记帽子的存在了，要是他把帽子掉在什么地方可怎么办呢？接着他在左边衣袖里找到了另一只手套，这只手套也已破得不成样子了，只剩下在手腕上套着的手套口的缝合线和一块碎布了，于是他怀着幸福般的极度快慰，把手套装进口袋里。他把被扯下的裤脚部分折回原位。他决定要朝这个他知道是向南的方向前行，再往南走远些，搭上任何一辆公车，一直乘坐到列车站为止。

目标明确之后，疼痛顿时袭来。以两膝的这种伤势，他怎么能走完这条路呢？然而他坚持着，昂首挺胸，敦促自己一直前进。此刻已难辨黑夜或白昼，天色依然很暗，但曙光已无处不在。黑暗似乎仍可以胜过光明，因为黑暗占的比率较大。如果夜色能一直持续到他回到家中锁上门就好了！

然后日光蓦地冲破夜色，划开左方的地平线。一座山丘的顶端外形现出一道银色线条，山丘逐渐呈现出淡紫色 、绿色和褐色，仿佛它正在张开眼睛似的。一栋黄色小屋坐落在山丘上的一棵树下。右边的那片黑暗野地已变成褐绿色的高高的青草，仿佛海浪一般轻轻荡漾着。当他看着野地时，一只鸟鸣叫了一声便从青草丛中飞出，越过天际，尖长的双翼在空中写下了迅捷、参差不齐而又富有活力的丰富信息。盖伊驻足看着小鸟，直到它最后消失得无踪无影。

二十四

他在盥洗室镜子里第一百次审视着自己的脸，耐心地用笔状止血膏涂敷每一道伤口，又在上面再扑了粉。他冷静地照料着他的脸和双手，仿佛它们不是他身上的一部分似的。每当他的目光和镜中凝视的眼神相遇，他就有意将目光悄悄移开，就像它们不曾相遇一样。盖伊心想，就像在列车上的第一天下午，他想避开布鲁诺的目光一样。

他回到房内，躺在床上。今天剩下的时间，明天和周日，他不需要见任何人。他可以到芝加哥去住几周，就说是外出工作去了。可是如果他隔一天出城，这似乎令人生疑。昨天。昨晚。要不是他两手都是刮伤，他可能会深信他杀人只不过是一场梦。因为他并不想杀人，他心想。这并非他的本意。这是布鲁诺的意愿，要借他的手来完成。他想诅咒布鲁诺，大声地诅咒他，但他现在并无精力这么做。奇怪的是，他并没有罪咎感，大概是因为这一切都是受布鲁诺的意愿所支配的吧。但他在米里亚姆死后所感受到的罪咎比现在要多，这件事又怎么解释呢？现在他觉得累了，什么事也不想管。难道这是任何人在杀了人之后会有的感觉吗？他试着入睡，但脑子却回忆起在长岛的公车上，两名工人盯着他看，他便用报纸覆面假装入睡时的情景。和工人们在一起令他感到更羞愧……

在前门阶梯上，他双膝相碰，差点儿跌倒。他并未注意是否有人在监视他。他所做之事似乎平凡无奇，只是下楼去买份报纸。但他也知道他没有力气去注意是否有人在监视他，他根本没有力气去在意，而且他非常害怕力气重回到他身上，就像生病或受伤之人非常害怕下一次无可避免的手术一样。

《美国日报》的报道篇幅最长，还附有一张根据管家描述而画成的凶手肖像，是个身长六英尺一英寸的男人，重约170磅到180磅，身穿黑色外套，戴帽。盖伊看着报纸，略觉诧异，仿佛那绝不是在说他似的，因为他只有五英尺九英寸高，重约140磅，而且他也一直没有戴帽子的习惯。他跳过详述塞缪尔·布鲁诺生平事迹的部分，却兴致浓厚地看着推测杀人凶手脱逃的报道。报上写着他沿着纽霍普路向北逃去，据信他是藏在大格雷特内克区的镇上，也许搭上了下午十二点十八分的列车出城了。实际上，他是往东南方向逃的。他突然如释重负，高枕无忧了。安全，他警告着自己，只是个幻觉。他站起来，首次感觉到了那种惊慌失措，就与在那房子旁的空地上折腾了半天时的感觉一样。报纸已刊印数小时，警方现在可能已发现他们判断错误了。现在他们可能正要来捉他，也许就在他门外呢。他等了一会，任何地方都毫无动静，他又感到很疲倦，便坐了下来，强迫自己集中精力看报上长篇专栏的其余部分。文中强调了凶手的冷酷，而且似乎应是熟人所为。除了一些九英尺半英寸的鞋印，和在灰白色泥墙上的一处黑鞋污痕之外，没有指纹，没有线索。他的衣服，他心想，他一定要丢掉他的衣服，而且要立刻行动，但他什么时候才有精力去丢呢？警方高估了他的鞋子尺寸，这很奇怪，盖伊心想，那地面很湿，鞋印应该很清楚。"……子弹口径出奇的小"，报道这么写着。他也一定要丢掉手枪。他感觉有些悲哀痛心，他一定会痛恨的，他会多么痛恨他与他的手枪分离的那一刹那呀！他撑着身体站起来，又去拿了些冰块放在毛巾里，继续敷他的头部。

傍晚时分，安妮打电话叫他周日晚上陪她一起去曼哈顿参加一个派对。

“海伦·赫本的派对呀。你知道的，我跟你说过的。”

“是的。”盖伊附和着，其实根本就不记得。他的声音显得很平静。“我不大想参加什么派对，安妮。”

最近一小时左右，他感觉麻木，因此安妮说的话在他听来模糊而缥缈。他听见自己说着那些该说的话，甚至不曾想到，或许甚至不在意安妮会察觉到什么不同。安妮说她可以找克利斯·纳尔逊陪她去，盖伊说没问题，心想要是纳尔逊陪她去，纳尔逊不知该有多高兴呢，因为在安妮遇见盖伊之前，纳尔逊就常常去看她，现在他依然爱着安妮，盖伊心想。

“周日晚上我带一些现成的食品来，”安妮说，“我们一起吃顿点心好吗？我可以叫克利斯晚一些跟我碰面。”

“周日我可能会出门，安妮。去绘图。”

“噢。对不起。我有事要告诉你。”

“什么事？”

“我认为你会喜欢的事。哦——回头再说吧！”

盖伊悄悄爬上楼梯，提防着麦考斯兰太太。安妮对他很冷淡，他单调而无趣地想着，安妮很冷淡。下一次她见到他，就会明白，而且她会痛恨他。安妮讨厌他了，安妮讨厌他了。他不停地念叨着这句话睡着了。

第二天他一直睡到中午，其余的时间也赖在床上，连穿过房间取些用毛巾做成的冰袋这件事，他都要经过一番垂死挣扎。他觉得永远也睡不够，体力恢复不了。是因为不断回想的缘故吧，他心想。他的身体和脑子一直在追溯曾经走过的那条长路。回想起什么呢？他僵直地平躺着身子，而且他很害怕，怕得直冒汗并且发抖。然后他得起床去上盥洗室，因为他有轻微的腹泻症状，是害怕所引起的，他心想，就像在战场上的情形一样。

半睡半醒，他梦见自己穿越草坪，朝那房子走去。那房子像白云一样，色调柔和，而且令人难以抗拒，他就站在那里不愿开枪，下定决心要与之抗争，证明他可以克服。枪声惊醒了他，睁开眼看见的是他房间内的黎明。他看见自己站立于他的工作台一旁，就跟梦中他的站姿一样，手枪直对着角落的一张床，塞缪尔·布鲁诺在床上挣扎着要坐起身来。手枪又啸叫一声。盖伊尖叫起来。

他摇摇晃晃地跳下床。那人影不见了。窗外那一缕挣扎的光线同那天黎明时他看到的一样，相同的生与死的融合。这相同的光会出现在他有生之年的每个黎明，会永远照亮这房间，而这房间会随着光线的反复惠顾而变得越来越特别，他的恐惧也会越来越强烈。要是他有生之年的每一天都在黎明时分醒来该怎么办？

简易厨房内传来门铃声。

警察在楼下，他心想。这正是他们会来抓他的时刻，在黎明之时。而他不在乎，一点儿也不在乎。他会一五一十地坦白一切，他会马上说出一切！

他靠在对讲机旁，然后走到房门前细听。

轻快的脚步声传上楼来，是安妮的脚步声。宁可是警察也不要是安妮啊！他一个一百八十度转身，笨拙地拉上百叶窗。他双手向后拂着头发，摸到了头上的疙瘩。

“是我啦，”安妮偷偷溜进来时低声说，“我从海伦家走过来的。真是个美好的早晨！”见到他身上的绷带，她脸上得意洋洋的神色一扫而空。“你的手怎么了？”

他后退几步，站到大书桌旁的阴影里。“我跟人打了一架。”

“什么时候？昨晚吗？还有你的脸，盖伊！”

“对。”他必须拥有她，必须留住她，他心想。没有她，他会死掉的。他伸手去抱住她，但她向后退了一步，在微明的光线下注视着他。

“在哪里，盖伊？跟谁打架的？”

“一个我根本不认识的男人，”他的语调单调而乏味，几乎不自觉地说了谎，因为他迫切需要留住她，“在一家酒吧里。不要开灯。”他很快地说，“拜托，安妮。”

“在酒吧里？”

“我不知道怎么发生的。事出突然呀。”

“是你以前从未见过的人吗？”

“是。”

“我不相信。”

她说得很慢，盖伊突然间感到惊恐万分，明白她是个与他有别的人，一个有不同心智、不同反应的人。

“我怎样才能相信你？”她接着说，“关于那封信，还有你说的不知道谁寄来的，我为何要相信你？”

“因为我说的是事实。”

“还是跟你在草坪上打斗的那个男人。是同一个人吗？”

“不是。”

“你有事情瞒着我，盖伊，”接着她的声调转为柔和，但一字一句似乎都在攻击他，“是什么事呀，亲爱的？你知道我想帮助你。不过你必须把事情说出来呀。”

“我跟你说了呀。”他说完便紧咬着牙齿。他身后的光线已变了样，如果他现在能留住安妮，他心想，他便能顺利度过每个黎明了。他看着她垂帘般的淡色直发，伸出手去触摸它，但她畏缩了一下。

“这样的话，我不知道我们如何能继续下去，盖伊。我们不能这样。”

“不会再这样了。结束了。我发誓，安妮。请相信我。”此刻似乎是个测试，仿佛这又是千载难逢的机会似的。他应该拥她入怀，他心想，狠狠地抱紧她，直到她不再挣脱他的拥抱为止。但他动弹不得。

“你怎么知道？”

他迟疑了一下。“因为这是一种心境。”

“那封信是一种心境？”

“那封信是造成这种心境的因素。我觉得深陷困境之中。问题出在我的工作上，安妮！”他低下头，把罪过全归因于他的工作！

“你曾说过我使你感到快乐，”她慢慢地说，“说过无论发生什么我都能使你快乐。我再也看不到这种情形了。”

她是想说，当然他没能让她快乐。但如果她现在仍然爱他，他将会多么努力让她快乐啊！他将会多么崇拜她并为她效劳啊！“你能看到，安妮。除了你我一无所有了。”他低下头，突然抽泣起来，毫不掩饰，令人极度痛苦，持续了很久，直到安妮抚摸他的肩膀。他很感激，心里却想扭身摆脱她的抚摸，因为他觉得安妮抚摸他仅仅是出于怜悯，仅仅是出于慈悲。

“要我帮你弄份早餐吗？”

她忍不住恼怒，却又不失耐心，语气略显无奈，但是他知道其中蕴含着一丝原谅，而且意味着完全原谅。原谅他在酒吧跟人打架之事，他心想，她绝不会洞察出周五夜里的事，因为他已将自己隐藏得太深了，她以及其他任何人都无法查出真相。

二十五

“我不在乎该死的你怎么想！”布鲁诺说着，一只脚蜷进椅中，金黄色的细眉皱得几乎凝结在一起，眉梢像猫的胡子一样高高翘起，此刻，他看着杰勒德的样子，就像一头要被逼疯了的毛发稀疏的金毛老虎。

“我可没说我想当然的事哦，”杰勒德耸耸勾起的双肩，“对吗？”

“你含沙射影。”

“我没有含沙射影，”他大笑的时候，浑圆的肩头也跟着晃动了两下，“你误会我了，查尔斯。我并不是说你故意放风声说你要离去。我知道你是不小心脱口而出的。”

布鲁诺两眼盯着他。杰勒德刚刚暗指如果这是内贼所为，那么布鲁诺和他母亲一定与此事有关，况且毫无疑问这是内贼所为。杰勒德知道他和他母亲是在周四下午才决定周五出门的，把他大老远地叫到华尔街来就是为了告诉他这件事，亏他想得出来！杰勒德没有任何证据，他也不能假装有证据而愚弄他。这是另一桩完美的谋杀。

“介意我走吗？”布鲁诺问。杰勒德正摆弄着书桌上的一些文件，仿佛要借故留住他。

“稍等。喝一杯。”杰勒德朝办公室另一头架子上放置的波旁威士忌酒瓶点了点头。

“不喝了，谢谢。”布鲁诺非常渴望喝一杯，但绝不想喝杰勒德的酒。

“你母亲好吗？”

“你问过这个问题了。”他母亲并不好，也没在睡觉，而这正是他想赶回家中的主要原因。面对杰勒德一副以家族挚友自居的态度，布鲁诺心中又涌起一股强烈的厌恶。他或许算得上他父亲的朋友吧！“对了，我们并未雇用你接手这件案子，你知道的。”

杰勒德笑着抬起略带桃紫色斑驳的圆脸。“我可以免费承办，查尔斯。这正是我认为它的有趣之处。”他点上另一支雪茄，雪茄的形状就跟他胖胖的手指头一样，布鲁诺再次注意到他带有绒毛的淡棕色西装的翻领上满是油渍，还有那恐怖的大理石纹领带，真令人讨厌。跟杰勒德有关的每一件事情都惹得布鲁诺不快。他慢条斯理的说话方式惹他不快，他好几次看见杰勒德与他父亲在一起的回忆也惹他不快。阿瑟·杰勒德甚至都不像那种看上去像是侦探的侦探。不论他有何等经历，布鲁诺发现他无法相信杰勒德是一个一流侦探。“你父亲是个很好的人，查尔斯。可惜你不够了解他。”

“我非常了解他。”布鲁诺说。

杰勒德那对混杂着斑点的褐色小眼严肃地看着他。“我认为他了解你的程度比你了解他的程度要高。他留下了几封有关于你、你的性格和他希望把你培养成什么人才的信件。”

“他根本就不了解我，”布鲁诺取出一根香烟，“我不知道我们为什么要谈论这个，这根本无关紧要，也挺可怕的。”他镇静地坐了下来。

“你恨你父亲，对吧？”

“他恨我。”

“但他并不恨你。这正是你不了解他的地方。”

布鲁诺将一只手伸出椅子扶手，汗水让扶手发出了嘎吱声。“我们是否有所进展了，不然你为什么要把我留在这里？我妈妈身体不太好，我想要赶回家去。”

“希望她身体很快好转起来，因为我想问她几个问题。或许明天吧。”

布鲁诺觉得一股燥热涌至颈项。接下来几周，他母亲会很难过，而杰勒德会使情况更糟糕，因为他是他们两个的共同敌人。布鲁诺站起身，把雨衣甩放在一只手臂上。

“现在我要你试着再想一次，”杰勒德不经意地对他晃动手指，仿佛他还坐在椅子上似的，“你周四夜里到底是去了哪里，见了什么人。那天凌晨两点四十五分的时候，你在蓝天使门前与你母亲、坦普尔曼先生和拉索先生分手了。你去哪里了？”

“去了汉堡之家。”布鲁诺叹了口气。

“在那里没看见你认识的人？”

“我该认识谁呀？猫咪吗？”

“接着你又去了哪里？”杰勒德核对着手中的笔记。

“第三街的克拉克酒吧。”

“在那里见到谁了吗？”

“当然见了，酒保。”

“但酒保说没看见你。”杰勒德微微一笑。

布鲁诺皱起眉头。杰勒德半小时之前并未提起此事。“那又怎么样？那地方挤满了人，或许我也没有看见酒保。”

“那里的酒保全都认识你，他们都说周四晚上你并没有去酒吧。

而且，当晚那地方也并未挤满了人。周四深夜？三点还是三点半？我只是想要帮你回想起一切，查尔斯。”

布鲁诺恼怒地抿了抿嘴。“或许那时我不在克拉克酒吧。我通常会上那儿去喝杯睡前酒，但或许我没有去。或许我直接回家去了，我不知道。那些跟我妈妈和我在周五早上交谈过的人怎么说？我们打了很多电话向大家道别呢。”

“噢，我们把那些人都纳入问询范围了。但说正经的，查尔斯——”杰勒德往后一靠，跷起一只粗短的腿，集中精神一口接一口地吸着雪茄，以使它继续燃烧，“你不会与你母亲和她的朋友分手，就只为了去吃个汉堡，然后直接一个人回家去，对吧？”

“也许会呀，也许这样能让我醒酒呀。”

“你的说辞为什么这么含糊不清呢？”杰勒德的艾奥瓦州口音使他的卷舌音听起来像是谩骂。

“如果我的说辞含糊不清又怎么样？如果我喝醉了，我有权利说话含糊不清呀！”

“关键是——当然，你是否人在克拉克酒吧或其他某个地方并不重要——你和谁碰了面，还跟他说你隔天要前往缅因州。你自己一定认为这事很好笑，你父亲竟在你离开的同一天夜里被杀了。”

“我没和谁碰面。请你去调查我认识的每一个人，问他们去吧。”

“你在清晨时分就只是独自四处闲晃到五点过后吗？”

“谁说我过了五点才回到家的？”

“赫伯特呀。赫伯特昨天是这么说的。”

布鲁诺叹了口气。“那他为什么记不得周六所有的事呢？”

“啊，正如我所说，这是记忆的运作方式。记忆消逝——然后又恢复了。我相信你的记忆也会恢复的。同时，我也会陪伴左右。好了，现在你可以走了，查尔斯。”杰勒德随意挥了一下手。

布鲁诺逗留了一会儿，试着想说些话来应对，结果却想不出来，于是走出门去，并想使劲甩上门，但风让他没有得逞。他往回走，穿过秘密侦探局内令人郁闷的寒酸走廊，他接受讯问时曾听见有人从头到尾小心谨慎地敲打打字机的声音，此刻这声音在走廊上听起来更响了——“我们。”杰勒德总是这么说，而他们也全都在这里，在幕后辛苦工作着——他向接待员格林厄姆小姐点头道别，一小时之前他走进来时，她向他表示同情。他一个小时前进来时是多么高兴，当时心中决定不让杰勒德激怒他，现在呢——杰勒德嘲笑他和他母亲时，他永远无法控制他的脾气，他也索性承认此事。那又怎么样呢？他们打算对他怎么样？警方掌握了杀人凶手的什么线索呢？只不过是错误的线索。

盖伊！布鲁诺满面笑容地搭电梯下楼。在杰勒德的办公室内，他根本没想到盖伊！甚至在杰勒德孜孜追问他周四夜里去哪里时，盖伊也不曾闪现在他脑海里！盖伊！盖伊和他自己！还有谁像他们一样呢？还有谁可与他们相争呢？他渴望盖伊现在能和他在一起。他会紧握住盖伊的手，世上其余的事都去见鬼吧！他们的卓功伟绩无人可比！像船过水无痕般！像两道稍纵即逝的赤色火焰，只留下众人呆立原地，心想着他们是否真的亲眼看见这火焰。他记得曾读过一首诗，诗中所言就是他所说的意思。他想这首诗仍安放在他通讯录中的一个夹套里。于是他匆匆走进华尔街巷子里的一家酒吧，叫了一杯酒，从通讯录的夹套内取出一小张纸。这是他读大学时从一本诗集上撕下来的。

呆滞的目光

瓦切尔·林赛[1]

且莫让年轻人在大显身手、创造奇迹之前，
就被压得透不过气来。
这世界摧残自己的孩子，真是罪孽，
穷苦人似牛马，步履蹒跚，目光发呆。
可怕的不是他们食不果腹，而是在饥饿中失去了梦；
可怕的不是他们辛勤耕种，而是他们难得收获；
可怕的不是他们侍候别人，而是没有神灵可以侍奉；
可怕的不是他们难免一死，而是死得像头动物。

他跟盖伊可不是目光发呆。现在他和盖伊不会死得像头动物。他们会有所收获。如果盖伊肯接受，他还会给他些钱。

1. Vachel Lindsay（1879—1931），美国诗人，其诗作包括《中国夜莺》《加利福尼亚的金色鲸鱼》等。

二十六

第二天大约同一时间，布鲁诺坐在大格雷特内克区自家房子的阳台上的一张长椅里，心情舒畅，平静自足，这种感觉对他而言相当的新鲜而悦人。这天早上杰勒德一直在附近徘徊窥探，但布鲁诺保持着镇静和礼貌，看着杰勒德和他的小手下吃了些午餐，现在杰勒德已离去，他对自己的行为深以为傲。他绝不能再让杰勒德像昨天那样惹他心情沮丧了，因为那样他会变得口无遮拦而犯下错误。当然，笨的人是杰勒德。如果他昨天态度好一点，他可能会合作些。合作？布鲁诺放声大笑。他说合作是什么意思？他在做什么呀？骗自己吗？

头上一只鸟儿不停地叫着“特卫都弟[1]？”，并自己回答“特卫都登[2]！”布鲁诺翘首以望。他母亲会知道那是哪一种鸟的。他的视线调向微带黄褐色的草坪、白色的水泥墙以及正开始萌芽的山茱萸。这天下午他发现自己对自然挺有兴趣的。下午有一张二万元面额的支票送到母亲手中。当保险公司的人不再大声嚷嚷，律师们删掉所有的官样文章之时，还会送来更多的支票。午餐时，他和他母亲谈起意大利卡布里岛的事，只是粗略提及，但他知道他们会成行。而今晚，他们将首次外出进餐，地点是在离大格雷特内克区的不远处，下了高速公路的一个隐秘的小地方，那是一家他们最爱去的餐厅。他以前不喜欢大自然。现在他既然拥有了草地绿树，那就另当别论了。

他不经意地翻阅摆在腿上的通讯录。他是今天早上找到的，记不得在圣菲时是否曾把它带在身上，而他想要在杰勒德找到它之前，确认其中没有记载任何有关盖伊的事。而且既然有了资本，他当然有一大堆的人要再拜访一下。他的脑中闪过一个念头，便从口袋里取出一支铅笔，在P字开头的那一页记下：

汤米·潘迪尼

76街西232号

又在S字开头的那一页记下：

“思利奇”

救生站

地狱大门大桥

给杰勒德一些神秘人物调查调查。

丹，八点十五分，阿斯特旅馆。他在本子后面发现这项备忘，却想不起丹是谁了。六月一日前，向队长要钱。下一页文字让他微微打了个寒战：买给盖伊的东西花了二十五块。他把这张打了孔的纸撕了下来。那条买给盖伊的圣菲皮带。他为什么正好记下了这件事呢？在某个无聊的时刻里——

---

1. 原文为 Tweedledee 和 Tweedledum，指两件名称不同而实际没有什么差别的东西，喻指半斤八两的两个人或事。该词由拜伦首创，用以讽刺英国十八世纪上半叶两个对立的音乐派别。

2. 同上。

杰勒德的黑色大汽车噗噗开进车道。

布鲁诺强迫自己端坐在椅子上，继续检查完记事内容，然后把通讯录偷偷放进口袋里，又把撕下来的纸塞进嘴巴里。杰勒德嘴里叼着雪茄，晃动着胳膊，大步跨上石板。

“有新发现吗？”布鲁诺问。

“只有一两点。”杰勒德进门扫视一番，从房间的角落越过草坪，再到灰泥墙，仿佛在重新估计凶手所走过的路程。

布鲁诺不经意地嚼着嘴内的那张小纸，仿佛在嚼口香糖似的。“能透漏一点吗？”他问。越过杰勒德的肩膀，他看见他的手下正坐在汽车的驾驶座上，透过帽檐目不转睛地盯着他们。这家伙的样子真是阴险至极，布鲁诺心想。

“比方说凶手并未回到镇上一事。他差不多是沿着这个方向走的，”杰勒德做手势的模样像是个乡下小店店主指着外面的马路一样，又放下整个手臂，“他穿过那边的树林走捷径，必定吃了不少苦头。我们发现了这些。”

布鲁诺起身看了一下那双紫色手套的碎片，以及一小片像是盖伊的深蓝色外套的碎布。

“天啊！你肯定这些是凶手身上的东西？”

“完全有理由肯定。一个是大衣碎片，另一个——大概是手套碎片吧。”

“或者是围巾碎片。”

“不是，有一些缝合线。”杰勒德用有黑斑的滚圆的食指戳了一下。

“手套挺花哨的。”

“是女用手套。”杰勒德抬头眨了一下眼睛。

布鲁诺乐得嘻嘻一笑，又悔悟般收回笑脸。

“我起初以为他是职业杀手，”杰勒德叹了一口气，“他肯定很熟悉这房子，但我觉得职业杀手不该失去理智，在逃走时穿过那些树林。”

“嗯——”布鲁诺饶有兴味地听着。

“并且他知道正确的路线。正确的路线就在十码开外。”

“何以见得？”

“因为这整件事是经过仔细筹划的，查尔斯。后门上的坏锁，放在围墙那边的牛奶木条板箱——”

布鲁诺默不作声。赫伯特已经告诉杰勒德，是他，布鲁诺，弄坏了那道门锁。赫伯特大概也告诉了他，是他把牛奶木条板箱放在那儿的了。

“紫色手套！”杰勒德咯咯笑着，欢快的样子一如布鲁诺以前见他咯咯笑一般，“只要能去掉物体上的指纹，什么颜色又有什么关系呢，呃？”

“是啊。”布鲁诺说。

杰勒德跨过阳台之门，走进房间里。

布鲁诺过了一会儿也跟着走进来。杰勒德走回厨房，布鲁诺则爬上楼去，把通讯录抛到床上，然后下楼到了走廊。他父亲房间里大敞的房门给他一种奇怪的感觉，仿佛他刚刚才得知他父亲已经死了。是房门保持的悬开状态让他有此感觉的，他心想，就像衬衣下摆伸在外面一般，就像守卫松懈了一般，如果队长还活着，绝对不会发生这种情况。布鲁诺皱皱眉，然后上前迅速关上了房门，这样他就看不到自己和探员们用脚摩擦过的地毯，也看不到书桌上得之不义的档案架，还有那本摊开着、仿佛在等他父亲签名的支票簿。他小心翼翼地打开母亲的房门。她正躺在床上，粉红色的缎被拉盖到下颌处，头转向房间内侧，两眼睁开，和她自周六夜里以来的睡姿一样。

“你没睡呀，妈妈？”

“没有。”

“杰勒德又来了。”

“我知道。”

“如果你不想受打扰，我会跟他说一声。”

“亲爱的，别傻了。”

布鲁诺坐在床边，弯下身子靠上前去。“希望你能睡一会，妈妈。”她的眼睑处有皱纹，而且还有紫色的眼圈，她双唇紧抿，嘴角拉得细长细长，这样子他还是第一次见到。

“亲爱的，你确定萨姆从来没跟你提起过什么事——从来没提起过任何人？”

“你能想象他会跟我提这些吗？”布鲁诺在房间里踱来踱去。杰勒德待在他家里，使他感到厌烦。杰勒德的样子很令人讨厌，仿佛暗藏着不利于每一个人的秘密武器，甚至包括赫伯特。他知道赫伯特像崇拜偶像一样崇拜他的父亲，说了很多对他不利的话，就差指控他了。但布鲁诺知道，赫伯特并未看见他在测量庭院的举动，否则杰勒德现在会让他知道的。他母亲生病时，他曾在院子和房子里四处游荡，任何看见的人都不会知道当时他是在数步子。现在他想对杰勒德发发牢骚，但他母亲不会理解的。她坚持继续雇用他，因为她认为他是最好的。他母亲现在没有站在自己这一边，他母亲可能跟杰勒德说了其他重要的事——例如他们周四才决定周五要走一事——却根本不跟自己讲！

“你长胖了，你知道吗，查尔斯？”他母亲笑着说。

布鲁诺也笑了笑，她说话的样子一点儿也没变。她现在正拿起梳妆台上的浴帽戴在头上。“胃口还不错。”他回答。其实他胃口更差了，他的消化功能也减退了。但不论如何，他确实胖了。

他母亲刚刚进了盥洗室并关上门，杰勒德就敲房门了。

“她会在里面待很久的。”布鲁诺告诉他。

“跟她说我会在走廊上等她，好吗？”

布鲁诺敲敲盥洗室的门，把话传给她，然后回到他自己的房间。从他床上通讯录的摆放位置来看，他知道杰勒德发现了它，而且看过内容了。布鲁诺慢慢地为自己调了一小杯加冰威士忌，一饮而尽，然后轻轻下楼来到大厅，听见杰勒德已开始跟他母亲谈话了。

“——似乎看不出是情绪高昂或低落，呃？”

“他很情绪化，你知道。我怀疑我并未注意到。”他母亲说。

“噢——人的心情有时会受心理影响的。你不认同吗，埃尔西？”

他母亲不予回答。

“——太不幸了，因为我想让他跟我更合作些呢！”

“你认为他在隐瞒什么吗？”

“我不知道，”他脸上又是那种令人讨厌的笑容，而布鲁诺从他的声调中听得出，杰勒德期望他也在听，“你认为呢？”

“我当然认为他没有隐瞒。你在极力证明什么呀，阿瑟？”

她在维护他。这一席谈话之后，她不会再那么看重杰勒德了，布鲁诺心想。他又装聋作哑了，一个沉默寡言的艾奥瓦州人。

“你想让我极力查明真相，不是吗，埃尔西？”杰勒德像个广播剧中的侦探般问她，“他说不清楚周四晚上和你分手后做了些什么。他认识了某个很不好的人，一个可能会为了钱而替萨姆商业上的敌人工作的人，一个间谍之类的人。而查尔斯可能跟他提及你和他第二天要离去的事——”

“你要证明什么，阿瑟？证明查尔斯对这件事知情吗？”

“埃尔西，我不会对此感到惊讶。说真的，你会吗？”

“去他妈的！”布鲁诺喃喃自语。他妈的混蛋，竟跟我妈妈说这些话！

“我当然会把他告诉我的事全都告诉你。”

布鲁诺盲目地朝楼梯走去，母亲顺从的表现让他震惊。要是她开始怀疑该怎么办？谋杀案她是不能承受的。这一点不是早在圣菲时就认识到了吗？如果她记得盖伊，记得他在洛杉矶时曾提过他的事，该怎么办？如果杰勒德在两周内发现盖伊，盖伊身上可能有穿越那些树林而留下的刮伤，或是瘀伤、割伤这些可能引人怀疑的伤口，该怎么办呢？布鲁诺听见赫伯特在楼下走廊的轻缓脚步声，看见他手捧浅盘，拿了他母亲的午后饮料，于是他又退回楼上去。他的心跳加剧，仿佛身处战场，在一场四面皆敌的奇怪战场上似的。他匆忙回到自己的房间，喝下一大杯酒，然后躺在床上，尽力入睡。

他在肩头被杰勒德的手推拉摇晃的情况下猛然醒来。

“再见，”杰勒德说，他笑起来时露出被烟熏黄的下排牙齿，“我要走了，该向你道声再见。”

“这事值得把人吵醒吗？”布鲁诺说。

杰勒德咯咯笑着，不等布鲁诺想出某个他真正想说出口的舒缓用词，便大摇大摆走出房间。他倒回枕头上，试图继续小睡一会，但合上眼时，却只见杰勒德穿着淡棕色西装的粗壮身躯经过走廊，像幽灵般溜过关闭的各扇房门，弓身查看着各个抽屉，阅读信件，做记录，然后转身用手指指他，折磨着他的母亲，因此非得反击不可。

二十七

“你难道还不明白？他在指控我！”布鲁诺隔着桌子大吼着。

“亲爱的，他不是指控你，他那是例行公事。”

布鲁诺把头发往后一拂。“要跳舞吗，妈妈？”

“你现在不适合跳舞。”

他是不适合，这他心里清楚。“那我要再喝一杯。”

“亲爱的，餐点马上就来了。”

她一直表现出的耐性和她的黑眼圈使他非常痛苦，让他无法正视她。布鲁诺四下张望，想找个服务生来。今晚这里挤满了人，很难分辨谁是服务生。他的视线停在舞池对面的一张桌前，有一位长得像杰勒德的男子，看不见与他同桌的男子是谁，但他确实长得像杰勒德，同样是秃头和淡棕色头发，只不过这名男子穿的是黑夹克。为了看清楚，布鲁诺闭上一只眼睛以防重影。

“查理，快坐下。服务生来了。”

那真的是杰勒德，而且他现在正开怀大笑，仿佛另一个人跟他说他正在看他们似的。刹那间他感到万物停滞了，心中愤恨难平，心里盘算着是否要告诉母亲。

然后他坐下，热烈地说：“杰勒德就在那里！”

“是吗？哪里？”

“乐队的左方，蓝灯下。”

“我没有看到他呀，”他母亲远眺，“亲爱的，那是你的想象吧！”

“我不是在想象！”布鲁诺说完就把餐布丢在他的原汁烤牛肉上。

“我看到你所指的人了，他可不是杰勒德呀。”她耐心地说。

“你无法像我一样看清楚他！那就是他，而且我不想跟他同室吃饭！”

“查理，”她叹口气，“你要再喝一杯吗？再喝一杯吧。服务生来了。”

“我甚至不想和他一起喝酒！要我证明那个人是他吗？”

“有什么关系呢？他又不会来烦我们。也许他是在保护我们呐。”

“你承认那就是他了！他在监视我们，还穿上深色西装，以便能在任何其他地方跟踪我们！”

“无论如何，那不是阿瑟，”她平静地把柠檬汁挤在烤鱼上，“你产生幻觉了。”

布鲁诺张口结舌地瞪着她。“你这么说是什么意思，妈妈？”他声音嘶哑了。

“甜心，大家都在看我们了。”

“我不在乎！”

“亲爱的，我不得不告诉你，你小题大做了，”她打断他的话，“你这么做，是因为你想要这样。你想要刺激。以前我见过你这样子。”

布鲁诺完全哑口无言。他的母亲竟然背叛了他，他见过她看队长的神情，她现在就用这种神情在看他。

“你大概跟杰勒德说了什么，”她继续说着，“气话之类的，而他认为你的行为十分怪异。喏，你的行为确实很怪啊。”

“那就是他日夜跟踪我的理由吗？”

“亲爱的，我认为那不是杰勒德。”她语气坚定地说。

布鲁诺猛地站起身，脚步蹒跚地走向杰勒德所坐的桌位。他将向她证明那是杰勒德，而且向杰勒德证明他并不怕他。舞池边上的两张桌子挡住了他的去路，但现在他看得见那就是杰勒德。

杰勒德抬头看看他，亲密地向他招招手，他的部下则瞪着他。而他呢，他和他母亲却要为此事付钱！布鲁诺张口，却完全不知道他想要说什么，于是东倒西歪地走开了。他知道他要做什么，打电话给盖伊，就在此时此地，就在与杰勒德共处的屋子里。他挣扎着走过舞池，走向吧台旁的电话亭。缓慢而疯狂旋转的人影像海浪般把他推回，令他眼花缭乱。海浪又朝他涌来，浮力十足却难以战胜，把他往回冲得更远，于是他想起童年时有一次家里开舞会，当时他要设法穿过正在舞动的人群，跑到客厅另一头母亲的身旁，那时的感受与此刻何等相似。

第二天一大早布鲁诺醒来，人在床上，他非常安静地躺着，回忆他记得的最后时刻。他知道他醉倒了。醉倒前他打电话给盖伊了吗？如果打了，杰勒德查得出是他打的吗？他肯定没跟盖伊通话，否则他会记得的，但或许打到他家里去了。他下床去问母亲自己是否在电话亭醉倒了。随后他突然觉得浑身一阵战栗，便跑进盥洗室。他端起酒杯，掺水的威士忌却溅在脸上。他靠在盥洗室门上，撑住身子。战栗如影随形，让他醒得越来越早，而夜里，他不得不喝越来越多的酒才能入睡，这种处于两个极端的局面正在耗尽他的体力。

而在这种夹层之间还有杰勒德。

二十八

就像一个人再次体验已收入记忆中的感觉一样，盖伊坐在整齐摆放着他的医学书籍和笔记的工作台前，不时有种微微的安全感和满足感。

上个月，他清洗了所有的书架并重新上漆，清洗了地毯和窗帘，简便厨房也清洗得干干净净，直到瓷器和铝器都闪闪发光为止。全是罪过，在把整锅污水倒入水槽内时，他这么想过。可既然一晚上只能睡上两三个小时，也只有在体能消耗之后，他才明白比在街上闲晃更易使自己累倒的方法就是打扫房间。

他看着床上合拢的报纸，拿起来浏览了所有的版面，报上已不再报道六周前的谋杀案了。他已小心处理了每一条线索——紫色手套已剪碎，丢进马桶里冲掉了，外套（那是件好外套，他曾想过把它送给乞丐，但谁会卑鄙得把杀人凶手的外套送给乞丐呢？）和长裤也都弄成了碎片，当成垃圾一点点处理了。鲁格尔手枪扔到了曼哈顿桥下，鞋丢到了另一座桥下。唯一未处理的是那支小手枪。

他走到大书桌前端详着这支小手枪，他指下小手枪的坚硬触感令他感到安慰，这是他尚未处理掉的唯一线索，也是警方发现他后就能得到的一切线索。他十分明白他为何留下这支手枪：这是*他的*，是他的一部分，是杀人行动中的第三只手。这是他买下它时十五岁的自己，是他爱上米里亚姆，将它收藏在芝加哥家中，并偶尔在最满足、最私密的时刻看着它时的自己。最优秀的自己，与它机械式的绝对逻辑一致。跟他一样，他心想，这支枪掌握了生杀大权。

如果布鲁诺敢再联络他，他会杀了他。盖伊确信他能杀了他。布鲁诺也会知道这一点的。布鲁诺总是能看透他。现在布鲁诺这边的沉寂比警察那边的沉寂更让他安心。事实上，他丝毫不为警察找到他而焦虑，他从来不因此而焦虑。焦虑总是来自他本身，是他自己对抗自己的战役，其过程痛苦到他想拱手欢迎法律的制裁。和良心的谴责比较起来，社会的法律松散多了。他可以向警方自首，但坦承罪行似乎不是重点，只不过是个动作，甚至是一条轻松的退路，逃避事实罢了。如果法律定他死罪，也只不过是个动作。

“我不是很尊重法律。”他记得两年前曾在梅特卡夫对彼得·里格斯这么说过。他为什么该尊敬宣称他和米里亚姆结为夫妻的法令呢？“我不是很敬重教会。”十五岁时，他曾一知半解地对彼得这么说过，当时他所指的当然是梅特卡夫浸礼教会。十七岁时，他自己发现了上帝。他是经由自己觉醒的天赋，经由一种统一的感知而发现上帝的，这种感知来自各种艺术，而后是自然，最后是科学，这种感知也是世上所有的创造力与指挥力。他深信不信仰上帝他就无法完成他的工作。而杀人时他的信仰又在何方呢？他似乎觉得没有人像他这样经受过或需要经受这么多罪，他觉得自己不可能经受了这么多的罪还活了下来，除非自己的灵魂已死亡，只剩下空空的躯壳。

他笨拙地转过身，面对工作台，一声喘息从他的齿间嘶嘶呼出，他紧张不安地、不耐烦地重重抹了一下嘴巴。然而，他觉得仍有什么事情将要来临，还得被死死抓着，那是某种更严重的处罚，某种更痛苦的领悟。

“我受的苦还不够多吗！”他突然低声爆出这句话。但他为什么低声说话呢？他感到羞耻吗？“我受的苦还不够多吗。”他用正常的声音说出，一边四下看看，仿佛期望有人听见似的。如果不是觉得这话中有某种申辩的成分存在，如果不是他认为自己不值得向任何人为任何事申辩的话，他该大声喊出来的。

比方说，他的新书，他今天才买的漂亮新书——他仍能想到这些书，仍能爱这些书。然而他觉得已把它们遗忘在工作台很久了，像他搁置自己的青春一样。他必须马上出门去工作了，他心想，已经有人委托他设计一间医院了。在雁颈台灯下，他皱着眉头看他那一小堆的笔记。不知怎么的，他受人委托一事似乎不是真的，不久他将醒来，发现这几周以来全是一个充满奇幻的愿望的梦。一间医院。医院不是比囚牢更适合吗？他一脸困惑地皱起眉头，知道他的脑子在狂野地漫游，想到两周前他开始设计医院内部时，他一次也没有想过死亡之事，对健康和治愈的积极诉求占据了他整个大脑。他猛然想起，他尚未跟安妮提起医院的事，这正是它似乎不真实的原因了。她才是他的现实眼镜，他的工作不是。但话又说回来，他为什么还不告诉她呢？

他必须马上出门去工作了，但此刻他又感到了双腿涌现出的狂热精力。这股精力每晚都会涌现，驱使他出门，走上街头，徒劳无益地消耗。这股精力令他吃惊，因为他无法找到能消耗这股精力的事情，因为有时他觉得只有自杀才能消耗这股精力。然而他内心最深处的想法却又十分违背他的本意，他其实仍眷恋着生命。他感觉自杀是一个懦夫的避世，也是对那些爱他之人的一种残酷行径。

他想到母亲，感觉永远无法再让她拥抱他了。他记得她曾告诉他，人性本善，因为所有的人都有灵魂，而灵魂一概是善良的。她说，邪恶总是外求的。因此当他想要谋杀米里亚姆的情人史蒂夫时，有数个月的时间他甚至相信他是善良的，甚至在列车上看那本柏拉图的书时，他也如此坚信着。他体内驾驭其行为的第二匹马向来跟第一匹马一样顺从。但现在他想，爱与恨，善良与邪恶，是共存于人们心中的，而且不只是因人而异地以不同比例存在着，而是所有的善良和所有的邪恶互存共生。一个人只需要寻找两者之一的一小点便可发现全貌，一个人只需要沾到边即可。所有的事物都有相对的事物相随，每项决定都有反对它的理由，每种动物也都有天敌，男性女性，肯定否定。原子分裂是唯一真实的毁灭，因为它违背了宇宙的单一律。没有了相互依存的相对的事物，没有任何事物可以存在。在建筑物里，没有了阻挡空间的物体，空间能存在吗？没有了物质，能源可存吗？或者没有了能源，物质可存吗？物质和能源，迟钝和活跃，一旦视为相对的事物，也就是现在所知的一体了。

而布鲁诺，他和布鲁诺，两人都是对方放弃的另一面，摒弃的自我，是他以为自己痛恨但实际上也许喜爱的身份。

刹那间，他感到自己仿佛疯了。他心想，疯狂与天才也常有交集。但大部分的人过着多么平凡的生活啊，像大部分的鱼一样，生活在中庸的水域里！

不对，这种二元性普遍存在于大自然中，连最小的原子内的微小质子和电子都有二元性。科学正在努力分裂电子，也许永远也做不到，因为也许其背后只有一个概念：唯一的事实，即相对的事物永远存在。谁知道电子到底是物质还是能源呢？也许上帝和撒旦在电子周围手牵手跳舞呢。

他把烟蒂朝废纸篓一丢，却失手了。

他在篓内捻灭烟蒂时，看见一张皱巴巴的纸，那是昨夜在罪咎逼迫下写的自白书。这份自白令人作呕，使他陷入腹背受敌的境地——布鲁诺、安妮、这房间、这夜晚以及明天跟医务部的会谈。

时近午夜，他觉得昏昏欲睡，便离开工作台，小心地躺在床上，连衣服都不敢脱，唯恐惊跑了睡意。

他梦见自己醒来了，是被一种他每晚辗转入眠时在房内所听到的缓慢而警觉的呼吸声弄醒的。而此刻这声音就来自他的窗外，有人正要爬进房内，一个高大的身影突然跃入房间，披着蝙蝠翅膀似的巨大斗篷。

“我来了。”那人影毫无起承转合地说。

盖伊从床上一跃而起，与之打斗。“你是谁？”他认出是布鲁诺。

布鲁诺没有反击，只是抵抗。如果盖伊使出全力，完全能扭住他的肩膀，把他按倒在地，只有在不断出现的梦境里，盖伊才会使出全力。盖伊用两膝将布鲁诺压在地上，掐住他的喉咙，但布鲁诺始终仰视着他，咧嘴笑着，仿佛什么事都没发生过。

“你——”布鲁诺终于答道。

盖伊头脑昏沉地醒来，直冒冷汗。他坐直上身，警惕地看看空荡荡的房间。房间里传来湿滑泥泞的声音，仿佛是蛇从下面的水泥庭院爬过，湿滑蜷曲的身体拍打着墙壁发出的声音，蓦然他听出那是雨声，柔和清脆的夏雨，于是他又猛然一头重重栽在枕头上，轻声哭起来。他想着这场斜击地面的雨，雨似乎在说：要浇水的春季植物在哪里呀？要仰赖我而生的新生命在哪里呀？安妮，我们在年轻时看见的爱情绿藤在哪里呀？他昨晚曾在一张揉皱的纸上这么写着。雨会找到等着它、仰赖着它的新生命。落在他的内院中的雨只是多余的。安妮，绿藤在哪里呀……

他圆睁着两眼躺在床上，直到黎明的指尖缓缓升至窗口，就像跃进房间的陌生人一样，就像布鲁诺。然后他下床，扭开灯，拉起百叶窗，回去工作。

二十九

盖伊重重踩住刹车踏板，车子跳了一下，发出一声尖叫，朝一个孩子冲去。脚踏车哐啷一声翻倒在地。盖伊下车，绕着跑到汽车保险杠前，极为痛苦地嘭的一声单膝跪地，抓住小孩的肩膀把他拉了起来。

“我没事。”小男孩说。

“他没事吧，盖伊？”安妮跑过来，脸色跟那个小孩一样苍白。

“我想是吧！”盖伊两膝夹住脚踏车前轮，将脚踏车把手扳正，发觉到那小孩好奇地凝视着他抖得十分厉害的双手。

“谢谢。”小男孩说。

盖伊仿佛观看奇迹似的目视着他跳上脚踏车，踩着踏板离去。他看看安妮，打了个颤，叹叹气，平静地说：“今天我不能再开车了。”

“没关系。”她跟盖伊一样平静地回答，但盖伊知道在她转身走向驾驶座位时，眼神中流露出一丝怀疑。

盖伊回到车内，向福克纳一家道歉，他们喃喃地说，开车者难免会碰到这种事。但盖伊能感觉到他身后的他们真正的缄默，他们因受到惊吓和战栗而缄默。刚才他看到那男孩从巷道骑来。男孩停下来等他开过去，谁想盖伊却让车子突然转向朝小男孩开去，仿佛存心要撞他。他是存心的吗？他心有余悸地点上烟。只是身手不太协调罢了，他心想，两周来这种情形已有上百次了——撞上旋转门啦，甚至不能握住比着尺子划线的笔啦，常感觉做事情心不在焉啦，等等。他顽强地恢复了他正在做的事情，开着安妮的车去奥尔顿看他们的新家。房子已完工，安妮和她母亲上周已给房子装上了窗帘。是上周日接近正午时去的。安妮对他说，她昨天接到母亲的贺信，她母亲还送给她三件织有荷叶边饰的围裙，还有许多可以先放进厨房架的自制果酱。他记得住这些吗？他似乎只能记住口袋里的布朗克斯医院草图，他尚未跟安妮说起。他希望远走高飞，除了工作，什么也不做，谁也不见，连安妮也不见。他偷觑安妮一眼，见她冷静地仰起那张鼻梁略带弓形的脸。她的双手细瘦有力，在它们的熟练操作下，车轮转了个弯，车便开了出去，他突然确定她爱她的车胜过爱他。

“要是有人饿了就快说啊，”安妮说，“还有几英里路呢，这家小商店是最后一家了。”

但没有人感觉饿。

“我希望你们一年至少邀我来吃一次晚餐，安妮，”她父亲说，“来一对鸭子或一些鹌鹑，我听说这附近有个好猎场。你的枪法好吗，盖伊？”

安妮驾车转入通往他们房子的马路。

“还行，伯父。”盖伊口吃了两次，话终于说出了口。他的心鞭打着他快跑，他确信也只有快跑才能安心。

“盖伊！”安妮笑脸相迎。她停下车子，对他耳语道：“进屋小酌一杯吧。厨房里有一瓶白兰地。”

她碰了下他的手腕，盖伊却下意识地抽回了手。他心想，他一定要喝点白兰地或什么的，但他也知道他什么都不想喝。

福克纳太太与他并肩走过新草坪。

“这实在太漂亮了，盖伊！希望你为之骄傲。”

盖伊点点头。房子完工了，他再也不必像在墨西哥旅馆的棕色大书桌上一样，想象房子的模样了。安妮曾想在厨房铺上墨西哥瓷砖，有时她身上有非常多的墨西哥饰物，如皮带、手提包、凉鞋。此刻露在她的斜纹软呢外套下的刺绣长裙就是墨西哥裙。他觉得他一定是不自觉地以蒙特卡罗饭店为蓝本，才导致可怖的桃棕两色的房间，棕色大书桌上布鲁诺的面孔将纠缠他的余生了。

现在离他们结婚的日子只有一个月了。再过四个星期五的夜晚，安妮就会坐在火炉旁的方形绿色大椅子上，她会从墨西哥式厨房呼叫他，他们会在楼上的工作室一起工作。他有什么权利把她和自己囚禁在一起呢？他驻足看着他们的卧室，隐隐察觉到它似乎散乱无章，因为安妮曾说她想要个“非现代”的卧室。

“别忘了跟妈妈道谢，好吗？”她低声道，“那家具是妈妈送的，你知道。”

当然是那套樱木寝具。他想起在那天吃早餐时她跟他说过这件事，想起他绑了绷带的手，和安妮穿着去参加海伦的宴会的那件黑色长裙。但当他应该说些和那件家具有关的话时，他却没有说，后来似乎太迟了。他感觉他们一定知道出了事。世界上的所有人都知道了。他只是莫名其妙地得以缓刑，得以从本来要摧毁他的某个重担下获救。“在考虑新工作吗，盖伊？”福克纳先生边递烟边问。

福克纳先生走上侧门门廊时，盖伊并未注意到他。带着一种自我辩白的感觉，他从口袋里抽出折起的纸，拿给他看，向他做些解释。福克纳先生低下头，陷入沉思，浓密的灰棕色眉毛低垂。他根本没有听我说，盖伊心想。他弯身靠近了些，是要看像黑暗一样包围着我的负罪感。

“奇怪了，安妮完全没跟我提起过这件事啊。”福克纳先生说。

“我先保密。”

“噢，”福克纳先生咯咯笑起来，“是结婚礼物吗？”

过了一会儿，福克纳夫妇开车回那家小店买三明治。盖伊厌倦这座房子，他想让安妮陪他到岩石丘上走走。

“马上好，”她说，“过来。”她站在高高的石炉前，双手搭在他双肩上，凝视着他的脸，她的神情有一丝担忧，但依然充满着对新家的自豪之情。

“这里会陷得更深的，你该知道，”她边用指尖沿着他脸颊上的凹陷划下去边对他说，“我要你多吃点东西。”

“我大概需要睡眠。”他低声说。他对她说自己的工作最近很耗时间；他说他和迈尔斯一样在做代办工作，为了赚钱。

“亲爱的，我们——我们万事满足，你到底在烦什么呢？”

她问过他五六次是不是为婚礼而烦恼，是不是不想娶她了。要是再问，他会说是，但他知道她现在不会在他们的火炉前再问这个问题。“没烦什么啊。”他迅速回答。

“那就别这么拼命地工作了，好吗？”她恳求道，情不自禁将盖伊拥入怀中，心中充满喜悦和期待。

下意识地——仿佛这根本算不了什么，他心想——他吻了安妮，因为他明白她期待自己的吻。她会觉察到，他心想，她总能在一吻之中觉察到最细微的变化，而他也很久没有吻她了。她什么也没说，让他觉得是自己变化太大了，以至于让她难以开口。

三十

盖伊穿过厨房，在后门前一转身说："我真是考虑不周啊，选了厨师休假的晚上来这儿。"

"哪有什么考虑不周的？你会像之前的每一个周四晚上那样过得很好的，就这么简单，"福克纳太太递给他一截在水槽中洗过的芹菜，"不过黑兹尔会为今天不能在这儿亲自做水果酥而大失所望的。今晚你只好吃安妮做的了。"

盖伊来到外面。下午依然阳光明媚，栅栏在番红花和菖蒲花的花床上投下斜长的影子，越过海浪一般起伏的草坪，他看到安妮束在脑后的马尾辫和淡绿色的毛衣。他好几次跟安妮一起在那里拔薄荷和荷兰芹，就在那条小溪旁，那小溪从与布鲁诺厮打过的树林里流出来。布鲁诺已成为历史了，他提醒自己，不见了，消失了。不管杰勒德使了什么法子，总之布鲁诺现在很害怕跟他联系。

他看见福克纳先生漂亮的黑色汽车驶上车道，缓缓驶入敞开的车库内。他突然问自己，他在这里做什么呢？他骗了这儿的每一个人，甚至包括黑人厨师。她喜欢给他做水果酥饼，也许是有一次他称赞过她的点心？他走到梨树树荫下，在这儿安妮和她父亲不那么容易发现他。如果他走出安妮的人生，盖伊心想，会对她有何影响吗？她并未忘记所有的老朋友，她的朋友和特迪那一伙人，那些年轻人，那些花花公子们，他们继承父业，迎娶乡村俱乐部的美女，之前还打打马球，并无伤大雅地上上夜总会。安妮当然与众不同，否则当初他不会对她一见钟情。许多年轻漂亮的女孩选择从事某种职业并工作个几年，仅仅为了在嫁人前有些谈资，安妮不是这样的女孩。但少了他，她还会是这样吗？她常对他说，他是她的灵感，他和他自己的野心都是她的灵感，但自从他遇见她的第一天起，她就拥有同样的天赋，同样的魄力，难道她不能继续下去吗？难道不会有一个像他，且配得上她的人发现她？他开始向她走过去。

“我快弄好了，”她对他大叫，“你怎么不早点来？”

“我赶来了呀。”他笨拙地说。

“你靠在房子边上十分钟了。”

一小截荷兰芹的小枝在溪流中漂流而去，他跳过去营救。他感觉自己像只鼹鼠，把它捞了上来。“我不久会接一项工作，安妮。”

她一脸惊愕地抬起头。“工作？你是指接一家公司的工作吗？”

这是一句更适合用在其他建筑师身上的话。“在一家公司工作，”他没有看她，点了点头，“我想要这份工作，工作稳定且收入颇丰。”

“稳定？”她笑了一下，“可你医院的项目不是还有一年的时间吗？”

“有了稳定的工作，我就不必一直待在制图室里了。”

她站起来。“因为钱吗？你不想要医院的钱吗？”

他转过身，跨一大步，踏上潮湿的河岸。“不全是，”他从齿缝里挤出这句话，“也许有部分这方面的原因！”他数周前决定付了员工薪水之后把他的费用返还给医务部。

“可你说过不要紧呀，盖伊。我们不是说好了，我们都认为——你负担得起的呀。”

世界似乎突然陷入沉寂，仿佛在仔细聆听他们的对话。他看着她把一绺头发梳向脑后，却在前额上留下一块湿泥的污痕。“不会很久的。也许六个月，也许更短。”

“但究竟是为什么呢？”

“我想这么做呀！”

“你为什么想这么做呢？你为什么要当殉道者呢，盖伊？”

他默不作声。

落日余晖透过树枝，突然倾洒在他们身上。盖伊将眉头锁得更紧，借以遮挡眼神。眉毛上还有树林里打斗时留下的白痕——那疤痕永远消除不掉了，他心想。他朝庭院里的一块石头踢了一下，却没踢动。就让她以为是因为帕米拉项目带来的沮丧才接下这个工作的吧。随便她怎么想吧！

“盖伊，对不起。”她说。

盖伊看着她。“对不起？”

她靠近了些。“对不起。我想我知道怎么回事了。”

他依然两手插着口袋。“什么意思？”

她过了很久才开口。“我想这一切，你在帕米拉项目之后的一切不安——我的意思是，连你自己也不知道——都和米里亚姆有关。”

他猛然转身离开。“不，不是，根本不是！”他说话显得如此诚恳，听起来却很像撒谎！他手指插进头发，向后捋着。

“听我说，盖伊，”安妮轻柔而清晰地说，“或许你并不像你所认为的那么想结婚。如果有这方面的原因，就直说，因为这比你以工作为借口更容易让我接受。如果你想等——还想等下去——或者完全放弃，我都能承受。”

她是下定了决心，而且好长时间了，他能从她的平静中感觉到这一点。他此刻就能放弃她，这带来的痛苦会抵消负罪感的痛苦。

“喂，安妮！”她父亲在后门那里大声喊，“你能马上进来吗？我需要些薄荷！”

“马上来，爸爸！”她也喊道，“你怎么办呢，盖伊？”

他用舌头压着上唇，心里想，她是我黑暗森林中的太阳。但他说不出口，只好说：“我说不出——”

“好吧——我此刻比任何时候更需要你，因为此刻你也比任何时候更需要我，”她把薄荷和荷兰芹紧塞在他手里，“想把这些拿给父亲吗？陪他喝一杯。我得去换件衣服。”她转身朝房子走去，脚步并不快，但对盖伊来说，太快了，他想追也追不上。

盖伊喝了几杯加了薄荷的威士忌，那是安妮的父亲用老方法调制的，把糖、波旁威士忌和薄荷放在一只玻璃杯中静置一整天，酒会变得更冰冷，更沁凉。他还喜欢问盖伊是否在其他地方尝过更好的威士忌调酒。盖伊能感觉到他紧绷的神经松弛到何种程度，但他不会醉。他试过几次，结果只是恶心罢了，并没有醉。

黎明之后，他跟安妮一起来到阳台上，此刻他觉得他和第一次夜访她时一样不甚了解她，他突然产生了一股快乐无比的渴望，渴望她爱自己。他记起他们奥尔顿的新居，正等他们于周日婚礼后入住，与安妮共度的一切快乐时光又突然浮现在脑海里。他很想保护她，很想达成一个遥不可及却令他喜悦的目标。据他所知，这恐怕是最积极、最快乐的雄心壮志了。如果要想这样，就只有一条退路。他必须面对的是一部分自我，而非全部的自我，而不是布鲁诺或他的工作。他只须粉碎自我的另一部分而以现在的自我生活，就万事大吉了。

三十一

但这另一个自我可在很多时候侵犯他想保护的自我，而且侵犯方式也多种多样：词语、声音、光线、他的手脚动作；即使什么也不做，什么也不听、什么也不看，内心某个胜利的高呼也会让他震颤。他经过精心筹备，在白蕾丝和亚麻布装点下无比圣洁、无比喜庆而又众望所归的这场婚礼，似乎是他最拙劣的背叛，婚期越近，他越疯狂而无奈地想取消婚礼。直到最后，他只想逃走。

他芝加哥的朋友罗伯特·特雷彻打电话来祝福他，并询问他可否来参加婚礼。盖伊找了个牵强含混的借口打消了他的念头。他觉得这是福克纳家族的事，他们的朋友，他们的家族教堂，而自己的一位朋友出席婚礼会刺穿他的保护层。他只邀请了迈尔斯，他觉得无关紧要——因为自医院委托项目之后，他便不再与他共用一间办公室了——他还邀了蒂姆·欧弗莱厄蒂，他来不了，以及狄姆兹学会的两三位建筑师，他们对他作品的认识比对他的认识还深。可在特雷彻从蒙特利尔打电话来的半个小时后，盖伊又打电话给他，问他能不能当他的伴郎。

盖伊知道他在近一年都未曾想起特雷彻，未回复他上一封信。他未曾想起彼得·里格斯，或是维克·狄波斯特和甘索·哈尔。他以前常到维克夫妇位于布利克街的公寓去拜访他们，也曾带安妮去过那里一次。维克是位画家，盖伊记得他去年冬天还曾邀请自己去参观他的画展。他当时甚至没有回答对方。他依稀记得蒂姆去过纽约，还曾在布鲁诺打电话纠缠他时，打电话来邀他吃午饭，而他却拒绝了。在日耳曼宗教中，盖伊想起，古日耳曼人是根据前来为被指控人做人格担保的朋友数量来判断其是否有罪的。现在有多少人会为他担保呢？他很少抽时间与朋友交往，因为他们并不是那种期望常相聚的人，而现在他觉得朋友们依次在躲避他，仿佛还没见面，他们就已经知道他不再是个值得交朋友的人。

举行婚礼的那个周日早晨，在教堂的祭具室，盖伊慢步走在鲍勃（罗伯特的昵称）·特雷彻身边，他紧紧抓住医院制图项目这个话题不放，把它当成最后的希望，一个他依然存在的证明。他完成了一项出色的工作，鲍勃·特雷彻对他大加赞扬，这足以证明他的创作能力。

鲍勃不再打算跟他交谈，他坐在那里，两臂交叉，胖乎乎的圆脸上一副愉悦而茫然的神情。鲍勃认为他仅仅是紧张。盖伊知道，鲍勃并不明白他有何感觉，尽管他自以为心事都写在了脸上，其实却不然。而这正是他的痛苦所在，一个人的人生竟能如此轻易地充满伪善。令他痛苦的关键因素是他的婚礼，以及朋友鲍勃·特雷彻不再了解他了。还有加了铁格子的带有高窗的石造小祭具室，有如一间囚室。此外，还有外面沙沙的低语，仿佛是急于袭击囚牢以维护正义的民众发出的理直气壮的抱怨。

“你不会碰巧带了酒吧！”

鲍勃惊跳起来。“当然带了，还挺沉的，我全忘了呢！”他把酒瓶放在桌上，等盖伊来取用。鲍勃四十五岁上下，生性谦逊乐观，一副安于单身的样子，而且完全专注于自己的职业，并在业内有很高的威信。

“你先来，”他劝盖伊，“我想单独敬安妮一杯。她真漂亮啊，盖伊。”然后又微笑着轻声补充道，“漂亮得就像一座白色的桥。”

盖伊站着，凝视着已开封的能容纳一品脱酒的酒瓶。窗外的喧闹仿佛在取笑他，仿佛在取笑他和安妮。桌上的酒瓶——这场传统婚礼上疲倦而又诙谐的陪衬仿佛也在取笑他。当年在和米里亚姆的婚礼上，喝的是威士忌。盖伊把酒瓶朝墙角猛砸过去。酒瓶的爆裂声和酒的飞溅声顿时淹没了喇叭的呜呜声、人们的嘈杂声和傻乎乎的风琴颤音，片刻之后，这些声音又渗了过来。

“对不起，鲍勃。实在对不起。”

鲍勃的两眼一直凝视着他。“我一点儿也不怪你。”他轻微一笑。

“不过我会自责！”

“听着，老兄——”

盖伊看得出鲍勃不知该大笑还是该严肃。

“稍等一下，”特雷彻说，“我再去弄些酒来。”

鲍勃正要伸手拉门，门却开了，体型瘦长的彼得·里格斯溜了进来，盖伊向特雷彻作了介绍。彼得一路从新奥尔良赶来参加婚礼。盖伊心想，若是同米里亚姆的婚礼，他大概不会来，因为彼得痛恨米里亚姆。彼得已两鬓灰白，但脸型消瘦，笑起来仍像个十六岁的少年。盖伊迅速地回拥了他，感觉现在的一举一动已失去了意识，就像那个周五夜里走在铁轨上一样。

“时间到了，盖伊。”鲍勃说完打开门。

他和鲍勃并肩而行。走十二步就到祭坛了。那些人在谴责他，盖伊心想。他们因战栗而默不作声，就像福克纳一家人在车后座的表现一样。要到什么时候才会有人干涉并阻止这一切呢？他们还要等多久呢？

“盖伊！”有人喊道。

六，盖伊心里数着，七。

“盖伊！”人群中传来一声微弱却清晰的呼唤，盖伊向左一瞥，随着两名女人回顾的目光，他看到了布鲁诺的脸，再没别人了。

盖伊再定睛一看，那是布鲁诺本人还是幻影？那张脸堆满热切的笑容，灰色的眼睛犀利无比。十，十一，他心里数着。先爬上十二级台阶，跳过第七级……你记得住的，这很有节奏韵律的。他头皮一阵刺痛，这岂不是说明那是幻影而非布鲁诺的证据吗？他在心中祈祷，上帝啊，别让我昏倒！昏倒了倒比结婚好，内心的声音对他大声回应。

他正站在安妮的身旁，布鲁诺跟他们在一起，不是偶然，不是一刻，而是一种状况，是一直存在的状况。布鲁诺、他自己和安妮，正沿着某个轨道前进，而且将一生沿这个轨道前进，直至生命的尽头，因为这是惩罚。他还要寻找什么惩罚呢？

周围人头攒动，都面带微笑地向他点头致意，盖伊则觉得自己像个白痴般一个个回礼。那些是帆船与网球俱乐部的会员们。婚宴上备有自助早餐，大家人手一杯香槟，他自己也端着一杯。布鲁诺并不在此。这里除了戴着帽子、满脸皱纹、洒了香水的老女人之外，没有别人了。福克纳太太揽住他的脖子，亲吻他的面颊，而在她肩后，他却突然看到布鲁诺带着与找到他时同样的笑容，同样锐利的眼神，硬挤了过来。布鲁诺径直走过来，停下，两腿还在摇晃。

“祝你——祝你幸福，盖伊。你并不介意我顺便来访，是不是？这真是个欢庆的场合！”

“滚出去！快点滚离这里！”

布鲁诺的笑容在犹豫之中渐渐淡去。“我刚从卡布里岛回来。”

他声音嘶哑如故。他穿着一件新的蓝黑色斜纹西装，翻领大得像晚宴装一样。“你好吗，盖伊？”

安妮的姨妈满嘴香气地对盖伊啰嗦地耳语了一阵，他也轻声应答，然后转身走开。

“我只想祝你幸福，”布鲁诺申明，“你瞧见了。”

“滚出去，”盖伊说，“门就在你背后。”他绝不能再多说了，他心想，会失控的。

“休战吧，盖伊。我想见见新娘。”

两个中年妇女拉住盖伊，一人拉一只胳膊，把他拖走了。虽然没看到，但他知道布鲁诺面带受伤和不耐烦的微笑退到了自助餐桌旁。

“还能坚持吗，盖伊？”福克纳先生拿走盖伊手中的半满酒杯，“我们到吧台喝点更好的。”

盖伊喝了半杯威士忌，语无伦次地东拉西扯。他确信自己刚才说过，一切都停下，让大家都走开。其实并没有说，否则福克纳先生此刻不会哄然大笑。或者他大笑正是因为自己说了？

盖伊注意到，他们切蛋糕时，布鲁诺在桌子那头看，大部分时间在看安妮。布鲁诺疯狂地笑着，嘴角拉得细长，两眼闪闪发亮，正如他深蓝色领带上的钻石，而且盖伊看到，他的表情和第一眼见到他时一样，融合着渴望、敬畏、坚决和幽默。

布鲁诺走到安妮面前。“我想以前在什么地方见过你。你跟特迪·福克纳是亲戚吗？”

盖伊看着他们握了手。他原以为他会无法忍受，但他忍着，一动不动。

“他是我表哥。”安妮回答，带着轻松的微笑，那笑容与不久前对别人的笑容并没什么两样。

布鲁诺点点头。“我跟他一起打过几次高尔夫球。”

盖伊感到一只手搭在自己肩上。

“能抽一分钟的空吗，盖伊？我想——”是彼得·里格斯。

“抽不出。”盖伊紧跟着布鲁诺与安妮，紧握住安妮的左手。

布鲁诺在她另一边从容地走着，身体笔直，轻松自在，端着装有未吃过的结婚蛋糕的盘子。“我是盖伊的老朋友，一个老熟人。”布鲁诺在安妮的身后对他眨眼睛。

“真的吗？你们是在哪里认识的呀？”

“在学校。老同学了，”布鲁诺咧嘴笑着，“你知道，你是我多年来见过的最美丽的新娘，海恩斯太太。见到你我确实很高兴。”他的语气，并不是想告一段落，而是在自信地强调，安妮不禁又笑起来。

“见到你我也很高兴。”她答道。

“希望能再见到你们。你们打算住哪里？”

“康涅狄格州。”

“康涅狄格州，很好的州啊。”布鲁诺又向盖伊眨了一眼，优雅地鞠躬离去。

“他是特迪的朋友吗？”盖伊问安妮，“是特迪邀请他来的吗？”

“别显得那么担惊受怕，亲爱的！”安妮对他大笑，“我们很快就离开了。”

“特迪人呢？”但找特迪又有什么用，拿此事做文章又有什么意思呢？他在心里问自己。

“两分钟前还在桌子这里看见他呢，”安妮说，“克利斯在那边，我要去打个招呼。”

盖伊转身找布鲁诺，只见他一边吃着煎鸡蛋，一边和两个仿佛被施了魔咒似的对他笑的年轻人高兴地交谈。

不久后盖伊在车内痛苦地想，具有讽刺意味的事情是，安妮从来没有机会真正认识他。他们第一次见面时，他就一直忧心忡忡。现在他的努力似乎见效了，因为他很少如此努力过。也许在墨西哥的那几天他才是真正的自己。

“穿蓝西装的那个人在狄姆兹工作吗？”安妮问。

他们正开车去城外的蒙托克角机场。安妮的一位亲戚把她的小木屋借给他们度蜜月。蜜月只有三天，因为他希望在一个月之内开始在霍顿，霍顿和奇斯建筑公司工作，而在上班之前，他得加班，画好详细的医院设计图。“不是，他在协会。有好长时间了。”不过他为什么要帮布鲁诺圆谎呢？

“他的脸很有意思。”安妮边说边拉直脚踝周围的婚纱，然后将两脚放在前后座中间的活动椅上。

“有意思？”盖伊反问。

“并不是有魅力啦。是神情紧张。”

盖伊咬紧牙关。神情紧张？难道她看不出他疯了？疯得厉害？所有人都看得出来吧？

三十二

霍顿，霍顿和奇斯建筑公司的接待员交给他一份留言，是查尔斯·布鲁诺的来电，留了电话号码。是大格雷特内克区的号码。

“谢谢。”盖伊说完穿过大厅。

假定这家公司记录了往来电话内容呢？他们其实并未记录，但假定他们做了记录，假定布鲁诺哪天顺便来访怎么办？但霍顿，霍顿和奇斯公司内部乱透了，多一个布鲁诺也不怕。不正是因此他才宁愿沉浸在这个令人讨厌的环境里，幻想这是赎罪、幻想自己在这儿会舒服些吗？

盖伊走进带有大天窗和真皮沙发的休息室，点上烟。梅因沃林和威廉姆斯是这家公司旗下的两位顶尖建筑师，正端坐在真皮扶手椅中阅览着公司的报告。盖伊朝窗外看时，感觉到了他们飘来的目光。他们一直关注着他，因为大家都认定他是个极了不起的人，是个天才，这一点小霍顿已向大家作了保证，那么他来这里做什么呢？当然，他可能比大家预料的还一文不名，而且他新婚不久，但除了这一点和布隆克斯医院的委托项目不谈，他显然十分紧张，壮志难酬。一流的人才也有不得志的时候，他们会这么说。那么为什么要顾忌接下一份舒适的工作呢？盖伊俯视着楼下一片片污秽混乱的曼哈顿屋顶及街道，这一切看起来就像是一个规划错误的城市平面模型。他一转头，梅因沃林像个小学生一样移开了目光。

他整个上午都耗在已经接手好几天的工作上。慢慢来，他们对他说。他所做的就是要迎合客户的需要，并在设计图上签上名即可。这个项目是为韦斯特彻斯特市的一个富裕小区建一栋百货公司大楼，而客户要求建成一栋旧式大宅邸样式，和市镇搭调，并略带现代感，懂吗？对方特别点名由盖伊·丹尼尔·海恩斯来设计。盖伊把头脑调至画卡通的状态就能轻易解决此案，但建的毕竟是百货公司，他不得不考虑其实用性。他整个上午涂涂画画，削铅笔，认为还要花四五天的工夫，也就是到下周才能定案，甚至只要是个粗略的概念，就可以向客户展示。

“查尔斯·布鲁诺今晚也会来。”这天晚上安妮在厨房里扯着嗓门说。

“什么！”盖伊绕过隔板进来。

“这不是他的名字吗？就是婚礼上见到的那个年轻人呀！”

安妮正在砧板上把葱切成细丝。

“你邀他来的？”

“他好像听说了此事，打电话来，算是不请自来吧！”安妮回答道，一副漫不经心的样子，让他感觉她可能是在试探他，不禁后背蹿起一股寒意。“黑兹尔——别用牛奶，我的天使，冰箱里有很多乳酪呀！”

盖伊看着黑兹尔在装有搅碎的意大利干酪的碗旁把乳酪罐放下。

“你介意他来吗，盖伊？”安妮问。

“当然不介意，不过他不是我的朋友，你知道。”他不自然地走向置物架，取出擦鞋盒。他怎么能阻止他来呢？会有办法的，然而他心里清楚，哪怕绞尽脑汁也想不出什么办法。

“还说不介意。”安妮笑着说。

“我觉得他算是个没有教养的人，仅此而已。”

“不让别人来参加乔迁喜宴会带来不幸的。你不知道吗？”

布鲁诺抵达时两眼通红。其他客人都在评论新房子，布鲁诺却径直走进砖红色和森林绿的客厅，仿佛早已来过一百次了。或者仿佛他就住在这里，盖伊在向他介绍房内摆设时这么想。布鲁诺咧嘴而笑，很兴奋的样子，注意力全集中在他和安妮的身上，别人问候他也不回应——有两三个人看似认识他的样子，盖伊想——他只回应了来自长岛曼西的柴斯特·波提拿夫人的问候，仿佛见了久违的老朋友一般双手握住她的手。盖伊看着波提拿夫人满脸友善地笑迎布鲁诺时，心里厌恶不已。

“一切都好吗？”布鲁诺拿起一杯酒问盖伊。

“好，很好。”盖伊决定，即使喝醉也要表现镇静。他在厨房已喝了两三杯了。可他却发现自己不由向后退，躲向客厅一角陡峭的螺旋梯。只要一下子，他心想，只要让他能确定方向就好了。他跑上楼，走进卧室，把冰凉的手贴在前额上，又慢慢滑下脸庞。

“对不起，我还在四处探看，”一个声音从房间那头传来，“这房间真棒，盖伊，我要暂时回到十九世纪来好好感受一下呢。”

原来是安妮百慕达念书时的朋友海伦·赫本，她站在大书桌旁。就是小手枪的藏匿之处，盖伊心想。

“请不要拘束，我上来拿手帕。你喝得怎么样了？”盖伊拉出右上方的抽屉，里面有他不想要的枪和他并不需要的手帕。

“哦——还不如你呢。”

海伦正处于另一个“躁狂”期。盖伊思忖着。她是个商业艺术家，安妮认为她是名优秀的商业艺术家，但她只在每季的津贴用完后才工作，然后一下子陷入沮丧。他觉得，自从那个周日晚上他没有陪安妮去参加她的宴会起，她就不喜欢他了。她怀疑他。此刻她在他的房间里做什么？假装什么也没做，难道是喝了酒难受的缘故？

“你总是这么正经吗，盖伊？你知道安妮告诉我她要嫁给你时，我对她怎么说的？”

“你跟她说她疯了。”

“我说呀：‘不过他是太正经啦。他确实很有魅力，或许是个天才，不过他那么正经，你怎么受得了呢？’”她仰起棱角分明、皮肤白皙、满头金发的漂亮脸孔，“你居然不为自己辩白。我打赌你正经得连吻我一下都不敢，对不对？”

他迫使自己上前吻了她一下。

“这能算吻吗？”

“但我的正经不是故意装出来的。”

他走出房间，心想她会告诉安妮，会告诉安妮她十点时发现他在房间里，样子很痛苦。她也许查看了抽屉，发现了那把枪。但他完全不相信有此可能。海伦很愚蠢，他完全想不通安妮为什么会喜欢她，可她不是个爱惹麻烦的人，而且她跟安妮一样不爱窥探。上帝啊，他们住进这里以来，这把手枪不是一直放在与安妮的抽屉相邻的抽屉里的吗？他不怕安妮翻查他的那半边书桌，就跟他不怕她会拆阅他的信件一样。

盖伊走下楼，发现布鲁诺和安妮坐在火炉旁的方沙发椅上。布鲁诺在沙发背上漫不经心地摇晃着酒杯，在沙发布上留下暗绿色的痕迹。

“他在跟我讲新卡布里的情况呢，盖伊，”安妮抬头看着他，“我在想我们可以去那里玩啊。”

“你们要租一整栋房子，”布鲁诺无视盖伊的存在继续说，“租一座城堡，越大越好。我和妈妈就住过一座很大的城堡，一天晚上我竟然找不着进出的门了，我这才知道这个城堡真大，我们永远也走不到城堡的尽头。有一天一户意大利人家正在游廊另一头吃晚饭，当天晚上他们大约有十二人全跑过来，问他们是否能免费为我们工作，条件是让他们住下来。我们欣然应允。”

“那你怎么一句意大利语也没学会？”

“没必要学啊！”布鲁诺一耸肩，声音依然粗哑，和盖伊在脑海中总是听到的一样。

盖伊忙着抽烟，布鲁诺看着安妮的那种贪婪、腼腆以及轻浮的目光，让他如坐针毡，如芒刺在背，比酒精的麻木刺痛还痛。毫无疑问，布鲁诺已恭维过她穿的裙子了，那是盖伊最喜爱的灰色波纹长绸裙，上面有孔雀眼式样的蓝色小图案。布鲁诺总是很留意女人的衣服。

“我和盖伊，”布鲁诺的声音从身后清晰地传来，仿佛他的头是转过来的，“盖伊和我谈过旅游的事。”

盖伊把香烟戳进烟灰缸捻灭，然后直朝沙发走去。“上楼去看看我们的游乐室如何？”他对布鲁诺说。

“当然好了，”布鲁诺站起来，“你玩什么游戏？”

盖伊把他推进一间以红色为底的小房间内，关上身后的房门。“你还想怎么样？”

“盖伊！你喝醉啦！”

“你告诉大家我们是老朋友，是什么企图？”

“没有告诉大家。我只告诉了安妮。”

“你告诉她或任何人，是什么企图？你来这里，又是什么企图？”

“安静，盖伊！嘘——嘘——嘘嘘。”布鲁诺随意摇动着手中的酒。

“警方仍在监控你的朋友，不是吗？”

“还不足以让我担忧啊。”

“滚出去。立刻滚出去。”他尽力控制自己，声音都颤抖了。而他为什么要控制自己呢？装着颗子弹的手枪不就在走廊对面吗。

布鲁诺厌烦地看着他，然后叹了口气，呼吸打在上唇发出的声音就跟盖伊夜里在房间听到的呼吸声一样。

盖伊微微绊了一下，令他恼怒不已。

“我觉得安妮很美。”布鲁诺愉悦地评论道。

“如果我再看到你跟她说话，我会杀了你的。”

布鲁诺的笑容淡了些，随后似乎笑得更灿烂了。“这是威胁吗，盖伊？”

“这是誓言。”

半小时之后，布鲁诺醉倒在他和安妮一直坐着的沙发背后，他倒在地板上的身影看起来极为细长，头倚在大壁炉的石座上，显得很小。三个人抬起他，却不知该怎么处理。

“把他抬到——我想，抬到客房去吧。”安妮说。

“这是个好兆头，安妮，”海伦大笑，“就是有人爱在人家的乔迁喜宴上过夜，你知道。这是第一位吧？”

克利斯托夫·尼尔森走到盖伊跟前。“你在哪里遇到他的？他常在大格雷特内克区俱乐部醉倒，他不能再搭车了。”

盖伊在婚礼过后向特迪查问过了，特迪并未邀请布鲁诺来，特迪不喜欢他，对他的情况一无所知。

盖伊拾级而上，走进楼上工作室，关上了门。他的工作台上摆着那家荒谬的百货公司未竟的草图，良心驱使他把它带回来，这周末完成。熟悉的线条，现在因喝了酒而模糊不清，几乎让他恶心。他拿出一张白纸，动手设计他们想要的百货公司大楼。他知道他们想要的是什么，他希望能在呕吐感到来之前完成，并且能在完成后病得像狗一样。但设计完成时他并没有呕吐，只是背靠在椅子上，最后走过去打开一扇窗子。

三十三

百货公司大楼的设计先后获得了霍顿父子以及新罗谢尔的客户霍华德·温德姆汉先生的认可和高度称赞。为了看设计图，温德姆汉先生周一下午很早就来到了办公室。作为对自己的犒劳，在这天接下来的时间里盖伊都待在办公室，边吸烟边翻看一本由摩洛哥羊皮革封面装帧的《一个医生的宗教信仰》[1]，这是他从布伦塔诺书局给安妮买的生日礼物。他纳闷着，他们接下来会派什么工作给他呢？他迅速地翻着书本，想起他和彼得以前所喜欢的一句话……没有肚脐的那个人仍活在我身体里……今后还有什么残忍之事要他来做呢？他已完成了一项任务。这还不够吗？再有一个像百货公司一样的项目将令他难以忍受。这不是自怜，仅仅是人生。如果有什么自责的，那就是他还活着。他从制图桌前站起来，走到打字机前，开始打辞职信。

这天晚上安妮执意要一起出去庆祝。她非常高兴，喜气洋洋，盖伊觉得他自己的精神也振奋了些，但还是不明朗，就像风筝想在无风之日飞升上天一样。他看着她用纤细灵巧的手把头发紧拉至两侧，并用长发卡别住后面的头发。

“还有，盖伊，我们不能现在就开船去玩吗？”他们下楼走进客厅时，她问盖伊。

安妮仍对乘印度号的豪华游轮沿海岸线航行一事念念不忘，那是他们推迟了的蜜月旅行。盖伊本来打算全神贯注于医院的设计图，可此刻却觉得没法拒绝安妮。

“你觉得我们多久才能出发？要五天？还是一周？”

“也许五天吧！”

“噢，我刚想起来，”她叹了口气，“我要等到二十三号。有人对我们所有的棉制品很有兴趣，他要从加州赶过来。”

“这个月底不是有服装秀吗？”

“噢，莉莲可以处理此事的，”她笑了，“你能记得这件事真是太好了！”

她在戴豹皮大衣的兜帽时，他在一旁静静等着，一想到她下周要跟加州来的人艰难地讲价钱，他心里就觉得很搞笑。她不会把这事交给莉莲的。安妮主管店内业务。他第一次看到了咖啡桌上的长茎橙花。“这些花是哪来的？”他问。

“查尔斯·布鲁诺送的。还附有一张小卡片，为周五晚上醉酒的事表示歉意，”她大笑，“挺可爱的。”

盖伊盯着花。“是什么品种？”

“非洲菊。”她为他打开前门，两人出门上了车。

那些花取悦了她，盖伊心想。但他知道，自宴会夜晚以来，她对布鲁诺的印象已经下滑了。盖伊又想，由参加宴会的人的百分比来看，此时他和布鲁诺的关系多么密切啊。警方可能随时前来调查。他提醒自己，他们会来调查他的。而他为何不多加关心？不管那会是一种什么样的境遇，他都不再能说得出自己的心境了。是辞

1. 该书的作者托马斯·布朗（1605—1682）是位英国作家和外科医生。他的作品被视为英国散文的经典力作。《一个医生的宗教信仰》一书探讨了宗教与科学的关系，并试图调和不同教派间的冲突。这本书被广泛阅读，并被翻译成了好几种语言。

职吗？还是自杀？或者就这么傻傻地潜伏着呢？

接下来无聊的几天里，他被迫待在霍顿，霍顿和奇斯公司，为那栋百货公司进行内部设计，他甚至自问，要是自己没疯的话，自己是否已经精神错乱了。他记得周五那晚之后的一周左右，他的安全，他的存在，似乎都悬在一座精巧的天平上，一丝精神的崩溃即可让两者瞬间颠覆。而现在这种感觉已全然消失。但他依然梦见布鲁诺侵入他的房间。若恰好在黎明之时醒来，他仍能看到自己持枪站在房间之内。他依然觉得必须尽快找到某种赎罪方式，尽管这种赎罪方式会让自己所能想到的一切贡献和牺牲都显得那么微不足道。他觉得体内仿佛有两个人，一个人能创作，并让他在创作时感觉与上帝心有灵犀，另一个则会杀人。“任何一种人都会杀人。”布鲁诺在列车上说过。他还是两年前在梅特卡夫向傅比·卡特莱特解释悬臂原理的那个人吗？不是，他也不再是设计医院、设计百货公司，或是上周就后院草坪上金属座椅的颜色盘算了半个小时的那个他了，而是昨晚顾影自怜时，一眼就看见了像秘密兄弟般的杀人凶手的那个人。

与安妮一同搭乘白船的时间已不到十天了，他又怎能在桌前想谋杀之事呢？上天为什么要把安妮赐予他，为什么要赐予他爱她的力量呢？他这么爽快就答应去乘船出游，只是因为他想度过三周不被布鲁诺威胁的日子吗？布鲁诺若有心，绝对有能力把安妮从他身边夺走。这一点他供认不讳，并一直在设法面对。但他心里明白，自从他看见他们在一起、自从婚礼那天起，这种可能性已成了一种恐惧。

他站起来，戴上帽子，出去吃午饭。走过大厅时，听到总机的呼叫，女接待员叫住他。

“请您来这里接电话，海恩斯先生。”

盖伊拿起话筒，心里知道那是布鲁诺，他知道他会答应布鲁诺今天某时来见他。布鲁诺邀他一起吃午餐，盖伊答应十分钟内在马里奥别墅园餐厅跟他会面。

这家餐厅的窗上挂着粉白两色相间的窗帘。盖伊感觉布鲁诺仿佛已设下陷阱，侦探——而非布鲁诺——可能会躲在粉白相间的窗帘后。但他不在乎，一点儿也不在乎。

布鲁诺在吧台前看见了他，咧嘴笑着滑下凳子。他又能昂首阔步了，盖伊心想，与布鲁诺齐肩而行。布鲁诺一手搭在盖伊的肩上。

“嗨，盖伊。我订了这排最靠里的位子。”布鲁诺穿着那件锈褐色的旧西装。盖伊想起第一次随着那对长腿在摇晃的列车上走到卧铺车厢的情景，但这个回忆现在已引不起他的悔恨了。实际上，他同情布鲁诺，夜里有时会有这种感觉，但白天从未有过，而如今情况不同了。甚至对于布鲁诺对他能前来与其共进午餐而表露出的满足，也引不起他的厌恶了。

布鲁诺点了鸡尾酒和午餐。他为自己点了烤肝，他说最近在节食，又给盖伊点了火腿蛋松饼，因为他知道盖伊喜欢吃。盖伊仔细查看离他们最近的桌子，四位衣着光鲜、年近四十的女士让他深感迷惑并且内心起疑，她们四人眯着眼睛微笑着，人手一杯鸡尾酒。她们身后，一位营养过剩、欧洲人长相的男子正朝桌子对面看不见脸的同伴微笑着。服务生们热心地奔忙招待客人。这一切可能是疯子创作并演出的，以他和布鲁诺为主角，而且是最疯狂的一出戏吗？因为他看到的每个动作，听到的每一句话，都似乎笼罩着宿命的英雄般的阴郁。

“喜欢吗？”布鲁诺说，“我今天早上在克莱德男装店买来的。

都是镇上最好的。夏天用的。”

盖伊低头看着布鲁诺打开的四个领带盒，领带盒子与盖子叠加在一起。有针织的，丝质亚麻布的领带，以及上等亚麻布制的淡紫色蝴蝶领结。有一条浅绿色山东绸[1]领带，面料跟安妮的连衣裙一样。

布鲁诺大感失望，因为盖伊似乎不喜欢这些领带。“太花哨了吗？都是夏用领带。”

“还不错。”盖伊说。

“我最喜欢这一条，从来没见过这样的领带呢。”布鲁诺拿起白色针织领带，中央有一条纵贯的细长红色条纹，“一开始是想给自己买的，现在想送给你。只送给你，我的意思是。这些都是给你的，盖伊。”

“谢了。”盖伊感到上唇不悦地抽动了一下。他可能是布鲁诺的情人，盖伊突然想，布鲁诺给他带了礼物，一个和平的馈赠。

“祝旅途愉快。”布鲁诺举杯说。

布鲁诺今天早上跟安妮通过电话，他说安妮提到了这趟乘船出游。布鲁诺一再神往地对他说，他觉得安妮是多么出色啊。

“她看起来那么清纯。你当然很难看到一个——一个像她那样令人愉快的女孩。你一定非常快乐，盖伊。”他希望盖伊会说些什么，说些或多或少解释他为什么快乐的一句话或一个字也好。但盖伊什么也没说，布鲁诺觉得被拒于千里之外，有一团令他透不过气的东西从胸口一直升腾至喉咙。盖伊对此事有什么好气的呢？布鲁诺很想把手放在盖伊随意置于桌沿的拳头上，像个兄弟一般就碰他一下，但他强忍住了。“她是立刻就喜欢上你了，还是你认识了她好久她才喜欢上你的呢，盖伊？”

---

1. 一种具有粗糙、丛状表面的重质织物，用纺织的野生丝制成。

盖伊听见他又问了一遍。这似乎是很久以前的事了。“你怎么能问时间呢？这是个事实。”他瞥了一眼布鲁诺那狭长而慢慢鼓胀的脸，瞥了一眼他那一绺让他前额略显犹豫的翘起的头发，但布鲁诺的眼神比当初见他时自信多了，也不那么敏感了。因为他现在有自己的钱了，盖伊心想。

“是啊。我明白你的意思。”但布鲁诺并不太明白。即使杀人之事缠绕着盖伊，盖伊跟安妮在一起依然很快乐。即便盖伊破产了，他跟安妮在一起还会很快乐。此刻布鲁诺想起自己曾有过要给盖伊钱的想法，不禁有些畏缩。他似乎听见盖伊说“不要”的语气，似乎看见他的眼神蓦然收回，顷刻拒他于千里之外。布鲁诺知道，无论他多有钱或者可以用钱做什么事，他永远无法拥有盖伊所拥有的东西。他发现，把母亲据为己有并不能确保自己幸福。布鲁诺迫使自己露出笑脸。“你觉得安妮真的喜欢我吗？”

“没错。”

“除了设计她都喜欢什么？她喜欢烹饪之类的事情吗？”布鲁诺看着盖伊拿起马蒂尼，三口就喝光了，“你知道。我只是想知道你们在一起都做什么，比如散步啦，玩填字游戏啦。”

“我们就做这一类事情。”

“晚上你们做什么呢？”

“安妮有时晚上工作。”他的心思轻而易举地滑向楼上的工作室，仿佛他从未和布鲁诺坐在一起一样，他跟安妮晚上常在那里工作，安妮有时会找他说话，或是给他看某样东西，让他点评一番，仿佛她的工作非常轻松。她将画笔插进水杯快速搅动发出的哗哗声，简直就是笑声。

“两个月前我在《时尚芭莎》杂志上看到她和其他一些设计师的

照片。她很优秀，不是吗？”

“是很优秀。”

“我——”布鲁诺两只前臂交叠地放在桌上，“你和她在一起这么快乐，我真高兴。”

他当然快乐了。盖伊感觉两肩放松了，呼吸也更顺畅了。然而此刻，他很难相信安妮是属于他的。她简直就像女神，来到人间从必然丧命的战场上拯救他；她就像是神话中拯救英雄的女神，然而故事结尾却常加入一些与主题无关或是不公平的元素，这些元素在他童年读神话故事时每每令他大吃一惊。在不眠之夜，在他披着睡衣和外套偷偷溜出去走到岩石山丘上的夜里，在幽静、淡漠的夏夜，他不许自己想起安妮。“机器女神。”盖伊喃喃自语。

“你说什么？”

他为什么要跟布鲁诺在这里同桌吃饭呢？他想跟布鲁诺打架，他想哭。但突然间他感到诅咒消融在怜悯的洪流里。布鲁诺不知如何去爱，而这正是他需要的。布鲁诺太迷惑了，太盲目了，因而无法去爱或是激起爱情。突然之间，这一点似乎变得很悲惨。

“你从未坠入过爱河吗，布鲁诺？”盖伊见到布鲁诺眼中闪现出的罕见的倔强。

布鲁诺示意又要了一杯酒。“是啊，从未真正坠入过爱河，我想！”他润了润嘴唇。他不但从未坠入过爱河，而且不很在乎与女人同床共眠。那是件很傻的事，自己是退到某地站着观看自己，他从来都无法停止这么想。有一次，很差劲的一次，布鲁诺咯咯笑起来。听到自己的笑声，布鲁诺挪动了一下。盖伊能埋头于女人堆中，能因为米里亚姆差点自杀，他觉得这是他与盖伊之间最令人痛苦的不同。

盖伊看着布鲁诺，布鲁诺目光低垂。布鲁诺在等待，仿佛在等盖伊告诉他该如何坠入爱河似的。“你知道世界上最伟大的名言吗，布鲁诺？”

“我知道很多名言，”布鲁诺笑嘻嘻地说，“你指的是哪一条？”

“世间万物的正反两极同生共存。”

“异性相吸吗？”

“太简单了。我是指——你送我领带。我会想到你可能事先让警察在这儿等我。”

“看在上帝的分上，盖伊，你是我的朋友！”布鲁诺迅速回答，突然异常亢奋，“我喜欢你啊！”

我喜欢你，我并不恨你，盖伊心想。但布鲁诺不会这样说，因为布鲁诺真的恨他。正如他绝不会对布鲁诺说我喜欢你，反而会说我恨你一样，因为他真的喜欢布鲁诺。盖伊咬紧下颚，一只手来回揉搓前额。他似乎看见一对正反意愿相互平衡，让每项行动尚未开始就陷于瘫痪了。比方说，正因为如此，他还坐在这里。他突然跳了起来，新送上来的酒溅在了桌布上。

布鲁诺盯着盖伊，惊骇不已。“盖伊，怎么了？”布鲁诺紧追其后，“盖伊，等等！你并不认为我会做出那样的事吧，是吗？我无论如何也不会那样做！我永远都不会那么做！”

“别碰我！”

“盖伊！”布鲁诺快要哭了。大家为什么要那样对他呢？到底为什么？他在人行道上大喊：“永远也不会！给我一百万元也不会！相信我，盖伊！”

盖伊推了一下布鲁诺的前胸，关上出租车门。他知道，布鲁诺说什么也不会出卖他，但若万事都变得如他所想的那样模糊不清，他又如何能确信不疑呢？

三十四

“你跟盖伊·海恩斯太太什么关系？”

布鲁诺早料到了。杰勒德有他最近的账单，知道他给安妮送过花。“朋友关系，我是她丈夫的朋友。”

“噢，朋友吗？”

“熟人。”布鲁诺耸耸肩，知道杰勒德会认为他想吹牛，因为盖伊很有名。

“认识很久了吗？”

“不很久。”布鲁诺横躺在安乐椅上，无精打采地伸手够打火机。

“你怎么正好送花呢？”

“我想是心情好吧！那天晚上我正好要去参加在那里举办的宴会。”

“你跟他那么熟？”

布鲁诺又耸耸肩。“普通宴会嘛。他可是我们逢谈建筑便会想起的建筑师呀！”布鲁诺脱口而出，还挺不错的，他心想。

“马特·莱文。咱们回头谈谈他。”

布鲁诺叹了口气。跳过盖伊不问，也许是因为他出城去了，也许就只是跳过他不问。现在是马特·莱文——他们没有统一过口径，他在杀米里亚姆前常跟马特见面，当时并没料到会被抓住把柄。“他怎么了？”

“你在四月二十四日，二十八日和三十日，三月二日、五日、六日和七日，以及谋杀案发生的前两天，曾多次与他见面，这你如何解释？”

“有吗？”他笑了起来。前一次杰勒德只掌握了三个日期为证。反正马特也不喜欢他。马特大概也说尽最坏的事了吧。“他想买我的车呀！”

“而你也有兴趣卖？为什么？因为你认为不久之后就能买一辆新车吗？”

“是想卖了买一辆小车，”布鲁诺心不在焉地回答，“就是车库里那辆克罗斯利。”

杰勒德微笑了一下。“你认识马克·列夫多久了？”

“自他还叫马克·列维茨基的时候起，”布鲁诺反唇还击，“再往前追溯，你就会查出苏俄时期他杀了生父。”布鲁诺瞪着杰勒德。“生父”一词听来好笑，他不该这么说，但杰勒德想拿别名来耍小聪明！

“马特也不喜欢你，这是怎么回事？难道是因为你们不能达成一致吗？”

“就车子一事吗？”

“查尔斯。”杰勒德耐性十足地说。

“我没有说什么啊。”布鲁诺看看他咬来咬去的指甲，再次想到马特有多么符合赫伯特对凶手的描述。

“你最近不常和厄尼·施罗德碰面。”

布鲁诺厌烦地回答着。

三十五

盖伊光着脚，穿着白帆布长裤，在印度号前甲板上两腿交叠而坐。长岛才刚进入眼帘，但他还不想看它。船身似曾相识地轻轻摇晃，愉快而亲昵地摇着他。上次他在餐厅跟布鲁诺见面的那天，似乎是疯狂的一天。当时他肯定是发疯了。安妮肯定看出了这一点。

他勾着手臂，捏起肌肉表层薄薄的黝黑皮肤。他和埃贡一样黝黑。埃贡是他们一开始从长岛码头乘船出游就雇用的随船水手，有一半葡萄牙血统。盖伊身上只有右眉的小疤是白皙的。

海上的三周，他感觉到一种前所未有的平静与认命感，若是一个月前他一定会说这些都与他无关。他渐渐感觉到无论什么赎罪方式，都是他命运的一部分，而且跟他命运的其他部分一样，自动降临，用不着去找寻。他一向很相信他对命运的感觉。童年时代和彼得一起时，他就知道自己不只是会做梦，而且不知何故他也知道彼得除了会做梦什么也不会，他知道自己会建造许多知名的大楼，知道他的名字会在建筑界占有一席之地，最后——他一向认为这似乎是最伟大的成就——他会建一座桥。将会是一座白桥，有着鹰翼般的跨度，自孩提时代他就在憧憬着，就像他建筑书中的罗伯特·梅拉特的弯曲白桥一样。也许这么地相信命运是种狂妄自大。但另一方面，还有谁能比遵从自己命运的人更加真诚谦恭呢？这起谋杀似乎是暴虐的起点，一项违抗命运的罪过，现在他相信那可能也是他的命运。别的想法都不可能。如果真是这样，命运将会给他一条赎罪之路，也会赐予他力量去赎罪。而如果死亡先行降临，命运将会赐予他力量去迎接，也会赐予安妮足够的力量去迎接。很奇怪，他感觉比大海中最小的鲽鱼还卑微，却又比地球上最巍峨的山峰更强大。但他并不是自大。他的自大曾经是一种防御，在与米里亚姆决裂时达到最高峰。而早在被她迷住又穷得可怜的时候，他不就已经知道他会找到一个自己喜爱、也永远爱自己的女人吗？海上这三周，他和安妮变得空前亲密，空前和谐，而且合二为一，这不正是他找到真爱的最佳佐证吗？

他脚跟一旋，转过身，看见她背倚在船桅上。她低头凝视着他，嘴角露出微笑，盖伊心想，这有些压抑的骄傲笑容就像一位帮助子女平安熬过病痛的母亲的笑容，于是盖伊也报以微笑，惊讶自己竟能如此坚信她从不犯错而且行为永远得当，尽管她也只是个凡人。他甚至惊讶自己竟能拥有她。然后他低头瞅着相互扣合的双手，心里思谋着明天就要着手的医院设计，想着即将来临的所有工作和未来的命中注定的事情。

几天后的一个晚上，布鲁诺打来电话，说他就在附近，想过来一叙。他的声音很清醒，却显得沮丧。

盖伊叫他别来。他冷静而又坚决地说他和安妮都不想再见他，但即使在说话之时，他也能感到耐心在迅速地消失，过去几周的清醒神智也在他们狂乱的对话中全然崩溃。

布鲁诺知道杰勒德还未找盖伊谈过。他认为杰勒德不会对盖伊多加诘问。但盖伊的声音如此冷淡，布鲁诺现在实在无法告诉他，杰勒德已掌握了他的名字，可能会找他问话，也无法告诉他从现在起他打算与盖伊绝对私密地见面——不再参加宴会，更不共进午餐——只要盖伊同意。

“好吧！”布鲁诺轻声回答，然后挂了电话。

接着电话铃声再次响起。盖伊皱着眉，捻灭他刚松了一口气才点燃的烟，接起电话。

“喂……我是秘密侦探局的阿瑟·杰勒德……”杰勒德问他自己是否能过来一趟。

盖伊挂断电话，转身谨慎地扫视了一遍客厅，努力排除掉杰勒德刚才搭线窃听他与布鲁诺的谈话，以及刚逮捕了布鲁诺的可能。他上楼告诉了安妮这件事。

“私家侦探？”安妮十分惊讶地问，“怎么回事呀？”

盖伊犹豫了一下。他犹豫过头的地方太多太多了！该死的布鲁诺！该死的他竟与自己纠缠不清！“我不知道。”

杰勒德迅速赶来。他彬彬有礼地低头吻了安妮的手，为打扰了他们的夜晚而道歉，之后又礼貌地跟他们谈些房子和房前的狭长花园的情况。盖伊有些惊愕地盯着他。杰勒德看起来呆板疲倦，略显邋遢。也许布鲁诺对他的看法并非完全错误。他口齿笨拙而又心不在焉，无法让人想到侦探特有的精明。接着杰勒德笃定地抽着雪茄，端着加冰威士忌，盖伊从他淡榛色的眼眸中捕捉到了机灵之神情，也在他短胖的双手间捕捉到了精力无穷之象。这时的盖伊深感不安。杰勒德看起来莫测高深。

“您是查尔斯·布鲁诺的朋友吗，海恩斯先生？”

“是的。我认识他。”

“也许您大概已经知道，他父亲三月份遇害了，凶手目前正逍遥法外。”

“我不知道这回事！”安妮说。

杰勒德的视线慢慢地从她身上转回到盖伊身上。

“我也不知道。”盖伊说。

“您跟他不很熟？”

“知之甚少。”

“你们何时何地认识的？”

“在——”盖伊瞥了一眼安妮，“帕克艺术协会，我想大约是去年十二月左右吧！”盖伊觉得已进入了陷阱，他竟套用了布鲁诺在他们婚礼上的轻率回答，仅仅因为安妮听过布鲁诺这么说，而安妮说不定都忘了呢，盖伊心想。杰勒德看着他，仿佛完全不相信他的话。布鲁诺为什么不提醒他有杰勒德这等人物呢？他们为什么不统一口径，采用布鲁诺提议的他们是在镇中心某家酒吧认识的说法呢？

“您再见他是什么时候？”杰勒德最后问。

“啊——我六月份的婚礼上。”他觉得自己最好装出一副尚不知审问目的的困惑样子。幸好，他心想，幸好他向安妮保证过，布鲁诺说他们是老朋友的说法只是布鲁诺开的玩笑。“我们并未邀请他。”盖伊补上了一句。

“他不请自来了？”杰勒德一副了解内情的样子，“不过您确实邀请他参加了你们七月的宴会吧？”他也瞥了安妮一眼。

“他打电话过来，”安妮说，“问他是否能来，所以——我就说可以。”

杰勒德接着问，布鲁诺是不是经由他某位要应邀赴宴的朋友得知宴会之事的，盖伊说有此可能，又说出了那天晚上对布鲁诺微笑的金发女人的名字。盖伊没有别的名字可说了，因为他没有看见布鲁诺跟任何人在一起。

杰勒德靠回椅背，笑着说：“您喜欢他吗？”

“还好。”安妮最后很有礼貌地回答。

“还可以，”盖伊说，因为杰勒德在等他回答，“他似乎有点强人所难。”他的右半边脸隐入阴影中。盖伊心想杰勒德是否在搜寻他脸上有无疤痕。

“多少可以说他是英雄崇拜，权势崇拜，”杰勒德笑了起来，那笑容看起来已不再真诚，或许他从未真诚过，“抱歉，问了这么多问题，打扰您了，海恩斯先生。”

五分钟后他便离开了。

“这什么意思？”安妮问他，“他是怀疑查尔斯·布鲁诺吗？”

盖伊拴上门，走回来。“他大概是怀疑他熟识的某个人。他可能认为布鲁诺知道些什么，因为他非常恨他父亲。查尔斯是这么告诉我的。”

“你觉得查尔斯可能知情吗？”

“不知道。怎么知道呢？”盖伊取出一根烟。“我的上帝。”安妮站在那里，呆呆地看着沙发的一角，仿佛依然能看见宴会那一晚坐在那里的布鲁诺。她低声感叹：“人生真是千奇百怪啊！”

三十六

“听着，”盖伊紧张地对着话筒说，“听着，布鲁诺！”盖伊从未听过布鲁诺的声音如此醉醺醺，但他决意要让自己的话印在他混沌的脑海里。但突然又想到杰勒德可能跟他在一起，于是又战战兢兢地放柔了声音。他发现布鲁诺一个人在电话亭里。“你跟杰勒德说我们是在艺术协会认识的吗？”

布鲁诺回答是。话筒中传来他酒醉含糊的喃喃之语。布鲁诺想过来。盖伊没有办法让他再铭记杰勒德已经问过话的事。盖伊重重地甩上电话，一把拉开衣领。布鲁诺竟在这个时候打电话给他！杰勒德已经让他清楚地认识到了自己所处的危险。盖伊觉得必须与布鲁诺断绝关系，这比跟他串供更迫切。最令他懊恼的是，他无法从布鲁诺的胡言乱语中听出他发生了什么事，甚至是他的心情如何。

门铃响起时，盖伊和安妮正一起在楼上的工作室里。

他微启房门，布鲁诺一把将门推开，踉踉跄跄地走进客厅，瘫倒在沙发上。盖伊来到他跟前，气得说不出话来，紧接着一阵厌恶。布鲁诺粗胖泛红的脖子快要把衣领撑破了。他与其说是醉酒，不如说是浑身肿胀，仿佛是死后的浮肿让他全身肿胀，连深陷的眼窝也胀满了，暗红的双眼很不自然地向前突着。布鲁诺抬头看着他。盖伊跑去打电话叫出租车。

“盖伊，谁来了？”安妮在楼梯上面低声问。

“查尔斯·布鲁诺。他喝醉了。”

“我没醉！”布鲁诺突然抗议道。

安妮走下一半楼梯就看见了他。“我们不该把他带上楼吗？”

“我不要他留在这里。”盖伊正在查电话簿，想找一家出租车公司的电话。

“是——是！”布鲁诺嘶嘶道，活像一只泄气的轮胎。

盖伊转过身。布鲁诺一只眼瞪着他，那只眼睛是尸体般横在地上的身体中唯一的生命点。他在很有节奏地咕哝着。

“他在说什么呀？”安妮向盖伊靠近了些。

盖伊走到布鲁诺跟前，揪住他的前襟。那喃喃的痴呆吟唱让他恼怒不已。他揪住布鲁诺想把他拉起来，只见布鲁诺的口水滴到了他手上。“起来，滚出去！”然后，他听到：

“我会告诉她，我会告诉她——我会告诉她，我会告诉她，”布鲁诺单调地吟唱着，狂野的赤目瞪着上方，“不要把我送走，我会告诉她——我会——”

盖伊憎恶地放开他。

“怎么回事呀，盖伊？他在说什么？”

“我会把他弄到楼上去。”盖伊说。

盖伊使尽全身力气想把布鲁诺背在肩上，但他敌不过布鲁诺松软无力的重担。最后盖伊让他四肢伸展躺在沙发上。他跑到前窗口。外面没有车子。布鲁诺可能是从天而降的吧。布鲁诺安静地睡着，盖伊则坐直身子边抽烟边看着他。

凌晨三点左右布鲁诺醒来，为了保持平静，又喝了两杯酒。过了一会儿，除了肿胀之外几乎一切正常，他醒来发现在盖伊家里，十分高兴，全然不记得自己是怎么来的了。“我跟杰勒德又赛了一个回合，”他笑道，“三天。看报纸了吗？”

“没有。”

“你可真优秀，连报纸都不看！”布鲁诺轻柔地说，“杰勒德正在紧追一条错误的线索——我的骗子朋友马特·莱文。他没有那天夜里不在场的证据。赫伯特认为凶手可能是他。我跟他们三人一直谈了三天。马特可能逃不掉了。”

“会因此而送命？”

布鲁诺迟疑片刻，依然面带笑容。“不会送命，只是承担罪罚而已。他现在有两三件命案在身。警方很乐意抓他。”布鲁诺颤抖起来，于是喝干杯中剩余的酒。

盖伊真想拿起他面前的大烟灰缸砸烂布鲁诺肿胀的头，烧尽那股只有杀了布鲁诺或他自己才不会再增强的紧张感。他两手扳住布鲁诺的双肩。“你滚出去好吗？我发誓这是最后一次了！”

“不。”布鲁诺平静地说，并无任何反抗，盖伊又看到他们在树林打斗时他脸上的那种对痛楚、死亡漠不关心的表情。

盖伊两手托住自己的脸，感觉手中的脸扭曲了。“如果他们归罪于马特，”他低声说，“我会供认全部实情。”

“噢，他们不会归罪于他的。他们没有足够的证据。这是个玩笑呀，孩子！”布鲁诺咧嘴笑着，“马特是有错误证据的适合人物，而你将是有正确证据的不适合人物。你是重要人物，看在上帝的分上！”他从口袋里掏出某件东西交给盖伊，“我上周发现了这个。很不错，盖伊。”

盖伊看着以哀凄的黑色为背景的“匹兹堡商店”的照片。这是从现代美术馆取得的小册子。他读着册子上的文字：“盖伊·丹尼尔·海恩斯，年近三十，传承赖特传统，现已独树一帜，此风格以毫不僵硬的严谨简洁而著称，也以他所称的‘吟咏’的雅致而闻名……”盖伊紧张地合上册子，对美术馆发明的“吟咏”一词深感厌恶。

布鲁诺把小册子收回口袋里。“你是个顶尖人物。只要你鼓起勇气，他们能让你扭转乾坤，而绝不会起疑的。”

盖伊低头看着他。“这绝不是你来见我的理由。你为什么这么做？”但他知道为什么，因为他与安妮在一起的生活令布鲁诺着迷，也因为自己能从与布鲁诺的会面中得到某种东西，某种倔强而舒缓的折磨。

布鲁诺看着他的神情，仿佛他知道闪过他脑际的一切想法。“我喜欢你，盖伊，但你要记住——他们手握不利于你的证据比不利于我的还要多得多。如果你去告发我，我能设法脱身，但你就没门了。因为有了赫伯特可能记得你的这个事实，而且安妮可能也记得你在那段时间前后的怪异行为，还有刮伤和疤痕，再加上他们会摆在你眼前的所有小线索，如手枪和手套碎片——”布鲁诺深情地一一列举着，就像是回忆陈旧的记忆，“我打赌，有我跟你对抗，你会崩溃的。”

三十七

安妮一对他大声喊叫说她看见船上有凹痕，盖伊就知道是怎么回事了。他本来打算修理的，却忘了。起初他说不知道怎么会有凹痕，然后又说知道。他说，他上周驾船外出，船身撞上了一座浮标。

“别太难过，”她嘲弄他说，“不值得。”她站起来拉住他的手，“埃贡说过有一天下午你乘船外出，这是你绝口不提这件事的原因吗？”

“我想是的。”

“你是独自一人乘船外出的吗？”安妮略展笑颜，因为他不是技术好到可以独自乘船外出的人。

有一天布鲁诺打电话过来，坚持说他们该外出航行一下。杰勒德在马特·莱文这条线上刚碰了壁，每个地方都碰了壁，因此布鲁诺坚持他们应该庆祝一番。“有一天下午我跟查尔斯·布鲁诺一同乘船外出。”他说。他那天也随身带着枪。

“没关系，盖伊。只是你为什么又跟他见面呢？我以为你讨厌他呢。”

“一时兴起吧，”他喃喃地说，“那两天我都在家里做那件工作。”安妮嘴上说没关系，其实有关系，盖伊心里明白。安妮把印度号上的黄铜和涂白漆的木头都擦得光亮无瑕，就像是用金子和象牙做的东西一样。还有布鲁诺！现在她不信任布鲁诺了。

“盖伊，他不会是那天晚上我们在你的公寓门前看到的那个人吧，对吧？那个在雪地上跟我们说话的人？”

“是。是同一个人。”盖伊无助地紧握着口袋里沉甸甸的左轮手枪。

“他对你有什么兴趣？”安妮跟在他身后不经意地走下甲板，“他对建筑也不是特别感兴趣，我在宴会那天晚上跟他谈过了。”

“他对我不感兴趣，他只是不知道自己想要什么罢了。”他心想，等他摆脱掉手枪，他就能说出实情了。

“你是在学校认识他的吗？”

“是呀。那时他在回廊上四处游荡哩。”当人们不得不说谎时，说谎是多么容易的事啊！但那是缠绕在他的双脚、身躯和头上的鬈须藤蔓。总有一天他会说错话的。他注定要失去安妮。或许就在他点烟，而她靠着站在桅杆边看着他的这一刻，他已经失去她了。手枪似乎压得他有点沉重，他毅然转身，走向船首。他听到身后穿着网球鞋的安妮轻柔地踏上甲板，又回到了驾驶舱。

天色阴沉，可能会下雨。印度号在波涛汹涌的水面上缓缓摇晃，跟灰色海岸的距离似乎和一小时前一样近。盖伊背倚着第一斜桅，低头看着他脚边那件从印度号储物柜中取出来的蓝夹克，这件有镀金纽扣的夹克可能是安妮父亲的。他本来可以当一名水手而不是建筑师，他心想。十四岁时他发狂地想出海。是什么阻止了他呢？他的人生会有多么不同，要不是——什么呢？当然要不是因为米里亚姆。他不耐烦地挺直身子，从夹克口袋里掏出手枪。

他两手握枪移至水面上，肘部抵在第一斜桅上。他所珍爱的东西多么机智啊，他心想，现在看起来又多么的无邪和无辜啊。他自己——他松手丢了下去。枪十分平衡地翻转了一下，以似曾相识的方式无怨无悔地沉入大海，消失得无影无踪。

“那是什么？”

盖伊转过身，见安妮站在船舱旁的甲板上。他目测出他们之间的距离大约十到十二英尺。他不知说些什么，完全不知道该对她说些什么。

三十八

布鲁诺犹豫着要不要喝酒。盥洗室的四壁呈现出要裂成碎片的样子，仿佛墙壁并不存在，或者他不存在似的。

“妈妈！”但这受惊吓的哭诉令他羞愧，于是他把酒喝了。

他蹑手蹑脚走进母亲的房间，按下她床边的钮，不料吵醒了她，那个信号钮是通知厨房的赫伯特准备好吃早餐的。

“噢——呵，”她打了个呵欠，然后笑了笑，“你好吗？”她轻轻拍了下他的手臂，从被单中滑坐起来，然后走进盥洗室梳洗。

布鲁诺在她走出盥洗室，又钻回被单之前，一直安静地坐在她的床上。

“我们今天下午该去见那个旅游代理了。他叫什么来着，桑德斯吗？你最好跟我一起去。”

布鲁诺点点头。是有关他们欧洲旅行之事的，他们或许会把它变成环球之旅呢。今天早上这件事一点也引不起他的兴趣。他倒想和盖伊一起去环游世界。布鲁诺站起来，心里盘算着是否再去倒一杯酒。

“你觉得怎么样？”

他母亲问话的时机总是不对。“很好。”他说着，又坐下来。

敲门声响起，赫伯特走进来。“早安，夫人。早安，先生。”赫伯特问候道，看也不看他们。

布鲁诺托着下巴，皱眉俯视着赫伯特那双悄无声息、油光发亮而又向外弯曲的皮鞋。赫伯特最近的傲慢无礼简直令人忍无可忍！杰勒德使他相信如果他们能选定正确的人，他就是这整个案件的关键。大家都说他去追凶手真是非常勇敢，而且他父亲在遗嘱中给他留了二万元。赫伯特可能会去度假！

“夫人知道晚餐时有六人还是七人吗？”

赫伯特说话时，布鲁诺抬头看看他桃红色的尖下巴，心里想着，盖伊重击了他的下巴，将他一拳击昏在地。

“噢，上帝，我还没打电话呢，赫伯特，不过我想有七个人。”

“很好，夫人。”

拉特利奇·奥佛贝克二世，布鲁诺心想。他知道他母亲最后还是接受了他，但她只装作不确定，因为他会落单。拉特利奇·奥佛贝克疯狂地爱着他母亲，或是假装如此。布鲁诺想告诉母亲，赫伯特有六周没拿他的衣服去烫了，但他觉得快呕吐了，所以无法开口。

“你知道，我想去澳洲都想疯了。”她边说边咬了一口吐司。她展开一张地图搭在咖啡壶上。

一阵强烈的刺痛传遍他的臀部。他站起来。“妈妈，我并不那么热衷想去。”

她担忧地蹙眉看看他，这让他更为害怕，因为他明白她根本无法救他了。“怎么了，亲爱的？你要什么？”

他冲出房间，感觉想吐。他感觉盥洗室一片漆黑。他蹒跚地走出来，仍塞着软木塞的威士忌酒瓶翻倒在床上。

“怎么了，查理？怎么回事？”

“我想躺下。”他扑通一声躺下，但还是不行。他把母亲推开好坐起来，但刚坐起来，却又想躺下，于是他干脆站了起来。“感觉快死了！”

“躺下来，亲爱的。来点——来点热茶好吗？”

布鲁诺扯开他的夜用室内便服，又扯开睡衣。他呼吸困难，必须喘着气呼吸。他真的感觉快死了！

她拿了一条湿毛巾赶到他身旁。“怎么回事？肚子痛吗？”

“哪儿都痛。”他踢掉拖鞋，走到窗前要开窗，却发现是开着的。他转过身，大汗淋漓。“妈妈，或许我真的快死了。你看我是快死了吗？”

“我去给你倒杯酒！”

“不，叫医生来！”他尖叫道，“也给我倒杯酒！”

他虚弱地扯着睡衣衣带，长裤脱落。这是怎么回事？他不仅仅是颤抖。他太虚弱了，虚弱得不能颤抖，双手无力，刺痛难忍。他举起双手，手指向内弯曲，无法伸直。“妈妈，我的手好奇怪！你瞧，妈妈，这是怎么了？怎么了？”

“喝了这个！”

他听到酒瓶碰击杯沿的喀嗒声，他迫不及待，便快步冲进走廊，恐惧地俯下身体，瞪着无力卷曲的双手。尤其是中间两指，都向内弯曲着，几乎碰到手掌了。

“亲爱的，披上睡袍吧！”她低声说。

“快叫医生来！”睡袍！她还在说睡袍！即便四肢僵硬地赤裸着，又有什么关系？“妈妈，不过别让他们把我带走！”她站在电话边时，他使劲拉着她，“把门都锁上！你知道他们会干什么吗？”他迅速而又机密地说，因为麻木感在扩散，他知道怎么回事了。他变成了畸形人！今后一生都会是这个样子！“知道他们会干什么吗？妈妈，他们会给你穿上束身外套，一口酒也不给你喝，这样会杀死我的！”

“帕克医生吗？我是布鲁诺夫人。你能为我推荐一位附近的医生吗？”

布鲁诺尖叫出声来。医生怎么会到康涅狄格这么偏僻的地方来呢？“妈妈有——”他喘不过气了，不能说话了，舌头不能动了。麻木感已经扩散到声带上来了！“啊——”他在母亲设法披在他身上的室内便服下蠕动着。如果赫伯特想要看，就让他站在那里目瞪口呆地看吧。

“查尔斯！”

他双手疯狂地指着嘴。他迅速走到橱柜镜子前，脸色苍白，嘴的周围扁扁的，仿佛有人拿板子打成了这样，两唇则向后拉。还有他的手！他再也握不住杯子或点烟了。他再也不能开车，甚至再也不能自己一个人上盥洗室了！

“快喝了这个！”

对，酒，酒。他尽力用僵硬的嘴唇接住所有的酒，但还是洒了些，酒灼烧着他的脸，淌在他的胸膛上。他做了个手势示意还要喝。他尽力提醒她锁门。噢，上帝，假如这种症状消失了，他一生都会感激不尽的！他顺从地让赫伯特和母亲把他推到床上。

“带我走！”他喉咙哽噎地说。他扯着母亲的睡袍，几乎把她拉倒在他身上，但至少现在抓住了个东西。“别让他们带我走！”他有气无力地说，她向他保证不会那么做。她告诉他会锁上所有的门。

杰勒德，他心想，杰勒德仍在努力对抗他，而且会一直不停地这么做下去。不只是杰勒德，还有一大群人，很多探访的人，或敲打打字机，或带着更多证据跑出跑进，现在有了来自圣菲的证据，哪一天杰勒德可能会把这些证据正好拼凑起来。哪一天杰勒德可能会来他家，发现他今天这种样子，若开口问他，他就说出一切，说他杀了人。他们会因你杀人而杀了你。也许他无法应付。他瞪着天花板中央的灯座，这让他想到在洛杉矶外婆家里水槽内的圆形铬制水塞。他为什么想起了这个呢？

皮下注射针头的残酷猛刺让他震惊，让他神志更为清醒。

看上去神经兮兮的年轻医生正在漆黑房间的角落里跟他母亲谈话。但他感觉好些了。他们现在不会把他带走，现在好了。他刚刚只是惊慌。他小心翼翼地在被单里看着他的手指做弯曲动作。“盖伊。”他低语道。他的舌头仍不太灵活，但好歹能说话了。然后他看到医生走了出去。

“妈妈，我不想去欧洲！”他母亲走到跟前时，他声音单调地说。

“好吧，亲爱的，我们不去了。”她轻轻坐在床边，他立刻感觉好些了。

“医生没说我不能去，对吧？”好像他想去却去不成似的！他在怕什么呀？即使再这样发作一次也不怕！他摸摸母亲睡衣上突起的肩部，但他突然想到今晚要来吃晚餐的拉特利奇·奥佛贝克，于是他把手放下了。他确定母亲跟他有染，她频繁地去他的银泉工作室看他，待的时间也太久了。他不想承认，但当事情就呈现在他眼前时，他为什么不承认呢？这是首件风流韵事，他父亲也死了，她完全可以这么做，但为何偏偏选中这个混蛋呢？此刻在这阴暗的房间里，她的双眸颜色更深了。父亲去世以来，她的身体未见好转。她以后会是这个样子了，现在布鲁诺明白，并将保持这样子了，永远不再是他喜欢的年轻貌美的样子了。“不要看起来这么伤心嘛，妈妈。”

“亲爱的，能答应我少喝点吗？医生说这是死前的征兆，今天上午的事是个警示，你不明白吗？自然的警示啊。”她润了一下嘴唇，而擦了口红、描出轮廓的下唇突然显现的柔软感离他这么近，超出了布鲁诺的忍耐极限。

他紧闭双眼。如果答应了，就是撒谎。“该死！我没得酒狂症[1]，对吗？我从没得过这种病。”

“但这个更糟。我跟医生谈过了，他说这病正在损害你的神经组织，会害死你的。难道这还对你没意义吗？”

“有的，妈妈。”

“答应我了？”她看见他眼皮又跳动着合上，也听到他的叹气声。悲剧不是今天早上才开始的，她心想，而是始于多年前他独饮的第一杯酒。悲剧还不只是这第一杯酒，因为这第一杯酒并不是第一个不妥当的手段，而是最后一个。其他一切事物的失败一定有个开端——她和萨姆的失败、他朋友们的失败、他的希望和利益的失败，真的。而且不管她多么努力尝试，她永远搞不清这种情况为什么会出现，始于何处，因为查尔斯总是应有尽有，她和萨姆也都竭尽全力鼓励他做任何自己感兴趣的事。要是以前她能发现这情形始于何处就好了——她站起来，自己也需要喝上一杯。

布鲁诺试着睁开眼。他感到睡意蒙眬。他看见自己走过房间中央，仿佛看到自己在银幕上。他身穿棕红色西装。这是在梅特卡夫的岛上。他看见自己更年轻、更消瘦的身躯弯向米里亚姆，把她摔倒在地上，看见那几个与前一刻和下一刻相隔的短暂片刻。他觉得

1. 原文为 delirium tremens，缩写为 D. T.’s，为医学术语，指酒精中毒引起的酒狂症，亦称震颤性谵妄症。

那些片刻他做了特殊的动作，想到了特殊的出色念头，而且也觉得这样的时刻永远不会再现了。就像前天盖伊在船上谈起他自己在建造帕米拉时的情形一样。布鲁诺很高兴，他们两人各自拥有的特殊片刻如此接近。有时候他觉得自己能死而无憾，因为他还能做什么可与梅特卡夫那一夜相比的事情呢？还有什么不会每况愈下的事呢？有时候，比如现在，他觉得他的精力可能在逐渐消耗，而某种东西，也许是好奇心，也在逐渐削弱。但他不在乎，因为不知何故，现在他觉得十分清醒，而且非常满足。他想环游世界不过是昨天的事，而他为何想去呢？值得炫耀吗？跟谁说呢？上个月他写信给威廉·毕比，毛遂自荐要乘他们首次进行试潜的新式无人驾驶超级潜艇潜至深海去。为什么呢？跟梅特卡夫那一夜比起来，一切都愚蠢可笑。跟盖伊比起来，他认识的所有人都愚蠢可笑。最最可笑的是误认为他会去见许多欧洲女人！也许队长的妓女们让他变坏了，那又如何？很多人都认为性事被高估了。心理学家说没有永恒不变的爱情，但对盖伊和安妮，他真的不该说这种话。他感觉他俩的爱情会永恒不变，但却不知为什么。不仅仅因为盖伊痴迷于她而对其他一切都视而不见，不仅仅因为盖伊现在有了足够的钱，而是因为某种他尚未想到的无形的东西。有时候他觉得就要想出来了；不，他并不想为自己找到答案，一切都只是受到科学探究精神的启发。

他侧过身子，微笑着叭嗒叭嗒打开登喜路金打火机上盖，然后再合上。那个旅游代理人今天或今后都不会见到他们了。家里比欧洲舒服多了。而且盖伊也在这里。

三十九

杰勒德正追着他穿过一片森林，对他挥舞着所有的线索——手套碎片、外衣碎片，甚至手枪，因为杰勒德已经击败他了。盖伊在森林深处被牢牢地绑住，右手正血流如注。如果他无法绕到他跟前，盖伊准会血流过多而致死的。杰勒德边跑边咯咯笑，仿佛这是他们开的一个玩笑，是个快乐的恶作剧，但他早就猜到了。不久，杰勒德那双丑陋的手就要碰到他了！

“盖伊！”但他的声音听起来很无力，杰勒德也几乎要碰到他了。杰勒德碰到他的时候，计划就泄露了。

用尽一切力量，布鲁诺挣扎着坐起身来。噩梦如沉重的厚石板般从他脑海中滑出。

杰勒德！他就在这儿！

“怎么了？做噩梦了吗？”

粉紫色的双手一碰到他，布鲁诺便翻滚下床，落到了地板上。

“恰巧及时叫醒你了，呃？”杰勒德开怀大笑着说。

布鲁诺咬紧牙关，咬得牙都碎了。他冲进盥洗室，门也不关地喝了一杯酒。镜中的脸看起来简直就像地狱中的战场。

“抱歉我闯了进来，但我有了新发现，”杰勒德紧凑而高分贝的声音表明他已小胜一筹，“是关于你的朋友盖伊·海恩斯的。就是你刚刚梦到的人，对吗？”

布鲁诺一使劲，手中的玻璃杯被挤碎了，他小心翼翼地捡起水槽中的碎片，放进破裂成锯齿状的杯底中，一脸厌烦地蹒跚到床边。

“你什么时候认识他的，查尔斯？不是去年十二月哦，”杰勒德背倚着五斗柜，点上雪茄，“你大约是一年半以前认识他的吗？你是跟他一起搭列车到圣菲的吗？”杰勒德静待了一会儿，从腋下抽出某件东西丢到床上，“记得这个吗？”

那是从圣菲带回来的盖伊的那本《柏拉图》，还包得好好的，上面的地址擦掉了一半。“当然记得，”布鲁诺把书推开，“我去邮局时把它弄丢了。”

“拉方达饭店的工作人员在架子上找到的。你怎么碰巧借了一本《柏拉图》呢？”

“我在列车上发现它的，”布鲁诺抬起头，“书里有盖伊的地址，我原打算要寄还给他；实际上，是在餐车上找到的。”他正视着杰勒德，杰勒德则以其敏锐而坚定的小眼睛观察着他，那双小眼睛的背后并非总蕴藏着什么含意。

“你什么时候遇见他的，查理？”杰勒德又问了一遍，耐性十足，就像质问一个他明知是在说谎的小孩似的。

“十二月。”

“看来你也知道他妻子被杀一事？”

“当然，我看报道了。后来我看到了他建造帕米拉俱乐部的报道。”

“所以你想想，这多有趣啊，你半年前就发现了一本属于他的书。”

布鲁诺迟疑了一下。“是啊。”

杰勒德嘟囔了一阵，又带着一抹令人讨厌的微笑低下了头。

布鲁诺感觉怪异而不舒服。像那样嘟囔之后的微笑，他以前什么时候见过呢？有一次他为了某件事对他父亲撒谎，非常明显是在撒谎，而且死不认账，当时他父亲的嘟囔声和不信任的微笑令他蒙羞。布鲁诺明白自己的眼神在乞求杰勒德的原谅，于是他便有意移开了目光，望向了窗子。

“还有，你根本还不认识盖伊·海恩斯时，就打了许多电话到梅特卡夫。”杰勒德拾起书本。

“什么电话？”

“好几次呢！”

“也许我酒醉时打过一次吧！”

“有好几次。谈些什么呢？”

“谈那本该死的书！”如果杰勒德对他知之甚详，他就会知道那正是他常做的那一类事情，“也许是我听说他妻子遇害时打给他的！”

杰勒德摇摇头。“你在她被谋杀之前就打过电话了。”

“那又如何？或许我真的打了。”

“那又怎么样？我得去问问海恩斯先生。鉴于你在此案中的重要性，你在此案发生之后就不再给他打电话了，这挺值得关注的，不是吗？”

“我对谋杀案讨厌透顶！”布鲁诺大叫。

“噢，我相信，查理，我相信！”杰勒德慢步走出去，沿着走廊走向布鲁诺母亲的房间。

布鲁诺缓慢而仔细地沐浴，换好了衣服。杰勒德对马特·莱文的事更加兴奋，他记得。就他所知，他从拉方达饭店打到梅特卡夫的电话只有两次，杰勒德肯定碰巧从饭店拿到了账单。其他几次，他可以说是盖伊母亲搞错了，并不是他打的。

“杰勒德想干什么？”布鲁诺问他母亲。

“没什么要紧事。就是想知道我是不是认识你的朋友。盖伊·海恩斯，”她往上梳着头发，头发狂乱地竖立在平静而疲倦的脸旁，“他是建筑师，对吗？”

“嗯。我跟他不是很熟。”他跟在她身后踏着地板闲逛。她忘了在洛杉矶的剪报了，果然不出他所料。感谢上帝，他并未提醒她，他在帕米拉的照片全数刊出时便认识盖伊了！那时他想也不想便知道他要强迫盖伊杀人。

“杰勒德提起你去年夏天打电话给他。这都是怎么回事呀？”

“噢，妈妈，我真讨厌杰勒德那该死的愚蠢引导！”

四十

这天上午刚上班不久，盖伊跨出汉森与纳普制图公司董事长的办公室，心情比数周前好多了。这家公司正在复制医院设计图的最后部分，这是盖伊所监督过的最复杂的部分，建材已获得最后的认可，加上这天一大早收到鲍勃·特雷彻的电报，让他很为老朋友高兴。鲍勃已获任加拿大艾尔伯塔新水坝工程师咨询委员会委员一职，这是他五年来一直期盼的工作。

在他走向大门之际，路过他两侧向外延展成扇形的长桌的时候，不时有绘图师抬起头看他。盖伊朝一位对他微笑的领班点点头以示敬意。他隐隐约约感觉到一种自负。或许是穿了新西装的缘故吧，他心想，这不过是他一生中为自己定制的第三套西装而已。蓝灰色的苏格兰格子布料是安妮选的，早晨她还选了条番茄红的羊毛领带来搭配这身套装，尽管是条旧领带，但他很喜欢。他对着电梯间的镜子束紧领结。他猛然注意到自己一边的浓眉中冒出了一根杂乱的灰色毛发，于是两道眉毛吃惊地微微上扬。他轻轻抚平那根毛发，这是他身上发现的第一根灰毛发。

一位绘图师打开办公室的门。“海恩斯先生吗？能追上你真幸运。有你的电话。”

盖伊折回来，希望不会耽搁太久，十分钟后他要去见安妮，一起吃午饭。他在制图室隔壁的一间空办公室里接听电话。

“喂，盖伊吗？听着，杰勒德找到你那本《柏拉图》了……是的，在圣菲。你听我说，这不会改变什么……”

盖伊回到电梯时，已是五分钟后了。他一直知道那本书会被找到。不可能，布鲁诺曾这么说。布鲁诺或许错了。因此，布鲁诺可能会被捕。盖伊面露愠色，仿佛布鲁诺可能被捕的想法实在让人无法相信。不管怎么样，这之前一直让人无法相信。

来到户外，走在阳光下，他立刻又开始在意起这套新西装，他紧握拳头，为自己的愤怒感到痛苦。“我是在列车上找到这本书的，明白吗？”布鲁诺刚才说，“如果我曾打电话到梅特卡夫找你，那是因为这本书。但去年十二月份之前我并不认识你……”他的声音比盖伊以往任何时候听到的都更短促清脆，更加焦急，如此机警，如此苦恼，几乎不像他的声音了。盖伊回顾了一遍布鲁诺刚才教他的一派胡言，这仿佛是一件不属于他的东西，又仿佛是一块无法考虑做成西装的布料样品，他心想。不，这完全没有漏洞，但不一定能穿。如果有人记得在列车上见过他们，就不能穿了。比如那个在布鲁诺车厢里送餐饮的服务生。

他尽量放缓呼吸，尽量放慢脚步。他仰望着状如小圆盘的冬日暖阳。他那夹杂着灰色眉毛和白色疤痕的黑眉毛，安妮最近说它越长越浓密了，削弱了强烈的阳光，正好保护了他的眼睛。如果一个人直视太阳十五秒，他的角膜就会被阳光灼穿，他记得在哪里听说过。安妮也在保护他，工作在保护他。新西装，这套愚蠢的新西装。他突然感觉无能、愚钝而又无助。死亡的念头悄然溜进他的脑际，让他沉醉，也许呼吸死亡空气太久了，他已习以为常了。唉，这样就不怕了。他刻意挺起胸膛。

到达饭店时，安妮还没来。他想起她说过去拿他们周日拍的室内照片。盖伊从口袋中掏出鲍勃·特雷彻的电报，连读几遍：

刚获任艾尔伯塔委员会委员一职。已举荐你。是一座桥，盖伊。尽快抽空，确保通过任命。再联系。

鲍勃

确保通过任命。姑且不谈他如何设计人生，但他设计桥梁的能力绝对毋庸置疑。盖伊稳稳地握着酒杯，若有所思地呷了一口马蒂尼。

四十一

“我去查了另一起案件。”杰勒德欢快地低声说，眼睛盯着书桌上已经打好的报告。布鲁诺走进来之后，杰勒德看也没看他一眼。“盖伊·海恩斯第一任妻子的谋杀事件。还未侦破。”

“是的，我知道。”

“我认为你对此事了解不少。现在都告诉我吧。”杰勒德坐定。

布鲁诺看得出来，自周一取得《柏拉图》那本书以来，杰勒德便顺藤摸瓜仔细调查此事了。“无可奉告，”布鲁诺说，“没人知道。是吧？”

“你觉得呢？你跟盖伊谈过不少此事吧！”

“没怎么谈，根本没提过。干吗要谈这个？”

“因为你对谋杀案很感兴趣。”

“我对谋杀案很感兴趣，你什么意思？”

“噢，算了吧，查尔斯，就算你不告诉我，我也从你父亲那里了解了很多！”杰勒德说，带着很不耐烦的语气。

布鲁诺伸手拿烟，又停了下来。“我跟他说过这起案子，”他谦恭平静地说，“他对此一无所知。他当时甚至还不很了解他太太。”

“依你看是谁杀的？你想过这一切可能是海恩斯先生安排的吗？或许你对他如何杀了她而后又安然脱身之事感兴趣吧？”杰勒德两手揽在头后，背靠着椅子，恢复了轻松姿态，就好像他们在谈论当天的好天气。

“我当然认为这一切不是他安排的，”布鲁诺回答，“你似乎还不知道你说的这个人的才干[1]。”

“唯一值得考虑的是口径[2]，就是枪的口径，查尔斯。”杰勒德拿起电话，“因为你可能是第一个告诉我的人。——请让海恩斯先生进来，好吗？”

布鲁诺吓了一跳，杰勒德看在眼里。杰勒德默默地看着他，走廊上盖伊的脚步声越来越近。他早就料到杰勒德会来这一招，布鲁诺心想。那又如何？那又怎么样？那又有什么关系？

盖伊看上去紧张不安，布鲁诺心想，但他一贯的紧张和匆忙掩饰了这一点。他先问候杰勒德，又朝布鲁诺点点头。

杰勒德请他坐在他仅剩的一个直背椅上。“我请您来这里，海恩斯先生，只是想问您一个很简单的问题。大部分时间查尔斯都跟您谈些什么？”杰勒德抽出一支烟递给盖伊，那包烟肯定是陈货，布鲁诺想，盖伊接住了。

布鲁诺看到盖伊眉头紧锁，神情恼怒。“他常和我谈帕米拉俱乐部的事。”盖伊回答。

“还有别的吗？”

盖伊看看布鲁诺。布鲁诺托着腮帮子，咬着指甲，动作颇为随意，一副毫不在意的样子。“还真说不上来。”盖伊回答。

“谈过您妻子被杀之事吗？”

“谈过。”

“关于此事，他是怎么说的？”杰勒德的语气温和，“我是指您

---

1. 原文为 caliber，原意指枪的口径，引申义为人的度量或才干。这里是布鲁诺故意曲解杰勒德的话意。
2. 同上。

妻子被杀之事。”

盖伊感到脸唰的一下变得通红。他又瞥了一眼布鲁诺，任何人都可能会这么一瞥，他心想，任何人在谈论被忽略的第三方时都可能会这样。“他常问我知不知道是谁干的。”

“那您知道吗？”

“不知道。”

“您喜欢查尔斯吗？”杰勒德胖胖的手指不协调地微微颤抖了一下，开始把玩案头吸墨纸上的火柴盒。

盖伊想起布鲁诺的手指，在列车上也把玩火柴盒，又把它丢在牛排上。“是，我喜欢他。”盖伊困惑地答道。

“您不觉得他烦吗？他不是纠缠过您好多次吗？”

“我不觉得。”盖伊说。

“他去参加您的婚礼时，您觉得他烦吗？”

“不觉得。”

“查尔斯告诉过您他恨他父亲吗？”

“是的，他告诉过我。”

“他告诉过您他想杀他父亲吗？”

“没有。”他用一种实事求是的语气答道。

杰勒德从书桌抽屉里取出棕色纸包好的书。“查尔斯打算寄还给您的书在这里。抱歉，现在我不能让您拿回去，因为我可能需要。查尔斯手上怎么正好有您的书呢？”

“他跟我说是在列车上发现的。”盖伊注视着杰勒德懒洋洋的、神秘莫测的笑容。那天晚上杰勒德登门拜访时，也面带着这一笑容，但与现在不一样。这笑容是故意的，令人极为讨厌。这笑容是一种职业武器。盖伊心想，日复一日地面对这样的笑容，不知会是什么滋味。他下意识地看了布鲁诺一眼。

“你们在列车上没见过面？”杰勒德的视线从盖伊身上转向了布鲁诺。

“没见过。”盖伊说。

“我已经跟到查尔斯车厢给你们送餐的服务生谈过了。”

盖伊紧盯着杰勒德，心想，这赤裸裸的耻辱比罪咎更有杀伤力。此刻这种杀伤力正在袭击他，尽管他挺直腰板端坐着，两眼直视着杰勒德。

“那又怎么样？”布鲁诺尖声道。

“那我就对你们两人为何费尽周折要遮遮掩掩感兴趣了，”杰勒德兴趣盎然地摇着头，“你们说是几个月后才认识的。”他等了一会儿，让流逝的时间啃噬着他们的内心。“你们不告诉我答案。那么，答案很明显。也就是说，作为一种推测，只有一个答案。”

他们三人都在想这个答案，盖伊心想。现在这个答案正在浮现，连接着他和布鲁诺，布鲁诺和杰勒德，杰勒德和他自己。布鲁诺曾宣称，这个答案永远想不到，永远找不着。

“查尔斯，你看了那么多侦探小说，你能告诉我吗？”

“我不知道你想说什么。”

“几天之后，您的妻子被杀了，海恩斯先生。几个月之后，查尔斯的父亲被杀了。我第一个明显的推测就是你们两人都知道这两起案件将会发生——”

“噢，胡扯八道！”布鲁诺说。

“——而且事先一起讨论过。当然，这仅仅是推测。这是假定你们在列车上认识的。你们在哪里认识的？”杰勒德微微一笑，“海恩斯先生？”

“没错，”盖伊说，“我们在列车上认识的。”

“那你们为什么一直这么害怕承认呢？”杰勒德用有黑斑的手指指着他，盖伊再次感受到在杰勒德的单调乏味中蕴含着令人心惊胆寒的威力。

“我不知道。”盖伊说。

“难道不是因为查尔斯告诉您他想杀掉他父亲吗？您当时很不安，海恩斯先生，因为您知情？”

这是杰勒德的王牌吗？盖伊慢慢说：“查尔斯从未说过要杀他父亲。”

杰勒德的视线转向一边，刚好看到布鲁诺满意地醉醺醺地傻笑。“当然啦，这纯属推测。”杰勒德说。

盖伊与布鲁诺一起离开大楼。杰勒德请他们同时离开的，他们一起走了一大段路，朝有地铁和出租车的小公园走去。布鲁诺回过头来，看了看他们刚走出的那栋细长高耸的大楼。

“没关系，他什么也没查到，”布鲁诺说，“总之，他什么也没查到。”

布鲁诺脸色阴沉，却十分平静。盖伊突然明白在杰勒德的攻势下，布鲁诺是多么冷静。盖伊不停地想象着布鲁诺在压力下歇斯底里的样子。他迅速瞥了一眼身旁体型高大的布鲁诺，感受着那天在饭店里那种疯狂鲁莽的情谊。但他无话可说。他心想，布鲁诺当然知道杰勒德不会把他发现的一切全告诉他们。

“你知道，真滑稽，”布鲁诺接着说，“杰勒德要找的人不是我们，而是其他人。”

四十二

杰勒德舞动着一只手指伸进鸟笼栏栅，逗弄着害怕得躲在笼子里面不住拍打着翅膀的小鸟，嘴里吹着轻柔的单音口哨。

房间中央安妮很不安地看着他。她讨厌他刚刚告诉她盖伊一直在说谎，也讨厌他慢慢走过去惊吓金丝雀。这最后的一刻钟她一点都不喜欢杰勒德，而他第一次来时她很喜欢他，她当初的错误判断让她苦恼不已。

“它叫什么名字？”杰勒德问。

“甜心。”安妮回答。她突然羞涩地低下头，半转过身。她穿着一双崭新的鳄鱼皮休闲鞋，让她显得高挑而雅致。这天下午买这双鞋的时候，她就感觉盖伊准会喜欢，认为晚餐前坐下来喝鸡尾酒时，这双鞋定会博他一笑。但杰勒德的到访毁了这一切。

“您知道您丈夫为何不愿意说去年六月就认识查尔斯了吗？”

安妮想，去年六月是米里亚姆遇害的时间。对她来说除此之外没别的什么意义了。“那个月他很伤心，”她说，“他前妻那个月遇害，当月发生过的任何其他事，他或许都不记得了。”她眉头一皱，觉得杰勒德是小题大做，既然盖伊之后半年没再跟查尔斯见面，也就没有太大关系。

“我不是说那起案件，”杰勒德随口道，重新坐好，“不，我认为查尔斯在列车上跟您丈夫说过他父亲，告诉他要杀了他父亲，说不定还告诉他准备如何着手——”

“我相信盖伊不可能听得进这些话。”安妮打断他。

“我不知道，”杰勒德温和地继续说，“我不知道，但我强烈怀疑查尔斯知道谋杀他父亲的计划，而且可能在列车上向您丈夫吐露了此事的内情。这是查尔斯那种年轻人的行事风格。而我认为您丈夫这样的人则会对此事保密，此后对查尔斯避而不见。难道您不这么认为？”

安妮心想，这解释通了很多事，但这也会让盖伊成为同谋。“如果查尔斯对我丈夫说了任何类似的话，”她语气坚定地说，“我敢肯定他不会对查尔斯如此忍让的。”

“说得好。可是——”杰勒德莫名其妙地停下来，似乎深陷于迟钝的思绪中。

安妮不想看他满是黑斑的秃顶，便盯着咖啡桌上的瓷砖烟盒，最后抽出一根烟。

“您认为您丈夫有谋杀前妻的嫌疑吗，海恩斯太太？”

安妮叛逆地吐了一口烟。“当然没有。”

“您瞧，如果查尔斯那天夜里在列车上提起过谋杀的话题，实际上他详细讨论了此事，如果您丈夫确实出于某种原因觉得他前妻有生命危险，并向查尔斯提及此事——那么他们便有了共同的秘密，甚至是共同的危险。这只是推测，”他又赶忙补充道，“但调查员向来得做推测。”

“我知道我丈夫不会说任何使他前妻陷入险境的话。米里亚姆的死讯传来时，我们一起在墨西哥，之前几天我们一起在纽约。”

“今年三月呢？”杰勒德以同样单调乏味的语气问。他伸手去拿他的威士忌酒杯，发现已空了，于是顺从地让安妮接过去填满。

安妮背朝杰勒德站在吧台前。回忆着三月。查尔斯父亲被杀的那个月，回想着盖伊当时的紧张神态。他那次打架是在二月还是三月？该不会是跟布鲁诺打的吧？

“您认为您丈夫会在您不知道的情况下，在三月份前后与布鲁诺偶尔见面吗？”

她心想，当然，这样就解释通了：盖伊得知查尔斯打算杀他父亲，试图阻止他，还跟他在酒吧里打了一架。“我想可能会，”她不大肯定地说，“我不知道。”

“如果您记得的话，海恩斯太太，三月份前后，您丈夫的精神状态如何？”

“他很紧张。我想我知道他为什么紧张。”

“为什么？”

“他的工作——”不知怎么回事，对盖伊的事她无法再多说什么了。她觉得她说的每一句话，都会被杰勒德并入他正在构想的模糊图画中，而他正在那幅画中寻找盖伊的踪迹。她沉默不语，杰勒德也一言不发，仿佛在跟她比看谁先打破沉默。

最后他弹了一下雪茄说：“如果您想到那时跟查尔斯有关的任何事，您能告诉我吗？无论白天还是晚上，随时打电话给我，有人会接听您的留言。”他又在名片上写了个人名，递给安妮。

安妮把他送出门，转身直接回到咖啡桌前，收拾他的杯子。从前门窗子上，她看见杰勒德坐在车内，头部向前歪斜着，像在睡觉，她猜他在做笔记。接着心头一阵刺痛，她想到他会记下盖伊可能瞒着她在三月份与查尔斯见面的事。她为什么要说出来？她确实知道。盖伊说十二月份到举行婚礼的这段时间，他一直没与查尔斯见过面。

大约一小时后盖伊走进来，安妮正在厨房照料炉中差不多快要煮好的砂锅。她看到盖伊仰头在嗅空气中的气味。

“虾子砂锅，”安妮对他说，“我该打开通风窗的。”

“杰勒德来过了？”

“是呀，你知道他要来？”

“有雪茄的味道。”他简洁地回答。显然，杰勒德已告诉她他和布鲁诺在列车上认识的事了。

“他想进一步了解些查尔斯·布鲁诺的事。”安妮在前窗边迅速瞥了他一眼，“想知道你是否对我说过什么怀疑他的话。还想知道三月份的事。”

“三月份的事？”他踏上安妮所站的地板的隆起处。

他在她面前站稳，安妮见他眼中的瞳孔突然收缩。她看见他的颧骨上从三月或二月那一晚留下的数道发丝般的疤痕。“他想知道你是否怀疑查尔斯那个月要杀他父亲。”但盖伊丝毫不露惊慌之色，只是盯着她，嘴角拉成一条熟悉的直线，毫无罪咎感。她站向一旁，走下隆起部分回到客厅。

“谋杀案，”她说，“好可怕，不是吗？”

盖伊轻弹着刚取出的烟。听见她说“谋杀案”一词，他痛苦不堪，他希望能抹去她脑海中对布鲁诺的一切记忆。

“三月的事——你不知道，对吗，盖伊？”

“不知道，安妮。你对杰勒德说了些什么？”

“你相信是查尔斯让他父亲被杀的吗？”

“不知道。我想有可能，但这跟我们没关系。”过了一会儿，他才意识到这是谎言。

“就是嘛，这跟我们没关系，”她再看看他，“杰勒德还说你跟查尔斯是去年六月在列车上认识的。”

“是啊，没错。”

“好吧——这有关系吗？”

“不知道。”

“是因为查尔斯在列车上说了什么话吗？这是你不喜欢他的原因吗？”

盖伊的双手朝夹克口袋里塞得更深了。他突然很想喝白兰地。他知道自己的感觉都写在脸上，知道现在无法再对安妮隐瞒了。“听我说，安妮，”他很快地说，“布鲁诺在列车上告诉我他希望他父亲死。但他没提起任何计划，也没提起任何人名。我不喜欢他说此事的方式，之后我就不喜欢他了。我不想告诉杰勒德这一切，是因为我不知道布鲁诺是否杀了他父亲，这是警方要查明的。很多无辜之人蒙受不白之冤就是因为有人密报他们说了这样的话。”

无论她是否相信他，他心想，他完了。这似乎是他所说的最卑鄙的谎言，是他所做的最卑鄙的事情——竟把自己的罪责转嫁给别人。连布鲁诺也不会像他这样说谎，不会像他这样说对自己不利的谎言。他感觉自己今天充满虚假，全是谎言。他把香烟丢进壁炉，两手掩面。

“盖伊，我相信你在做你该做的事。”安妮轻柔地说。

他的脸在撒谎，他率直的眼神、坚毅的嘴唇、灵敏的双手，都在撒谎。他两手朝下猛然一甩，插进口袋。“我想喝白兰地。”

“你三月份跟人打架，对方不是查尔斯吧？”她站在吧台前问他。

实在没理由不说谎，但他无法说谎。“就是他，安妮。”她向他迅速一瞥，于是他知道她不相信他。她大概以为跟布鲁诺打架是要阻止他。她很可能为他感到自豪吧！永远必须要这层他根本不想要的保护吗？对他而言，一切都会永远这么顺利吗？但安妮不会满足。她会反反复复，不断重提这个话题，直到他告诉她实情，他知道。

这天晚上，盖伊生着了今年的第一个炉火，他们新居的第一个炉火。安妮枕着松软的枕头，躺在长炉石上。空气中弥漫着秋日的淡淡愁云和微微寒意，忧愁和永不停歇的精力充斥着盖伊。这股精力不像他青年时代的精力那样轻快，而是垫在激昂和绝望的情绪之下，仿佛他的人生正在急转而下，而这可能是他最后的冲刺机会了。前方的道路充满艰难险阻，而他无所畏惧，这不正是他人生正急转而下的最佳佐证吗？杰勒德已经知道他跟布鲁诺是在列车上认识的，难道现在还猜不出真相吗？他该不会在哪天或某夜，直到他胖胖的手指把雪茄举到嘴边的某个瞬间才恍然大悟吧？杰勒德和警察，他们到底还在等什么呢？有时他有种感觉，杰勒德是要把每一项最细微的有利事实和每一点不利于他们两人的证据收集齐全后，再猝然加在他们身上，将他们一举摧毁。但他们无论怎样摧毁他，盖伊心想，也摧不毁他的建筑。他再次感受到精神与肉体、精神与心智相互分离的怪异的孤独。

但假定他跟布鲁诺的秘密永远没人发现呢？有时他仍为他所做的事恐惧不已，意志极度消沉，同时也感到这个秘密神奇而不可侵犯。或许，他心想，这正是他不怕杰勒德和警方的原因，因为他仍相信这是不可侵犯的。如果在他们的疏漏与布鲁诺的暗示之后，至今仍无人猜到他们的秘密，那么不就表示他们的秘密更加牢不可破吗？

安妮已进入梦乡。他凝视着她额头平滑的曲线，在炉火的照射下泛起银光。他低头亲吻了一下她的额头，轻轻地，没有弄醒她。

他心中的痛苦用言语自己表达道：

“我原谅你。”他想要安妮说出这句话，除了安妮不需要别人。

在他心中的天平上，承载着他罪过的这一边不可救药地下垂了，已超出了天平的测量范围，而在天平的另一边，他又同样不断地加上极轻的自卫砝码。他犯罪是出于自卫，他心里分析道。但他内心举棋不定还不能完全信服这种想法。如果他相信自己的身体充满邪恶，那他就必须相信这种邪恶要用自然冲动的方式表达出来。因此，他时常怀疑是否可以找到某种以罪为乐的方式，从中获得一种原始的满足感——如果人们不是为了从杀戮行为中获取一种原始的乐趣，人类为何会长期持续地容忍战争，对战事表现出旷日持久的热忱呢？——因为这种怀疑如此频繁地出现，所以他就将其当作事实接受了。

四十三

地方检察官菲尔·霍兰德，利落干练，瘦骨嶙峋，轮廓分明，与杰勒德的模糊不清正好相反。他在香烟的烟雾中露出宽容的微笑。“你为什么不放过那孩子呢？起初这是个切入点，我同意。我们也细查了他的朋友们。结果一无所获。杰勒德，你不能根据一个人的性格来抓人。”

杰勒德又跷起二郎腿，露出亲切的笑容。这是他的关键时刻。他带着和其他小场合中相同的微笑坐在这里，满足感增加了。

霍兰德用指尖把一张打好字的纸推至桌边。“如果你有兴趣，这里有十二个新的人名。是塞缪尔先生的朋友们经由保险公司提供给我们的。”霍兰德的语气平静、略带厌烦，杰勒德也知道他的厌烦是故意装的，因为身为地方检察官，他有成百上千的手下任他差遣，可以把网撒得更好更远。

“纸你可以撕掉。”杰勒德说。

霍兰德露出的微笑掩饰住了他的惊讶，但他无法掩饰自己睁圆的深色眼睛中陡生出来的好奇。“我想你已逮到犯人了。当然是查尔斯·布鲁诺了。”

“当然，”杰勒德哧哧笑着说，“只不过我是因为另一件谋杀案逮到他的。”

“就一件吗？你总是说他干得出四五件案子的。”

“我可从来没说过。”杰勒德平静地否认。他抽出许多纸，在膝上把它们像信件一样折成三折。

“是谁？”

“好奇吗？你不知道？”杰勒德咬着雪茄微笑，把一张直背椅拉到身边，开始将纸张摆在上面。不管纸张多少，他也不用霍兰德的桌子，而霍兰德也知道现在也不必费心让他用。霍兰德于公于私都不喜欢他，杰勒德知道。霍兰德曾责怪他不与警方合作，警方也从未表现出丝毫的合作之意，但在警方的重重阻碍下，杰勒德这十年来破解的案件之多令人咋舌，这些案件警方根本理不出头绪。

霍兰德站起来，慢慢踱着瘦长的腿，大步走向杰勒德，然后又踱回去，靠在书桌前。“但这一切让这件案子有点眉目了吗？”

“警方的问题在于它的单向思维模式，”杰勒德发表意见道，“这件案子和许多其他案件一样，必须采用双向思维。不采用双向思维模式就无法破案。”

“谁干的，什么时候？”霍兰德叹了口气。

“听说过盖伊·海恩斯吗？”

“当然听过。我们上周审讯过他了。”

“他的前妻，去年六月十一号在得州梅特卡夫被掐死了，还记得吧？警方还没破案。”

“查尔斯·布鲁诺干的？”霍兰德皱起眉头。

“你知道查尔斯·布鲁诺和盖伊·海恩斯曾在去年六月一日搭乘同一辆列车南下吗？就在海恩斯太太被杀的前十天。现在，你从这一点推想到了什么？”

“你是说他们今年六月之前就彼此认识了？”

“不，我的意思是说他们是在列车上认识的。你能把其余的部分凑起来吗？我给你的是连环锁中缺失的一环。”

地方检察官微微一笑。“你是说查尔斯·布鲁诺杀了盖伊·海恩斯的妻子。”

“正是如此，”杰勒德摆好所有的纸张，抬起头，“下一个问题是，我的证据是什么？就在这儿。你想要的一切证据。”他指着一长排纸牌接龙般层层叠套的纸张，“从下往上看。”

霍兰德在看那些文件时，杰勒德从屋角的水槽倒了杯水，并用刚才吸着的雪茄点燃了另一支。搭载查尔斯的梅特卡夫出租车司机的最后证词今天早上才拿到。他甚至还没顾得上喝酒庆祝，等他一离开霍兰德，就会在前往艾奥瓦州的列车的特等车厢里喝上三四杯。

这些文件中有拉方达饭店几位服务员的署名证词，其中有爱德华·威尔森说在米里亚姆被杀当天，他看到查尔斯去圣菲列车站搭乘东行的列车，也有梅特卡夫的出租车司机说曾载过查尔斯到位于梅特卡夫湖畔的欢乐王国游乐园，有在干线道旁的酒吧酒保说查尔斯曾去那里买烈酒，还有打到梅特卡夫的长途电话账单。

“但你肯定已经知道这些了。”杰勒德说。

“没错，大部分。”霍兰德镇静地回答，继续看那些文件。

“你也知道他那天到梅特卡夫旅游了二十四小时，对吧？”杰勒德问，他实在心情太愉快了，也顾不上嘲讽了，“那个出租车司机当然很难找到，得一路追查他到西雅图去，可一旦我们找到了他，他倒是对这件事记得一清二楚。大家不会忘记像查尔斯·布鲁诺这样的年轻人的。”

“你是说查尔斯·布鲁诺如此嗜好谋杀，”霍兰德颇觉好笑地评论道，“以至于会去杀一周前在列车上认识的男人的太太？一个他甚至还没见过的女人？或者他曾见过？”

杰勒德又咻咻笑起来。“他当然没见过她。我的查尔斯有个计划，”“我的”一词脱口而出，杰勒德并不在意，“你难道看不出来？清楚得就像秃子头上的虱子。而且这只是推测的一半。”

“坐下来，杰勒德，不然你会得心脏病的。”

“你看不出来，是因为你以前不知道，现在也不知道查尔斯的个性，你对于他会花大量时间去计划多种完美案件的事实不感兴趣。”

“好吧，你剩下的推断是什么？”

“那个盖伊·海恩斯杀了塞缪尔·布鲁诺。”

“噢！”霍兰德叹了口气。

杰勒德对霍兰德的咧嘴一笑报以微笑，自杰勒德数年前在某个案件中犯错以来，这是霍兰德第一次对他露齿而笑。“我对盖伊·海恩斯的调查尚未结束，”杰勒德故意毫无矫饰地说着，一边一口接一口地吸着雪茄，“我想慢慢来，这也是我在这儿的唯一理由，叫你也跟我一起慢慢来。我知道你会带着一切不利于查尔斯的资料去抓住他的，你知道的。”

霍兰德捋顺他的黑胡子。“你说的每件事，更让我觉得你早该在十五年前就退休了。”

“噢，我这十年来可是破了好几件案子呢。”

“像盖伊·海恩斯这样的人？”霍兰德再次放声大笑起来。

“跟像查尔斯这样的家伙对抗？请你注意，我并没有说盖伊·海恩斯杀人是出于自愿，他是因为查尔斯不请自来地替他摆脱老婆的束缚而被迫杀人的。查尔斯恨女人，”他插入一句评论，“这就是查尔斯的计划。交换杀人，这样就没线索了，懂吧，没有动机。噢，我听得到他说的话呢！但即使是查尔斯，他也是人，他对盖伊·海恩斯太感兴趣了，无法在事后弃之于不顾，而盖伊·海恩斯则非常害怕，对此事无能为力。没错——”杰勒德猛一仰头以加强语气，下颌垂肉便晃动起来，“海恩斯是被逼的。被逼得有多惨大概永远没人会知道。”

看到杰勒德郑重其事，霍兰德的笑容霎时退去。这个情况的可能性极低，但仍有可能。

“嗯——。”

“除非他告诉我们。”杰勒德补上一句。

“那你说如何让他告诉我们？”

“噢，他仍有可能招供，这件事正搞得他精疲力竭。要不然，就把事实摆在他眼前，我的手下正忙着在收集呢。有一件事，霍兰德——”杰勒德用一根手指戳着椅座上的文件，“当你和你的——你的大批警员出去查证这些证词时，不要去问讯盖伊·海恩斯的母亲。我不想让海恩斯事先获悉警告。”

“噢，用猫玩弄老鼠式的欲擒故纵的方法对付海恩斯先生。”霍兰德一笑。他转身打了一个不重要的电话，杰勒德则等在一旁，对他不得不把信息移交给霍兰德，不得不离开查尔斯跟盖伊·海恩斯的联手好戏而感到怨恨不已。“喔——”霍兰德长叹一口气，“你要我做什么？用这些东西算计布鲁诺吗？你认为他会因崩溃而说出跟建筑师盖伊·海恩斯一起实施的卓越计划吗？”

“不，我不想算计他，我向来行事光明磊落。我还需要几天，或许几周来完成对海恩斯的查证，然后我会跟他们两人面对面的。我现在把这些不利于查尔斯的证据交给你，因为从现在起，我个人退出此案，只要让他们知道这个就好。我要到艾奥瓦州度假，真的，我还要让查尔斯知道此事。”杰勒德的脸上露出灿烂的笑容。

“要把这些男孩逮回来会很难，”霍兰德遗憾地说，“尤其是你还要花很长时间去获取对盖伊·海恩斯不利的证据。”

“哦，对了——”杰勒德拿起他的帽子朝霍兰德一挥，“你无法凭所有这些证据去迫使查尔斯招供，但我能凭此刻我掌握的东西迫使盖伊·海恩斯招供。”

“噢，你是说我们警方就不能迫使盖伊·海恩斯招供吗？”

杰勒德轻蔑地看看他。“不过你并没有兴趣强迫他招供，对吗？你认为他根本不是凶手。”

“去度你的假吧，杰勒德！”

杰勒德井然有序地收好他的文件，开始把它们收入袋内。

“我以为你要把这留下来。”

“噢，如果你觉得你们用得着的话。”杰勒德谦恭地呈上这些文件，然后转身朝门口走去。

“介意告诉我你将拿什么来迫使盖伊·海恩斯招供吗？”

杰勒德喉中发出一个不屑的声音。“他正在遭受罪咎的痛苦折磨。”说完就走了出去。

四十四

“你知道，在这个世界上，”布鲁诺说着说着便泪水盈眶，于是只好低头看着脚下的长炉石，“除了这里，今晚我哪儿都不想去，安妮。”他满脸悠闲地靠在高高的壁炉上。

“你这么说真好，”安妮笑着把盛有加了软乳酪及鳀鱼的开胃咸饼干的盘子放在桌上，“趁热吃一块吧！”

布鲁诺拿起一块，但他知道他吃不下去。桌子真漂亮，设计成两人座，还有灰色亚麻桌布和灰色大盘子。杰勒德离开此地度假去了。盖伊和他，他们打败他了，而且他脑子里的管制也解除了！如果她并非心属盖伊，他心想，他可能会设法亲吻安妮的。布鲁诺挺起身，调整了一下袖口。与安妮在一起做个完美绅士，他为此而自豪。“那么，盖伊认为他会喜欢那里吗？”布鲁诺问。盖伊现在在加拿大，正忙着艾尔伯塔大水坝的工作。“我很高兴所有愚蠢的审讯都结束了，他不必在工作之时还要担心这件事了。你想像得出我有什么感觉吗？我像是在庆祝！”他开怀大笑，主要是笑自己的言下之意。

安妮瞪着不安地站在壁炉架旁的体型高大的布鲁诺，心中纳闷盖伊是否尽管恨布鲁诺，但也和她一样对他心醉神迷。但她仍不知道查尔斯·布鲁诺是否有能力设计害死他父亲，她一整天都跟他在一起，以便问个究竟。他以开玩笑的回答规避了某些问题，对于其他问题则郑重其事，小心翼翼。他恨米里亚姆的程度，就仿佛他认识她似的。盖伊竟跟他谈了那么多米里亚姆的事，这令安妮十分诧异。

“你为什么不想告诉任何人你跟盖伊在列车上就相识了呢？”安妮问他。

“我并不在意，只是起初犯了个错，到处开玩笑说我们是在求学时期认识的。接着所有的问题全来了，杰勒德开始在这件事上大做文章。老实说，我猜是因为形势不利。米里亚姆那么快被杀，你知道。我想盖伊在米里亚姆一案的审讯中并未扯出偶然与他认识的任何人，他相当好心呢！”他使劲拍了拍手，大笑起来，然后重重跌落在扶手椅中，“我也不是嫌犯，绝对不是！”

“但这与你父亲一案的有关问讯毫无关系呀。”

“当然无关。但杰勒德并不注重逻辑，他应该是个发明家才对！”

安妮皱起眉头。她难以相信盖伊为查尔斯的事撒谎，仅仅是因为说实话对形势不利，甚或是因为查尔斯在列车上对他说过他恨他父亲。她一定要再问问盖伊。她有很多事要问他，例如查尔斯为什么会对从未谋面的米里亚姆有敌意。安妮走进厨房。布鲁诺拿着酒杯，大步跨到前窗前，看着一架飞机在夜空中闪烁着红绿灯光。那幅景象看起来像是一个人在运动，他心想，让指尖碰到肩膀后又再伸长手臂的样子。他希望盖伊可能在那架飞机上，正飞回家来。他看看新手表上微暗的粉红色表面，在他读着金色数字所显示的时间之时，他又想着盖伊大概会喜欢这样的表吧，因为这只表的设计很新潮。只要再过三个小时，他就和安妮在一起二十四小时了，一整天呐。他昨天晚上没打电话便直接开车过来时，已近深夜，安妮就邀请他留下来过夜。他睡在大宴会那一夜他们安置他睡的楼上客房里，安妮还在他睡前送了些热汤给他。安妮对他真是太好了，他也确实很爱她！他脚跟一旋，转了个身，看见她手端着盘子从厨房那边走来。

“盖伊非常喜欢你呢，你知道。”吃晚饭时安妮开口说。

布鲁诺看着她，早已忘记他们在谈什么了。“我愿意为他做任何事！我觉得跟他有极强的关联性，就像兄弟一样。我猜是因为他身上发生的一切，刚好都始于我们在列车上相识之后吧！”虽然他开始要表现出快乐，甚至滑稽的样子，但他对盖伊的真实情感让他突然认真了起来。他抚触着身旁一张茶几上的盖伊的烟斗架，心头正如小鹿乱撞。加有佐料的马铃薯令人垂涎三尺，但他不敢再多吃一口，也不敢再多喝一口红酒。他有股冲动想在此再住一夜。如果他觉得不舒服，难道就不能想办法再住一夜了吗？话又说回来，他的新家比安妮以为的还要近，他周六将在那儿举办一场大型宴会。“你确定盖伊这周末会回来吗？”他问安妮。

“他是这么说的，”安妮若有所思地吃着蔬菜沙拉，“但我不知道他是否想参加宴会。工作中的他，与其说喜欢出海遨游，不如说喜欢不分散注意力的事。”

“我也想出海玩一玩，如果你们不介意有人同行的话。”

“一起来嘛。”话音刚落，她立刻想起查尔斯曾搭乘印度号出航过，曾不请自来地来找过盖伊。也曾撞凹了船身的上舷，于是她突然感到迷惑与被欺骗，仿佛有某件事阻挠了她，让她直到现在才记起这些事似的。她也发现自己在想，查尔斯大概会做任何事，以那同样纯真迷人的神情，同样腼腆的笑容愚弄每一个人。杰勒德除外。没错，一定是他设计了他父亲的死亡事件。如果毫无这种可能，杰勒德不会朝这个方向调查下去。她可能正跟杀人凶手相对而坐呢。她起身时显得有些仓皇失措，仿佛要逃跑似的，接着她开始收拾盘子。在谈到对米里亚姆的厌恶时，他面目狰狞，充满残酷的快乐神情。他杀她时会得到乐趣吧，安妮心想。一丝他可能确实想杀了她的怀疑，像随风而起的枯叶掠过她的心头。

“那么你与盖伊相识之后，一路坐列车到圣菲的吗？”她在厨房中结结巴巴地说着。

“嗯哼。”布鲁诺又深陷绿色大扶手椅里。

安妮失手弄掉了一只咖啡汤匙，汤匙掉在瓷砖上发出骇人的咔嗒声。奇怪的是，她心想，一个人对查尔斯说了或问了什么话似乎并无关紧要，没有任何事会惊吓到他。但他那种特质非但没有让她与他更容易交谈，反而让她感觉慌乱愕然。

“你去过梅特卡夫吗？”她听到自己的声音在隔壁墙内四处回响。

“没有，”布鲁诺回答，“没去过，我一直想去。你呢？”

布鲁诺在壁炉架前啜吸着咖啡，安妮坐在沙发上，仰着头，因此她裙子衣领上方的喉咙曲线是她全身最明亮的地方。安妮对我而言像是光，布鲁诺记得盖伊曾说过这句话。如果他也能掐死安妮，那么盖伊跟他就真的能在一起了。布鲁诺对此想法皱皱眉头，然后开怀大笑起来，两脚挪动了一下。

“什么事那么好笑？”

“我只是在想，”他笑着说，“在想盖伊经常说的话，有关万事万物的两极性。你知道，正负相容共生。每一个决定都有一个能被反对的理由。”他突然注意到自己的鼻息加重了。

“你是说万事万物都有两面性？”

“噢，不是，那太简单了！”女人有时真不成熟！“人啦，情感啦，万事万物！成双成对！每个人的体内都有两个人，在世上的某个地方也有一个人正好与你相对，就像你看不见的一部分，潜伏在那里等着你。”说出盖伊说过的话令他打了个冷颤，但他记得他并不喜欢听这些话，因为盖伊就说过融为一体的两人也是不共戴天的仇敌，盖伊指的是他和他自己。

安妮缓缓抬正靠在沙发背上的头。这番话听起来很像是盖伊会说的话，但他从未对她说过。安妮想起今年春天那封未加署名的信。一定是查尔斯写的。盖伊说到潜伏时，应该是指查尔斯。除了查尔斯，没有其他令盖伊反应如此激烈的人了。爱恨交织的人肯定是查尔斯。

“也不尽然是善与恶，但这是它如何以行动展现它自己的最佳方式，”布鲁诺欣喜地接着说，“对了，我绝不能忘了要告诉盖伊我送了一千元给一个乞丐的事。我一直说等我有自己的钱时，我要送一千元给一个乞丐。啊，我这么做了，不过你觉得他表示感谢了吗？我花了二十分钟向他证明那钱是真的！我得在银行领一百元钞票出来，撕破给他看！然后他的表现就好像认为我疯了一样！”布鲁诺低下头，又摇了摇头。他指望这会是个值得纪念的经验，然后要叫那个混蛋下次看到他时痛苦万分——他也仍然在同一个街角上乞讨——因为他不会再给他另一个一千元了！“反正一如我所说的——”

“关于善与恶。”安妮替他说完。她讨厌他，她现在了解盖伊对他的所有感觉了，但还不知道盖伊为什么要容忍他。

“噢。是呀，这些事以行动显现。但比方说杀人凶手好了，盖伊说法庭惩罚他们也不会使他们变好。每个人都有他自己的内心法庭，而且足以惩罚他自己。事实上每个人对盖伊而言，大概就是万事万物吧！”他大笑着。

他醉得很厉害，现在几乎看不见她的脸了，但他想告诉她自己跟盖伊谈过的一切，一直说到不能告诉她的最后的小秘密为止。

“没有良心的人不会惩罚自己，是吗？”安妮问他。

布鲁诺抬眼望着天花板。“这倒是真话。有些人太愚钝了，有些则太邪恶了，没有良心可言。愚钝的人普遍都会被逮到，但以杀死盖伊妻子和杀死我父亲的两个凶手来说，”布鲁诺想摆出一副正经的样子，“他们两个必定是相当出色的人，你也这么认为吧。”

“那么他们是有良心，又不应该被逮捕了？”

“噢，我可没有这么说，当然不是这样！但别以为他们没有受一点儿苦，他们也受了不少苦，不过是以他们自己的方式啊！”他又大笑出声，醉得语无伦次，“他们不只是疯子，他们和传闻中杀死米里亚姆的疯子不同。这说明有关当局对真正的犯罪学知识是多么的浅薄。像那样的犯罪是要有周详计划的。”出乎意料地，他记得他根本没有周详计划过那件谋杀案，但他确实有计划过他父亲的案子。这足以证明他的观点了。“你怎么了？”

安妮把冰冷的手指靠放在额头上。“没什么。”

布鲁诺在盖伊设计在壁炉一旁的酒吧前为她调了杯加冰威士忌。布鲁诺也想在自己的家里有个这样的酒吧。

“今年三月盖伊脸上的擦伤是在哪儿弄的？”

“什么擦伤？”布鲁诺转身对着她。盖伊告诉过他她不知道擦伤的事。

“不仅是擦伤，还有割伤，头上还有一块瘀青。”

“我没看到。”

“他跟你打过架，对吗？”查尔斯瞪着安妮，两眼中闪烁着奇异的桃色光芒。她不够狡猾，现在挤不出笑容来。她十分肯定。她觉得查尔斯就要冲过房间来打她了，但她盯着布鲁诺，目光一刻也不移开。她心想，如果她告诉杰勒德，那场打斗将会是查尔斯对谋杀知情的证据。她看到查尔斯的笑容在退却。

“不对！”他大笑着说，然后坐下，“他说他哪里擦伤了？反正我三月份没见过他，那时候我出城去了。”他站起来，突然感到胃部不适，不是那些问题引起的，而是胃本身的问题。要是他此刻旧病复发怎么办？或是明天早上呢。他绝不能醉倒，绝不能让安妮在早上看到他那个样子！“我最好早点走。”他低声说。

“怎么了？觉得不舒服吗？你的脸色有点苍白。”

她并不是同情他，他从她的声音听得出来。除了他母亲，哪个女人同情过他呢？“非常感谢，安妮，谢谢——你一整天的招待。”

她把外套递给他，他跌跌撞撞出了门，咬紧牙关，走过一大段路，走到停在路边的车子前。

几小时后，盖伊回到家时，房间里一片漆黑。他在客厅审视了一番，发现炉床上有捻灭的烟蒂，茶几上的烟斗架歪斜着，沙发上的抱枕上有压痕。特别的杂乱，不可能是安妮和特迪制造出来的，也不可能是克利斯，或海伦·赫本。他还不知道是谁吗？

他跑到楼上的客房。布鲁诺不在，但他看到床头上有一卷报纸，旁边温顺地躺着一个一角和两个一分的硬币。窗边的黎明就像那天的黎明，他背对窗子，屏住呼吸，然后像啜泣般慢慢吐出。安妮对他做出这样的事用意何在？什么时候不好，偏偏选在这个令人不堪忍受的当下——当他半颗心在加拿大，半颗心在此地，陷于警方已失去线索的布鲁诺收紧的掌握之中。警方已略微将他排除在外了！但现在他走过头了，再也忍不下去了。

他走进卧室，跪在安妮的身旁，心惊胆战，令人不快地吻她，直到她醒来用双臂抱住了他。他一头埋进她胸前凌乱叠放着的柔软床单中，他的周围，他们俩周围似乎有一阵天摇地动，呼啸而来的风暴，而安妮似乎是风暴中心唯一的平静之处，她有节奏的呼吸则是全世界唯一的正常脉动迹象。他闭着双眼脱下衣服。

“我一直在想你。”这是安妮说的第一句话。

盖伊站在床尾旁，紧握着睡袍口袋里的拳头。紧张感仍挥之不去，风暴此刻似乎全集中在他的内心。“我会住个三天。你想我吗？”

“你为什么那样看着我？”安妮在床上滑动了一下，身子抬高了几英寸。

盖伊不予回答。

“我只跟他见了一次面而已，盖伊。”

“你到底为什么要见他呢？”

“因为——”盖伊注意到她两颊泛起跟她肩上的红痣一样的桃红色。他的胡子蹭过她的肩膀。他以前从未这样跟她说过话。而她合理的回答似乎只能让他更有理由生气。“因为他顺路过来——”

“他总是顺路过来。他总是打电话来。”

“有什么不对？”

“他在这里睡过！”盖伊大叫道，然后看见安妮微略抬头，睫毛快速眨动。

“没错。前天晚上，”她沉稳的说话声在向他挑战，“他顺路过来时，天色很晚了，我就请他留下来住一个晚上。”

他在加拿大曾想过，布鲁诺可能会向安妮献殷勤，只因为她属于他；安妮可能会鼓励他，只因为她想知道他还没告诉她的事。不光因为布鲁诺做得太过分，还因为安妮竟允许他的手碰到她的手，以及安妮允许此事发生的理由，这一切都让他备受折磨。“昨晚他也在这里吗？”

“这件事为什么这么令你烦恼？”

“因为他是危险人物。他快疯了。”

“我认为这并不是你烦恼的原因，”安妮的声音依然缓慢沉稳，“我不知道你为何要保护他，盖伊。我不知道你为何不承认他是那个给我写那封信的人，也是三月份几乎要把你逼疯的人。”

盖伊罪疚难当，身体僵直。保护布鲁诺，他心想，总是保护布鲁诺！布鲁诺并未承认寄了那封信，他知道，只是安妮想跟杰勒德一样把不同的事实片段拼凑起来。杰勒德放手不管了，安妮却不会善罢甘休。安妮分析了难以明白的几个片段，而这些片段正是可拼凑成图的片段，但她的拼凑工作尚未完成，这要花时间，要多花一些时间，也就意味要花更多的时间来折磨他！他疲倦而沉重地转身走至窗前，麻痹得无力掩面或低头。他不想问安妮昨天跟布鲁诺都谈了些什么。不知为什么，他完全感觉得出他们说了些什么，安妮又知道了些什么。他突然觉得，在这缓慢而长期的痛苦中，有某个特别的阶段，不按常理出牌，正如有时生命对抗致命疾病一般。感觉就是这样。

“告诉我，盖伊，”安妮平静地问，她现在不是在恳求他，她的声音就像是标示了另一段时间的特定钟声，“告诉我，好吗？”

“我会告诉你的。”他回答道，依然看着窗户，此刻听到自己这么说，他知道自己很自信，体内充满了轻飘飘的感觉，他肯定安妮从他的半边脸和全身也看到了这种感觉，他第一个念头就是与她分享，但他的视线久久不能从窗台上的阳光处挪开。轻飘飘的感觉，他心想，一下子消除了心头的阴郁和重负。他会告诉安妮的。

“盖伊，过来。”她举起胳膊招他来，他坐在她身旁，双臂滑过去抱住她，紧紧地抱住她。“我怀孕了，”她说，“我们开心点吧，你会开心起来吗，盖伊？”

他看着她，突然好想开怀大笑，为幸福，为惊喜，也为她的羞涩。“怀孕！”他低声说。

“你回来的这几天我们做什么呢？”

“什么时候生，安妮？”

“噢——不会很久的，我想五月吧。我们明天要做什么呢？”

“我们绝对要开船出海去玩个痛快。如果不太颠簸的话。”他声音中含有共谋者的可笑音调，让他不禁放声大笑。

“噢，盖伊！”

“你在哭吗？”

“听到你的笑声真是太好了！”

四十五

周六上午，布鲁诺来电祝贺盖伊获任艾尔伯塔委员会委员一职，并问他晚上能否和安妮来参加他的宴会。布鲁诺兴高采烈地拼命劝他来祝贺。“我是用我的私人专用电话打给你的，盖伊。杰勒德回艾奥瓦州去了。来吧，我想让你看看我的新家，”接着他又说，“我要跟安妮说话。”

“安妮现在不在。”

盖伊知道调查行动已结束，警方和杰勒德都分别通知他了，并对他的配合表示感谢。

盖伊回到客厅，他和鲍勃·特雷彻本来在客厅吃晚早餐。鲍勃早他一天飞回纽约的，盖伊邀他来度周末，两人正在谈艾尔伯塔水坝工程，谈他们的委员会同事，谈地理，谈钓鳟鱼，天南地北，谈天说地。盖伊听了鲍勃用法语区加拿大人的方言所说的笑话大笑了起来。这是十一月的一个阳光普照的清晨，等安妮购物回来，他们就要驱车前往长岛，乘船航行。与鲍勃在一起，盖伊感觉就像孩子们放假一样愉快。鲍勃象征了加拿大和加拿大的工作，在这个计划中，盖伊觉得他走入了自身另一个布鲁诺跟不进来的更为宽阔的房间。而安妮怀孕的秘密让他有股公正的慈悲心和神奇的优越感。

安妮走进来，电话铃声又响起。盖伊起身去接，安妮已接起。真是莫名其妙，他心想，布鲁诺总是知道什么时候打电话。然后，他疑虑重重地仔细聆听，他们的对话渐渐转向下午的航行计划。

“那就一起吧，”安妮说，“噢，如果你一定要带东西来，我想带些啤酒好了。”

盖伊看到鲍勃正一脸诧异地盯着他。

“怎么回事？”鲍勃问他。

“没什么。”盖伊又坐下来。

“是查尔斯的电话。如果他来，你不会太介意吧，盖伊？”安妮捧着买来的一袋杂货，兴高采烈地走过房间，“他说如果我们周四乘船出航，他也要去，我差不多邀请了他。”

“我不介意。”盖伊看着她说。她今天早上心情愉快，陶醉在幸福之中，很难想象在这种情绪下她会拒绝任何人任何事，但她邀请布鲁诺的原因并非这么简单，盖伊知道。她是想再看看他们在一起的样子，她迫不及待了，就连今天也不愿等了。盖伊心中升起一股怨恨，于是很快告诉自己，她并不明白，她也无法明白，而这一切都错在自己，落到这么一个无可救药的混乱状况里。于是他抑制住这股怨恨，甚至不愿承认布鲁诺下午将会引起的憎恨。他决心要一整天都保持如此的自制力。

“别太神经过敏了，老兄，那样会更糟。”鲍勃对他说。他端起咖啡杯，一饮而尽，一副心满意足的样子。“唉，至少你不再是以前的那个咖啡狂了。以前怎么搞的，一天十杯吗？”

“差不多吧！”实则不然，他已完全不喝咖啡了，因为他想睡得安稳，现在他讨厌咖啡。

他们在曼哈顿稍事停留，接上海伦·赫本一道同行，然后经过三区桥到达长岛。时值冬日，海边的阳光像冰一样透明，薄薄地覆在海滩上，在波涛汹涌的海面上焦躁地闪烁着。印度号就像一座抛锚停泊的冰山，盖伊心想，它的洁白曾是夏日精神的象征。绕过停车场转角时，他的眼神不自觉地落在布鲁诺那辆长长的宝蓝色敞篷汽车上。盖伊记得布鲁诺说过，他骑坐过的旋转木马就是一匹宝蓝色的马，这就是他买这部车的原因。他看到布鲁诺伫立于码头小屋之下，能看见他头部以下的部分，他的黑色长外套和小号皮鞋，他两手插进口袋的双臂，还有他那焦虑等候的熟悉身影。

布鲁诺提起整袋啤酒，腼腆地笑着迎向汽车，但即使在远处，盖伊也能看得见他压抑已久，随时都会爆发的得意扬扬。他围了一条宝蓝色围巾，跟他的车子一样蓝。“嗨。嗨，盖伊。我想我无论如何也要见你一面。”他求助般地向安妮瞥了一眼。

“很高兴见到你！”安妮说，“这位是特雷彻先生。布鲁诺先生。”

布鲁诺和他打了声招呼。“你今晚不可能来参加宴会啰，盖伊？是个大型宴会啊。你们大家呢？”他满怀希望地对着海伦和鲍勃微笑。

海伦说她很忙，不然很乐意去。盖伊一边锁上车一边瞥了她一眼，看见她倚着布鲁诺的手臂换上了她的鹿皮鞋。布鲁诺恋恋不舍地把整袋啤酒交给安妮。

海伦的金色眉毛困惑地皱起。“你要跟我们一起去，不是吗？”

“我的穿着不是很合适啊。”布鲁诺微弱地抗议。

“噢，船上有很多防水服呀。”安妮说。

他们必须在码头上乘坐小舟。盖伊和布鲁诺礼貌而固执地争吵着该由谁划船，直到海伦建议他们两个都划才罢手。盖伊用力划着，布鲁诺坐在他身旁的横撑上，小心地配合着他的节奏。盖伊感觉得出布鲁诺奇怪的兴奋之情在他们划近印度号时渐渐攀升而起。布鲁诺的帽子被吹落了两次，最后他站起来，当着大家的面把帽子一甩，丢进了海里。

“反正我讨厌帽子！”他瞥了盖伊一眼说。

布鲁诺不愿穿防水服，但浪花时常溅进驾驶室。风力太强了，无法升起船帆。鲍勃驾驶着印度号，在引擎的驱动下驶进海湾。

“敬盖伊！”布鲁诺大喊，声音中带着怪异的压抑和含混的发音，这天早上他开口说话时盖伊就注意到了这一点。“恭喜，致敬！”他突然猛灌一口酒，盛酒的银色扁瓶上带有漂亮的水果缀饰，接着他又把扁瓶送到安妮面前。他就像一台抓不住恰当时机启动的笨拙而又强劲的机器。“拿破仑白兰地，五星级的。”

安妮婉言谢绝了，但海伦觉得冷了，她喝了些，鲍勃也喝了。在防水布下，盖伊握住安妮戴着手套的手，努力不去想任何事，不想布鲁诺，不想艾尔伯塔，不想海。他不忍看正在鼓励布鲁诺的海伦，也不忍看鲍勃掌舵正视前方时脸上露出的略带腼腆的礼貌性笑容。

“有人知道《迷雾水珠》[1]这首歌吗？”布鲁诺边问边挑剔地拂去袖子上的水沫。喝了银扁瓶中的酒之后，他醉得更厉害了。

布鲁诺觉得难堪不已，因为没人想再喝他特意选的酒，没人想唱歌。海伦说《迷雾水珠》这首歌很沉闷，也令他难堪。他酷爱《迷雾水珠》，他要唱歌、大叫或做某件事。他们什么时候能再像这样齐聚一堂呢？他和盖伊、安妮、海伦以及盖伊的朋友。他蜷缩在角落的座位上，环顾周围的一切，看着滚滚海浪后面忽隐忽现的纤细的地平线，看着他们身后渐渐消失的陆地。他也试图看桅杆顶端

1. 一首著名的爱尔兰民歌，该歌曲具有浓郁的爱尔兰曲风，情绪感伤却曲调悠扬，曾被无数爱尔兰音乐家与歌手反复传唱。

的燕尾旗，但桅杆摇来晃去，让他头晕目眩。

“总有一天我和盖伊要去环游世界，就像个鱼肢球一样，把世界用丝带绑起来！”他大声宣称，可没人注意他说的话。

海伦在跟安妮说话，两手做出球形的手势，而盖伊则正在向鲍勃解释汽车的事。布鲁诺注意到，盖伊俯身时，额头上的皱纹显得更深了，他的眼神跟以前一样哀伤。

“你什么都不知道！”布鲁诺摇着盖伊的胳膊，“你今天非要这么严肃吗？”

海伦开始数落一些盖伊总是很严肃的话，布鲁诺大声呵斥她，因为她对盖伊表现严肃的情形或原因根本一无所知。布鲁诺又拿出扁瓶来。

但安妮仍不想喝，盖伊也不想喝。

“这是我特意给你带来的，盖伊。我以为你会喜欢。”布鲁诺伤感地说。

“喝一点嘛，盖伊。”安妮说。

盖伊接过扁瓶，喝了一点。

“敬盖伊！天才、朋友及伙伴！”布鲁诺说完，又喝了些，“盖伊真是天才。你们大家都知道吗？”

他环顾每一个人，突然想骂他们都是笨蛋。

“当然是啦。”鲍勃欣然同意道。

“既然你是盖伊的老朋友，”布鲁诺举起扁瓶，“我也向你致敬！”

“谢谢。是很久的老朋友了，最久的一个。”

“有多久？”布鲁诺挑衅道。

鲍勃瞥了一眼盖伊，笑着说：“十年左右了。”

布鲁诺眉头一皱。“我认识盖伊一辈子了，”他声音轻柔却带着威胁，“问他好了。”

盖伊感到安妮的手在他紧握的手里扭动，他看到鲍勃在吃吃窃笑，却一头雾水，不明就里。汗水使盖伊额头发冷，没有了丝毫的镇定，情形一如往常。他为什么总觉得若再来一次，自己也能忍受布鲁诺呢?

“你就跟他说我是你最亲密的朋友呀，盖伊。”

“没错。”盖伊说。他意识到安妮浅浅而又紧张的微笑，也意识到了她的沉默。她现在不是已经知道一切了吗？她现在不就是在等下一刻他跟布鲁诺和盘托出一切吗？突然这一刻就像那个在咖啡厅的周五下午，他觉得他已经告之安妮他将要做的一切的时刻一样。他记得当时就要告诉她了，但有项事实他并未一五一十地说出来，那就是布鲁诺不断奉承他，这似乎是苛责他拖延的最后妙方。

“我当然是疯了！”布鲁诺对海伦大喊一声，海伦正在慢慢挪离他身旁的座位，“疯得可以接收整个世界，鞭策整个世界！任何认为我不会鞭策整个世界的人，我会私下跟他解决！”他大笑着，而依他所见，这大笑的动作只能让他身边面露困惑而又愚蠢的神情的人都愣住，骗他们跟他一起大笑罢了。“恶作剧而已！”他欢快地对他们说。

“他是谁？”鲍勃低声问盖伊。

“盖伊和我都是超人！”布鲁诺说。

“你是个酒鬼超人。”海伦评论道。

“不对！”布鲁诺费劲地单膝跪立。

“查尔斯，镇静点！”安妮微笑着说，布鲁诺只是对她咧嘴笑笑。

“我反对她对我喝酒的评论！”

“他在说什么呀？”海伦质问，“你们两个在股市赚了一大笔钱吗？”

“股市，屁——！”布鲁诺住口，想到了他父亲，“咿——嗬！我是个得州人！你曾在梅特卡夫坐过旋转木马吗，盖伊？”

盖伊的两脚在身下突然抽搐了一下，但他并未起身，也并未看向布鲁诺。

“好啦，我会坐下，”布鲁诺对他说，“但你让我大失所望，你让我非常失望！”布鲁诺摇摇空酒瓶，然后以挑高球的方式将其丢下船去。

“他在哭呢。”海伦说。

布鲁诺起身走出驾驶舱，走上甲板。他要远离他们所有人，甚至远离盖伊。

“他要去哪里？”安妮问。

“随他去。”盖伊咕哝着，拼命想点上一根烟。

后来有一阵落水声，盖伊便知道是布鲁诺掉下船去了。还没等大家开口，盖伊便已冲出了驾驶舱。

盖伊跑至船尾，竭力脱下外套。他感觉后面有人抓住了他的手臂，他转身一拳挥在鲍勃的脸上，紧接着纵身一跃跳下了甲板。后来人声和波涛声都停息了，盖伊经历了一段令人痛苦的寂静之后，身体开始浮出水面。他动作迟缓地脱去外衣，就好像异常冰冷的海水已将他冷冻，而实际上，只是疼痛的缘故而已。他猛然挺出水面，看到布鲁诺的头在难以置信的远处，像一块生满青苔、半没水中的岩石。

“你救不了他的！”鲍勃的大叫声传了过来，很快被一个打到他耳边的水花给吞没了。

“盖伊！”海上响起布鲁诺的叫喊，那是临死的悲鸣。

盖伊诅咒一声。他救得到他的。他游了十下，再次跃出水面。“布鲁诺！”可现在看不到他了。

“在那里，盖伊！”安妮在印度号船尾伸手一指。

盖伊看不到他，便朝他大脑中记忆的地方拍水前行，随后潜入了水中，伸长手臂摸索着，手指的最前端不断搜寻。水减缓了他的速度。仿佛是在噩梦中前进，他心想。就像在草坪上一样。他从浪头中钻出来，喝了一口水。印度号在另一个位置上，正在调头。他们为什么不给他提示？他们根本不在乎，那些家伙！

“布鲁诺！”

也许就在翻腾的巨浪后面。他继续奋勇前游，突然意识到迷失了方向。一个浪头痛击到他头部的一侧，他诅咒着这巨大而丑陋的海浪。他的朋友，他的兄弟在哪里呢？

他又潜入水中，尽可能地深入，尽可能向外可笑地伸展四肢。但现在似乎除了充斥着所有空间的灰色死寂之外，别无他物，而自己只不过是其中微渺的一点。不堪忍受的寂寞感再次袭来，威胁着要吞噬掉他的生命。他绝望地四下张望，那片灰色变成了有棱纹的棕色地面。

“你们找到他了吗？”他脱口而出，同时撑起了身体，“现在几点了？”

“静静地躺着，盖伊。”是鲍勃的声音。

“他沉下去了，盖伊，”安妮说，“我们看到他沉下去的。”

盖伊闭上了眼睛，泣不成声。

他意识到，他们一个接一个地走出船舱，离开了他，连安妮也走了。

四十六

为了不惊醒安妮，盖伊小心翼翼下了床，来到楼下客厅。他拉上百叶窗，打开灯，尽管他知道这无法遮住从绿色百叶窗溜进来的银紫色的曙光，而这些曙光仿若鱼一般四散游走着。他本来在楼上躺在黑暗中等着曙光的到来，知道它终将越过床脚向他袭来，他比以往更害怕曙光启动的机械式支配力，因为他现在知道布鲁诺已承担了他一半的罪疚。如果以前这罪疚就几乎令人无法忍受，那么现在他一个人怎么能承受得了呢？他知道他承受不了。

他嫉妒布鲁诺能如此突然、如此安静、如此壮烈、如此年轻地死去。而且这么轻而易举，正像他做任何事一样。一阵战栗掠过全身，他坐在扶手椅中，四肢僵硬，薄睡衣里的身躯跟第一次看到黎明出现时的身躯一样僵硬紧绷。一阵痉挛消除了他的紧张，他随即起身，在还没想好要做什么时便来到楼上的工作室。他看看摆在工作台上的四五大张表面光滑的制图纸，他为鲍勃画了些东西之后就放那儿了。然后他坐下来，开始从左上角写起，先是很慢，接着越来越快。他写下了米里亚姆和列车上的事，写下了电话的事，写下了布鲁诺在梅特卡夫的事，写下了信件、手枪以及让他崩溃的事，也写下了那个周五晚上的事。仿佛布鲁诺仍还活着似的，他就其所知写下了有助于了解他的每一个细节。他写满了三大张纸，他把这些纸折好，放进特大的信封内封好。他凝视这个信封良久，品味着它带来的解脱感，心里纳闷它现在竟从自己身上分离开来。以前他曾多次写下潦草的充满激情的供词，但明知道没有人会看到，所以它们也并未真正走出他的脑子。这是为安妮而写的，安妮会伸手拿起这信封，手握这些纸张，她的两眼也会掠过每一个字句。

盖伊用手掌捂住自己发热、酸痛的眼睛。写了几小时的字，他累得几乎睡着了。他的思绪飘忽不定，而他所写的相关人物——布鲁诺、米里亚姆、欧文·马克曼、塞缪尔·布鲁诺、阿瑟·杰勒德、麦考斯兰太太，安妮——这些人和人名在他脑际晃来晃去。米里亚姆。很奇怪的，她现在对他而言比以往更像个人。他曾努力向安妮描述她这个人，试图评断她，他强迫自己评断她。作为一个人，他心想，按照安妮的标准或任何人的标准，她都没有什么价值，但她好歹是个人。塞缪尔·布鲁诺也没什么价值——一个儿子痛恨、老婆不爱的贪婪、冷酷的赚钱机器。谁真正爱过他呢？谁的情感确实因米里亚姆或塞缪尔·布鲁诺之死而受伤呢？如果有人情感受伤——那大概是米里亚姆的家人吧？盖伊记得审讯时她弟弟在证人席上，小小的眼睛里除了恶毒、残酷的恨意之外别无其他，毫无悲伤之情。而她的母亲，执拗，一如往常地不怀好意，不在乎过失在谁，只要有人承担下来就好，她并未因伤心而缓和态度。即使他想去见见他们，但去见他们并成了他们泄恨的对象又有何用呢？那会让他们感觉好些吗？或是让他感觉好些吗？他认为不能。如果有任何人真的爱过米里亚姆——那就是欧文·马克曼。

盖伊放下遮住眼睛的双手。这个名字不由自主地窜进他的脑海，直到他写这封信之前，他根本没想到欧文。欧文曾是隐晦之处的模糊身影，盖伊曾认为他比米里亚姆更加一文不名。但欧文应该是爱她的，他原本要娶她，她曾怀了他的孩子。假定欧文把他所有的幸福赌注都下在米里亚姆身上了呢？假定他明白数月之后盖伊就知道米里亚姆在芝加哥时就已不关心他时的悲伤呢？盖伊努力回想欧文·马克曼在审讯时的一举一动。他想起他卑躬屈膝的态度，他镇定而又直截了当的回答，直至他提出嫉妒的控诉。不可能知道他脑子里在想些什么。

“欧文。”盖伊说。

他慢慢地站起来。就在他试图估量有关欧文·马克曼那黝黑的长脸和无精打采的高大身影的回忆的重要性时，他脑中浮现一个想法：他要去见马克曼，跟他谈谈，告诉他一切。如果说他亏欠了什么人，那就是马克曼。如果马克曼愿意，就让马克曼把他杀了，叫警察来，任凭他处置。但他该告诉他一切，面对面真诚地告诉他。他突然感觉这是件十万火急的事。当然是。这是唯一的路和下一步路了。他们私了之后，他会接受法律的任何制裁。那时他会有心理准备。今天等警方问完有关布鲁诺的问题后，他应该可以赶上列车。警方今天上午告诉过他，要他跟安妮一起待在局里。如果运气好，他今天下午甚至可以赶上飞机。去哪里呢？休斯敦。如果欧文仍在那里的话。他绝不能让安妮跟他一起去机场，她一定会认为他将按计划回加拿大。他暂时不想让安妮知道。跟欧文会面之事比较紧急，这似乎让他变成了另一个人，也许就像脱掉了破旧外套的人。他现在觉得全身赤裸，但不再害怕了。

四十七

盖伊搭乘开往休斯敦的飞机，坐在靠过道的活动椅上。他感到一股莫名的悲惨和紧张，就像堵住过道、破坏了飞机内部对称的小笨座椅一样不得其所和突兀难堪。错误而又没必要可言，然而他对手头之事的必要性深信不疑。他一路走到今天所克服的那些重重困难，早将其置于顽强而坚决的状态中了。

杰勒德曾到警局听取布鲁诺之死的侦查笔录。他说他从艾奥瓦州搭飞机回来。查尔斯的下场，真是太不幸了，但查尔斯向来都对任何事漫不经心。这事偏偏发生在盖伊的船上，真是太不幸了。盖伊可以不带任何情感地回答问题。布鲁诺的躯体消失得无影无踪的细节似乎无关紧要。因为有杰勒德在场，盖伊更加不安，他不想让杰勒德一路追踪到得州。为了加倍安全，他甚至没有取消下午早些时候启程飞至加拿大的航班，然后他为这班飞机在机场一连等了近四个小时。但他安全了。杰勒德说他这天下午要搭列车回艾奥瓦州。

尽管如此，盖伊还是重新审视了一下周围的乘客，比先前更缓慢、更仔细。看来并没有人对他感兴趣。

他俯身去看腿上的文件，衣服内揣里的那封厚厚的信咔嚓作响。这些文件是鲍勃交给他的艾尔伯塔工程的部分报告。盖伊无心看杂志，也不想望窗外，但他知道他能机械而高效地记住这份报告中要记住的项目。他发现油印纸中间贴着一页从一本英国建筑杂志上撕下的纸张。鲍勃用红铅笔圈出一段文字：

盖伊·丹尼尔·海恩斯是美国南部无与伦比的建筑师。他二十七岁首次独立设计完成的一栋朴素的两层大楼，以“匹兹堡商店”声名远扬，体现了他坚持不懈的优雅而兼具功能性的原则，而他的艺术也由此拓展到今天的规模。如果我们要给海恩斯独特的天分下个定义，就必须采用“典雅”这个难以捉摸的梦幻之词，这是在海恩斯之前从未被赋予现代建筑特征的用语。海恩斯在我们的时代使自己的典雅概念成为经典。他在佛罗里达州棕榈滩为广为人知的帕米拉集团设计的主楼已被誉为“美国的帕提侬神庙[1]”……

此页下面一段标有星号的文字这么写道：

笔者撰文之际，海恩斯先生已获任加拿大艾尔伯塔水坝项目咨询委员会委员一职。他坦言，他一向对桥梁很感兴趣。他估计今后三年都将愉快地从事该工作。

“愉快？”他自言自语。他们怎么碰巧用了这个词呢？

盖伊乘坐的出租车在横穿休斯敦的大街时，钟声响了九下。盖伊在机场的电话簿上找到了欧文·马克曼的名字，寄存好行李，又钻进了出租车。事情不会这么简单，他想。不可能晚上九点到他家，

1. 雅典卫城上供奉希腊雅典娜女神的主神庙，建于公元前五世纪，被公认为是多利斯柱型发展的顶峰。

刚好发现他一个人在家，并且愿意端坐在椅子前听陌生人讲话。他也可能不在家，或不住那里了，甚至不住在休斯敦了。找他可能要好几天。

“在这家旅馆停车。”盖伊说。

盖伊下了车，在旅馆订了间房。这细琐而有远见的举动让他感觉好了点。

欧文·马克曼已不住克利本街这座不大的公寓楼了。楼下走廊上的人，包括管理员在内都怀疑地看着他，肯提供的信息也少得可怜。无人知道欧文·马克曼在哪里。

“你不是警察，对吗？”最后管理员问。

他不情愿地笑了笑，答道：“对。”

盖伊走出公寓楼时，有人在楼梯上拦住了他，同样神情谨慎，勉为其难地告诉他，他大概可以在市中心某家咖啡馆里找到他。

最后，盖伊在一家杂货店里找到了他，他正和两位他也没介绍的女士坐在柜台前。欧文·马克曼仅仅滑下凳子，站得笔直，眯着棕色的眼睛。他狭长的脸比盖伊印象中的还要阴沉，不像印象中的那么英俊。他谨慎地将两只大手悄悄插进短皮夹克上的两个斜开口袋内。

“你还记得我吧。”盖伊说。

“我想是。”

“介意我跟你谈谈吗？就一会儿。”盖伊环顾四周。最好是邀他去旅馆房间。“我在这儿的赖斯旅馆订了房间。”

马克曼又慢慢上下打量了盖伊一番，沉默了许久，然后说：“好吧。”

越过收银台，盖伊看到了酒架上的瓶子。请马克曼喝酒也许可以表示自己的好客。“喜欢威士忌吗？”

盖伊买酒时，马克曼放松了点。“可乐就行，不过掺些东西味道更好。”

盖伊也买了几瓶可乐。

他们乘车回旅馆，一路沉默不语；乘电梯上楼走进房间也沉默不语。他该如何开场，盖伊心里纳闷。有十几种开场的方式，盖伊全部放弃了。

欧文坐在扶手椅里，一边满不在乎而又颇为怀疑地盯着盖伊，一边品味着大杯威士忌加可口可乐。

盖伊开始结结巴巴地说：“那个——”

“什么？”欧文问。

“如果你知道是谁杀了米里亚姆，你会怎么办？”

马克曼砰的一声一脚落地，坐直身体，紧锁的双眉连成了一条浓密的黑线。“是你杀的？”

“不是，但我认识杀她的人。”

“是谁？”

他皱着眉头坐在那里感受如何呢？盖伊想要知道。憎恶？怨恨？还是愤怒？“我知道是谁，警察也会很快知道，”盖伊犹豫了一下，“查尔斯·布鲁诺，纽约人。他昨天死了，溺水而亡。”

欧文略微后靠，呷了一口饮料。“你怎么知道的？他投案自首的？”

“我知道，我知道好久了，所以我才觉得是我的错。错在不愿背叛他。”他舔舔双唇，吐出每一个字都很困难，而他又为何偏要这么小心翼翼、一点一滴地揭露自己呢？他所有的幻想在哪里？他想象着脱口说出一切的喜悦和宽慰又在哪里呢？“所以我才责怪自己。我——”欧文耸耸肩，暗示他不要说了。盖伊见欧文的饮料喝完了，下意识地又给他调了一杯。“所以我才责怪我自己，”他重复道，“我必须把情况告诉你。非常复杂。你知道，我在南下去梅特卡夫的列车上与查尔斯·布鲁诺相识。那是六月份，就在她被杀之前。当时我是去办离婚手续的。”他咽了一口唾液。看吧，他从未跟任何人说过的话，现在自愿地说出来了，而且感觉如此平凡，甚至如此屈辱。他喉咙里有种无法消除的干哑。盖伊审视着欧文狭长、黝黑而又殷切的脸，皱起的眉头舒展了些。欧文又跷起腿，盖伊猛然想起问讯时欧文穿的那双泛灰的鹿皮皮鞋，纯棕色的，两侧带有松紧。“而且——”

“说啊。”欧文催促。

“我告诉了他米里亚姆的名字。我对他说我恨她。布鲁诺有个杀人的想法，双重谋杀。”

“上帝！”欧文低声惊叫。

“上帝”一词让盖伊想起了布鲁诺，他突然想到一个可怕的，极端可怕的想法：他可能将欧文拖进布鲁诺对他用过的陷阱里，而欧文会俘获另一个陌生人，这个陌生人会再俘获另一个陌生人，就这样一个接一个，无穷无尽地诱捕、俘获下去。盖伊一阵战栗，握紧拳头。“我错在跟他说话，我错在把我的私事告诉了一个陌生人。”

“他跟你说他要杀她吗？”

“没有，当然没有，他有一个构想。他疯了。他精神变态。我叫他闭嘴，下地狱去。我甩掉了他！”他的思绪回到列车上的特等卧铺房间。他正要走出车厢到月台上去。他听到列车沉重的门砰的一声关上了。甩掉他了，他曾这么想！

“你没有叫他去杀人。”

“是的。他根本没说要去杀人。”

“你何不直截了当地说呢？你何不坐下来？”欧文慢条斯理的刺耳声音让房间又平稳起来。他的声音像块丑陋的岩石，夯实地砸进干燥的地面。

他不想坐下，也不想喝酒。他曾这样在布鲁诺的特等卧铺房间里喝威士忌。这是结束，他不想让它跟开始一样。他碰了碰他出于礼貌为自己调的掺水威士忌的酒杯。当他转身之际刚好看见欧文正往杯中倒酒，不停地倒，仿佛是给盖伊看他并没有在他背后偷偷倒酒似的。

“那么，”欧文懒洋洋地说，“如果这家伙正如你所说的是个疯子——这也是法庭的最终判断，说凶手必定是疯子，不是吗？”

“是的。”

“我的意思是，我当然明白你此后的感受，但如你所说，如果这只是一段对话，我就不明白你为何要如此激烈地自责了。”

盖伊充满怀疑地盯着他，难道他所说的这些对欧文来说不重要吗？也许他还不完全明白。“但你瞧——”

“你是何时发现此事的？”欧文的棕色眼睛如泥浆一般混浊。

“大概事后三个月吧。但你瞧，如果不是因为我，米里亚姆现在还活着呢。”盖伊看着欧文又低头将嘴唇凑到杯子上。掺了可乐的威士忌滑进欧文宽大的嘴巴里，盖伊能感觉到那令人作呕的味道。欧文会怎么做？突然跃起，摔掉玻璃杯，像布鲁诺掐死米里亚姆那样掐死他吗？他难以想像欧文会继续坐在那里，但时间一分一秒地过去，欧文一动不动。“你瞧，我必须告诉你，”盖伊坚持说，“我认为你可能是我所伤害的唯一的人，是唯一遭受痛苦的人。她怀的孩子是你的。你本来要娶她的。你爱她。是你——”

"见鬼，我才不爱她呢。"欧文脸色毫无变化地看着盖伊。

盖伊也盯着他。不爱她，不爱她，盖伊心想。他的思绪又回溯到过去，试图恢复如今已不再平衡的过去的所有等式。"不爱她？"他说。

"对。嗯，倒也不是你想的那样。我当然不想让她死——而且要明白，我会竭尽全力防止这种事情发生，但我非常高兴不必娶她了。结婚是她的主意。也是她怀上孩子的原因。这并非男人的错，我不会这么说。你会吗？"欧文带着微醉的神情认真地看着他，等待着，宽阔的嘴拉成了坚定而不规则的线条，与他在证人席上的一样，他在等盖伊开口，等盖伊对他与米里亚姆的行为予以判决。

盖伊做了个微微不耐烦的动作，转过身。他无法使这些等式恢复平衡。除了讽刺，他看不出这件事有任何意义。除了讽刺，他现在没有任何理由在这里；除了讽刺，他没有理由待在旅馆房间里，为一个毫不在乎的陌生人的利益辛劳且痛苦地自我折磨。

"你这么认为吗？"欧文又问，并伸手去取他身旁桌上的酒瓶。

盖伊已无话可说，心中升起一股难以名状的炙热的怒火。他扯下领带，解开衬衫衣领，瞥了一眼敞开的窗户，寻找空调设备。

欧文耸耸肩。他的衬衫衣领敞开着，皮夹克也没拉拉链，一副悠然自在的样子。盖伊有种绝对不可理喻的欲望，想拿东西塞进欧文的喉咙，打他，压扁他，尤其想摧毁他坐在椅子上的那种自鸣得意的安逸。

"你听好了，"盖伊平静地说，"我是个——"

但欧文也在同一刹那开口说话，而且看也不看仍张着大嘴站在地板中央的盖伊便懒洋洋地一直说下去："……第二次了。在我离婚的两个月后就结婚，结果马上就有了麻烦。米里亚姆会不会有所不同，我不知道，但我想她会变本加厉的。该死的露易莎两个月前差一点放火烧了我们那栋大公寓，然后又出人意料地离去。”

欧文就这么懒洋洋地说着，拿起身边的威士忌酒瓶，又往自己的杯中倒了些酒。欧文自斟自饮的喝酒方式让盖伊感到一种直接指向他的不敬，一种显而易见的公然侮辱。盖伊想起了自己受审讯时的举止，作为被害人的丈夫，保守地说是再普通不过的举止了。欧文为什么要尊敬他？“可怕的是，男人总是输家，因为女人更能说。拿露易莎来说，她可以重新回到我们的公寓，他们也会张开双臂欢迎她，但让我非常——”

“听着！”盖伊忍无可忍地说，“我——我也杀了人！我也是个杀人凶手！”

欧文两脚再次扑通落地，再度坐直身体，甚至将目光从盖伊身上移向窗子，然后又回到盖伊身上，似乎在考虑该逃开还是该自卫，可他脸上迷惑的讶异和警觉之色如此细微，又如此漫不经心，似乎本身就是一种嘲讽，似乎在嘲讽盖伊的正经。欧文要把杯子放到桌上，却又停下了。“那是怎么回事？”他问道。

“听着！”盖伊又喊道，“听我说，我死定了。此刻的我跟死了一样，因为我要去自首。立刻就去！因为我杀了人，你明白了吗？不要装出一副漠不关心的样子，也不要再靠在椅子上！”

“我为什么不能靠在椅子上呢？”欧文现在双手握住酒杯，他刚刚又往杯子里添满了可乐和威士忌。

“我是个杀人凶手，夺取了他人的性命，这样任何人都无权做的事情对你来说毫无意义吗？”

欧文或许点了点头，或许没点头。总之，他又慢条斯理地喝起饮料来。

盖伊盯着他。内心的话，千言万语，乱作一团，纠结不清，难以表达，甚至充满他的血液，激起多股热潮，他紧握的两手不由得一扫，高举双臂。这些言语都是对欧文的诅咒，他这天早上写的自白书中的字句和段落，现在因为扶手椅上醉醺醺的白痴不愿听他说话，这些言语都失去了意义。这个醉酒的白痴决意要装出漠不关心的样子。他想，他可能看起来不像个杀人犯，穿着洁白的长袖衬衫和深蓝色长裤，打着一条真丝领带，甚至紧绷着脸，在任何人看来似乎都不像是杀人凶手。“谁也不知道杀人犯长什么样，”盖伊大声地说，“这是个错误。杀人犯跟其他任何人没什么两样！”他举起拳头，手背贴在额头上，又放下来，因为他知道刚刚憋在心里的话正待涌出，难以阻挡。这完全是布鲁诺的作风。

突然盖伊过去给自己倒了一杯酒，三指高的酒他一饮而尽。

“很高兴看到我有个喝酒的伴。”欧文含糊低语。盖伊在欧文对面铺着绿床单的整齐床位上坐下，十分突兀地竟有疲倦之感。“这毫无意义，”他又开口，“这对你来说毫无意义，是吗？”

“你不是我见的第一个凶手，无论男女，”他咯咯笑着，“对我来说，逍遥法外的似乎女人较多。”

“我不是要逍遥法外，我并不自由。我很冷血地杀了人，而且我毫无杀人的理由。你不明白这可能更糟吗？我杀人是为了——”他想说他杀人是因为他体内的乖张成分足以去杀人，想说他是因为要除去木材中的害虫而杀人，但他知道对欧文而言这说不过去，因为欧文是个实际之人。欧文非常实际，甚至连殴打盖伊、逃离盖伊或报警都嫌麻烦，因为坐在椅子上舒服得多。

欧文甩甩头，仿佛的确在考虑盖伊的话似的。他眼皮半垂，蠕动着身子，把手伸到后面裤袋中摸出一样东西，是一袋烟草。他从衬衫前胸口袋里取出烟纸。

盖伊看着他这慢慢进行的动作，似乎有数小时之久。“给你。”盖伊拿出自己的香烟递给他。

欧文怀疑地看着香烟。“什么烟？”

“加拿大烟，相当不错，抽抽看。”

“谢了，我——”欧文用牙齿把烟草袋拉合，“更喜欢抽我习惯的牌子。”他至少花了三分钟来卷烟。

“这就好比我在普通公园里拿枪对着某人，开枪射死他一样。”盖伊接着说，他决心要说下去，但这就好像是对椅子上的无生命体——譬如录音机——讲话一样，不同的是，他的话似乎在任何程度上都十分敏锐。欧文不可能会突然想通，他现在可以在旅馆房间里拿枪射他吗？盖伊说：“我是被迫杀人的，我也会这么对警方说，但这没什么关系，因为重点是，我杀了人。你瞧，我必须告诉你布鲁诺的构想。”至少欧文现在正看着他，但在他绝非处于全神贯注状态下的脸上，似乎露出愉快而又礼貌性的酒醉的专注神情。盖伊不愿让那表情阻止他说下去。“布鲁诺的构想是我们为彼此杀人，他要杀死米里亚姆，我则要杀死他父亲。后来他背着我来得州杀了米里亚姆，事先并没让我知道或经过我的同意，你明白吗？”他选用的字句令人不愉快，但至少欧文在听。至少这些话说出来了。“我并不知道这回事，甚至没有怀疑——没有真正怀疑。直到案发后几个月。接着他来纠缠我，开始对我说他会把米里亚姆之死嫁罪于我，除非我执行他那该死计划的剩余部分，你明白吗？就是去杀他父亲。整个构想是基于没有杀人理由的事实上的，没有杀人动机，因此我们不会被分别追查的，条件是我们彼此不再见面，但这是另一个重点。重点是我真的杀了他。我已被逼得精神崩溃了，布鲁诺不断以信件、恐吓和不眠不休的方式让我精神崩溃，也把我逼疯了。注意听，我相信任何人都会被逼得精神崩溃。我能让你精神崩溃；在同样的情况下，我就能让你精神崩溃，让你去杀人。采用的方法可能和布鲁诺用在我身上的不同，但还是做得到的。你以为让极权国家继续生存下去的还有什么东西吗？或者你是否曾停下来怀疑过类似的事呢，欧文？总之，这就是我要告诉警方的事，但这无关紧要，因为他们会说我不该精神崩溃；这将无关紧要，因为他们会说我软弱。但现在我不在乎了，你明白吗？现在我可以面对任何人了，你明白吗？”

他俯身望向欧文的脸，但欧文似乎并不在看他。欧文的头部歪向一侧，靠在手上休息。盖伊站直身子。他无法让欧文明白，他察觉欧文根本不想了解主要的重点。但这也无妨。

“无论他们如何处置我，我都会接受。我明天会向警方供出同样的话。”

“你能提出证据吗？”欧文问他。

“证明什么？我杀了人，还有什么要证明的？”

酒瓶从欧文的指间滑落，掉在地上，但瓶中的酒很少，所以基本没有溅出来。“你是位建筑师，不是吗？”欧文问，“现在我记起来了。”他笨拙地扶正酒瓶，留在地上。

“这有关系吗？”

“我就是想知道。”

“想知道什么？”盖伊不耐烦地问他。

“你要是想听我的真心话——因为你说话好像有点激动，不是说你真的激动。”而现在欧文困惑的表情背后完全是小心谨慎之色，以免盖伊可能因他的批评而走过来打他。见盖伊并未移动一下，他又坐回椅中，而且陷得更深。

盖伊在脑中搜寻一个能展现给欧文的具象概念，他不想让他的听众溜开，尽管他现在漠不关心。“听着，对于你知道曾杀过人的人，你怎么想？你会怎么对待他们？如何应对他们？同他们在一起你会觉得与其他人在一起一样吗？”

在盖伊紧张的凝视下，欧文似乎真的在努力思考，最后他轻松地眨眨眼，堆起笑容说：“得饶人处且饶人。”

怒气再次袭上心头，有片刻像个热老虎钳般紧紧地钳住他的身体和脑子。他的感受无法用任何言语来表达，不然就是有很多的字句向他涌来。盖伊自然地想到了这个词，不假思索地从齿间吐出：“白痴！”

欧文在他的座位上微微挪动身子，但他的愤怒奏效了。他似乎还没决定好到底是笑还是皱眉。“关我什么事呀？”他语气坚定地问。

“关你什么事？因为你——你是社会的一分子！”

“哦，那么这就是社会的事。”欧文懒散地摆摆手回答。他看着威士忌酒瓶，瓶内的酒只剩半英寸了。

关他什么事？盖伊心想。这是他的真实态度，还是他醉了？这肯定是欧文的态度。他现在没有理由撒谎。接着他记起在布鲁诺开始纠缠他之前，他对布鲁诺起疑心时，自己的态度也是如此。大部分人的态度都如此吗？真是如此，社会又是谁呢？

盖伊背对着欧文。他非常清楚社会是谁。但他明白，他一直想着的，和他相关的这个社会就是法律，就是绝不容情的法规。社会就是像欧文这样的人，就是像他自己这样的人，就是像——比如，棕榈滩的布里尔哈特这样的人。布里尔哈特会告发他吗？不，他无法想像布里尔哈特告发他。每个人都会把这种事留给他人来做，而他人又会留给其他人做，结果就没有人做了。他在乎法规吗？让他跟米里亚姆一直束缚在一起的，不正是法规吗？它不是让被杀的人也因此成为人们关注的人吗？如果从欧文到布里尔哈特，大家都不那么在乎，而不去出卖他，他该更加伤心吗？他今天上午为什么会认为他要向警方自首呢？这是怎么样的自虐狂呢？他才不会自首呢。具体而言，他现在有什么好耿耿于怀的呢？有谁会告发他呢？

“除了告密者，”盖伊说，“我想告密者会去通风报信吧！”

“没错，”欧文深表同感，“又脏又臭的告密者。”他如释重负地放声大笑。

盖伊眉头紧锁，凝视着空中，竭力寻找稳健的依据，来证明在他脑海中遥远的前方突然闪现而恍然大悟的某个想法。首先，法律并不是社会，社会是像他自己、欧文和布里尔哈特这样的人，是无权谋取社会另一成员之性命的人。然而法律却会这么做。“然而法律至少应该是社会的意志，甚至连这也不是，或者就集体而言可能是这么一回事。”他补充了一句，因为他意识到，和过去一样，在得出结论前他又会急忙返回原点，以确保情况确定无疑并尽可能复杂。

“呃？”欧文喃喃自语，他头靠在椅子上，黑发乱七八糟地披在额头上，双目微闭。

“不，就集体而言，人们可能会对杀人凶手施以私刑，但那正是法律应该要防护的事呀。”

“我从不赞同擅用私刑，”欧文说，“不是真的！这让整个美国南方臭名昭著——多此一举。”

“我的观点是，若社会无权剥夺另一人的性命，那法律也无权这么做。我的意思是，法律是一大堆已宣告的法规，任何人不能干预而且也无人可触及。但法律涉及的毕竟是人。我说的是像你我这样的人，尤其是我的情况。此刻我只说我的个案，但这只是逻辑。你知道吗，欧文？就人们而言，逻辑并非总行得通。建造大楼时一切逻辑都很管用，因为材料都恪守规则，但是——”他的长篇大论瞬间化为乌有。有一堵墙让他不能再说一句话，只因为他无法进一步思考下去。他响亮清晰地说了那么多，但他知道欧文即使在洗耳恭听，也只不过是耳旁风。然而对于他有罪的问题，欧文五分钟之前还是漠不关心的。“陪审团情况如何呢，我在想。”盖伊说。

“什么陪审团？”

“陪审团究竟是十二个人还是一个法律团体。这是个有趣的观点，我想这一直是个有趣的论点吧，”他把瓶中剩余的酒全倒进了杯子，然后一口喝完了，“但我想你对此并不感兴趣，是吧，欧文？你到底对什么感兴趣呢？”

欧文沉默不语，纹丝不动。

“任何事物都引不起你的兴趣，是吗？”盖伊看着欧文的皮鞋。这是双磨损了的棕色大皮鞋，在地毯上松弛地伸展开来，重心集中在脚跟，两鞋鞋尖相向。突然间，这双皮鞋的软弱、无耻和极度的愚蠢似乎幻化成了人类一切愚蠢行为的精髓。很快它又转化为对那些阻挡他工作的人的愚蠢行为的敌意，而他在还没有弄清是何种敌意和为什么有敌意之前，已恶狠狠地朝欧文的皮鞋侧面踢了一脚。但欧文依然一动不动。他的工作，盖伊心想。对，他还有工作要做。以后再想，以后再把这一切想出个结果来吧，他还有工作要做呢。

他看看表，十点十二分了。他不想在这里睡觉。他想知道今晚是否会有飞机。一定有离开的办法。或者搭列车。

他摇摇欧文。“欧文，醒醒。欧文！”

欧文口齿不清地问了个问题。

“我想你在家会睡得更好。”

欧文坐起来，明晰地说：“我倒不这么认为。”

盖伊从床上拿起外套，环顾四周，检查了一遍，没留下什么东西，毕竟他也没有带什么东西。现在打电话到机场去比较好，他心想。

“盥洗室在哪里？”欧文站起来，“我感觉不舒服。”

盖伊找不到电话。床头桌旁有根电话线，他沿线找到床下，却发现电话是脱了电话线的，他立刻明白电话不是掉下来的，因为电话和电线都被草率杂乱地拖到了床脚旁，话筒诡异地正对着欧文一直坐着的扶手椅。盖伊慢慢把电话拉过来。

“嘿，怎么哪都没有盥洗室啊？”欧文打开的是橱柜门。

“必定在走廊尽头。”他的声音像是在颤抖。他以通话的姿势拿着话筒，又贴近耳畔，他听到通着的电话线路那头的明智的沉默。“喂？”他说。

“喂，海恩斯先生。”对方的声音浑厚，彬彬有礼，却又毫不唐突。

盖伊伸手想把电话给砸碎，却徒劳无益。他干脆放弃，一言不发。这种感觉仿佛要塞失陷，又仿佛一幢宏伟的大楼在脑海中分崩离析，如齑粉般静静飘落。

“没来得及装录音电话，但我在门外听到了大部分谈话。我可以进来吗？”

杰勒德在纽约机场必定有眼线，盖伊心想，他肯定是乘包机追过来的。这不是不可能，事实也确实如此。他还昏了头，在登记簿上签了名。“进来吧！”盖伊附和道。他挂上电话，僵直地站起来，注视着房门。盖伊的心怦怦狂跳，从未如此急促过，从未如此强烈过，这肯定是死前的序幕。快跑，他心想，杰勒德一进来就跳上前去攻击，这是你最后的机会了！但他一动不动。他隐约感觉欧文正在身后角落的水槽上呕吐。然后他听到重重的敲门声，便朝房门走去，心想该不会像这样吧，意想不到地有个人，一个不懂事的陌生人，在房间的水槽上呕吐，他的思绪乱作一团，更糟的是，他已经杂乱无章地把情况说了一大半了。盖伊开了门。

“嗨。”杰勒德招呼着走进来，戴着帽子，双手垂在两侧，样子一如既往。

“这是哪位？”欧文问道。

“海恩斯先生的朋友。”杰勒德轻松地回答，圆脸像往常一样严肃。他瞥了一眼盖伊，眨了一下眼睛。“今晚你要去纽约，对吗？”

盖伊瞪着杰勒德熟悉的脸，瞪着他面颊上硕大的黑痣，瞪着对他眨动的善睐的明眸，毫无疑问，刚才是在对他眨眼。杰勒德也是法律。跟所有人一样，杰勒德是站在他这一边的，因为杰勒德了解布鲁诺。盖伊现在明白了，仿佛自始至终都明白似的，然而实际上，之前他连想也没想到过。他也知道他必须面对杰勒德。这是必然的一部分，而且向来如此。这一切早已注定，正如地球自转一般不可避免，没有任何诡辩可以让他从中得以自由。

“嗯？”杰勒德催促道。

盖伊搜肠刮肚，冷不丁说了句与原先想说的截然不同的话：“逮捕我吧！”

Patricia Highsmith
STRANGERS ON A TRAIN
First Published in 1950

图字：09－2009－047号

图书在版编目（CIP）数据

列车上的陌生人/（美）帕特里夏·海史密斯（Patricia Highsmith）著；张俊锋译．—上海：上海译文出版社，2020.7
书名原文：Strangers on a Train
ISBN 978－7－5327－8357－1

Ⅰ.①列… Ⅱ.①帕… ②张… Ⅲ.①长篇小说－美国－现代 Ⅳ.①I712.45

中国版本图书馆CIP数据核字(2020)第111977号

列车上的陌生人
〔美〕帕特里夏·海史密斯 著 张俊锋 译
策划/杨懿晶 责任编辑/章诗沁 装帧设计/储平

上海译文出版社有限公司出版、发行
网址：www.yiwen.com.cn
200001 上海福建中路193号
启东市人民印刷有限公司印刷

开本 890×1240 1/32 印张 10 插页 2 字数 168,000
2020年8月第1版 2020年8月第1次印刷
印数：0,001—5,000册

ISBN 978－7－5327－8357－1/I·5123
定价：59.00元